民國文化與文學 研究文叢

十二編

李 怡 主編

第 8 冊

國／語
——漢字書寫傳統與東亞的語言國族主義（1895～1935）

歐陽月姣 著

國家圖書館出版品預行編目資料

國／語——漢字書寫傳統與東亞的語言國族主義（1895～
1935）／歐陽月姣 著 -- 初版 -- 新北市：花木蘭文化事業有
限公司，2020〔民109〕
目 2+200 面；19×26 公分
（民國文化與文學研究文叢 十二編；第 8 冊）
ISBN 978-986-518-243-4（精裝）
1. 漢語文字學 2. 語言 3. 東亞
820.9   109010996

ISBN-978-986-518-243-4

9 789865 182434

民國文化與文學研究文叢
十二編 第 八 冊　　　　　　ISBN：978-986-518-243-4

國／語
——漢字書寫傳統與東亞的語言國族主義（1895～1935）

作　者　歐陽月姣
主　編　李 怡
企　劃　四川大學中國詩歌研究院
總編輯　杜潔祥
副總編輯　楊嘉樂
編　輯　許郁翎、張雅淋　美術編輯　陳逸婷
出　版　花木蘭文化事業有限公司
發行人　高小娟
聯絡地址　235 新北市中和區中安街七二號十三樓
　　　　　電話：02-2923-1455／傳真：02-2923-1452
網　址　http://www.huamulan.tw 信箱 hml810518@gmail.com
印　刷　普羅文化出版廣告事業
初　版　2020 年 9 月
全書字數　190131 字
定　價　十二編 14 冊（精裝）台幣 36,000 元

國／語
——漢字書寫傳統與東亞的語言國族主義（1895～1935）

歐陽月姣　著

作者簡介

歐陽月姣，1989 年生，四川成都人。在北京大學中文系獲得學士、碩士、博士學位，2013 年赴臺灣東海大學中文系交換學習，2017 ~ 2018 年赴日本東京大學綜合文化研究科聯合培養，現任教於四川大學文學與新聞學院。主要研究領域為中國現當代文學、臺灣文學、東亞研究，在《華文文學》、《臺灣研究集刊》、《現代中國文化與文學》、《中國現代文學研究叢刊》等期刊發表學術論文數篇。

提　　要

　　「國語」是一種現代性裝置，它將某種地區性的方言提升為「文學語言」，透過閱讀傳播從而在語言與民族國家之間建立起穩定的想像關係。在十六世紀的歐洲，印刷資本主義的力量使各地已經興起的方言文學獲得了群眾基礎，在短短的一百年間席捲歐洲大陸，解體了曾經依靠「神聖語言」拉丁文所整合起來的世界，催生了民族主義的「想像的共同體」。

　　十九世紀末二十世紀初，伴隨著以歐洲為中心的資本主義世界體系的殖民擴張，東亞世界也被迫捲入其中，「言文一致」的歐洲模型被迅速地吸收和內化，生產出諸種不同面貌的「國語」實踐，與這些地區的民族國家轉型同步發生。曾經作為上層知識階層「普遍語言」的漢字・漢文書寫傳統，在東亞的語言國族主義進程中被拆解和重構。中國自晚清開啟的國語運動至「五四」的文學革命，所創造的現代漢語與現代文學，就是這一歷史實踐的產物。本書希望將中國的國語運動還原到東亞漢字圈的整體進程中看待，將經常被有關「中國現代性」的討論所忽視的臺灣作為論述的支點，探究「國語」與「國家」在東亞區域的運作邏輯和意識形態縫隙。

　　本書試圖說明，「同化」與「同文」不僅是東亞漢字圈內部產生的一種特殊的殖民主義策略，也同時是東亞現代性的特徵，這為我們批判性地思考當代的民族主義與國家想像提供了一種方法論視野。

民國時期新文學史料的保存與整理
——《民國文化與文學》第十二編引言

李　怡

　　與過去的中國現代文學研究相比，作為新框架的民國文學研究尤其強調豐富的文獻史料。因此，如何延續中國文學在民國時期的文獻工作就顯得十分必要了。

　　中國現代文學自民國時期一路走來，浩浩蕩蕩，波瀾壯闊，這百年歷程中的一切文學現象——作家作品、文學運動、思潮、論爭之種種信息，乃至影響文學發展的各種社會法規、制度、文化流俗等等都可以被稱作是不可或缺的「史料」，對百年中國文學發展歷程的所有總結回顧，首先就得立足於對「史料」的勘定和梳理。史料與闡釋，可以說是文學研究的兩翼，前者是基礎，後者則是我們的目標；而文學研究的興起則大體上經歷了這樣的過程：先是對文學新作於文學現象的急切的解讀闡釋，然後轉入對史料文獻的仔細梳理和考辨，再後可能是又一輪的再闡釋與再解讀。

　　民國創立，這是中國現代文學發生發展的最重要的時代，伴隨著現代文學影響的逐步擴大，除了宣示性推介或者批評性的闡釋之外，作品的結集、特定文獻的輯錄也日顯重要，這其實就是史料工作的開始。

　　史料意識的興起，反映著一個時代的知識分子對其所遭遇歷史的重視程度和估價敏感度。在這個意義上看，中國現代文學的史料意識大約是在它出現之後的數年就已經顯露，在十多年之後逐漸強化起來，反映速度也還是頗為可觀的。

　　如果暫不考慮個人文集的出版，那麼對特定主題或特定年代的文學作品

的彙編則肯定已經體現了一種保存文獻、收藏歷史的「史料意識」。

1920 年，在現代文學創立的第四個年頭，中國出版界就出現了對不同文學文體的總結性結集。

《新詩集》（第一編），由新詩社編輯部編輯，新詩社出版部 1920 年 1 月出版，收入胡適、劉半農、沈玄廬、康白情、周作人、俞平伯等人的初期白話新詩 103 首，分「寫實」、「寫景」、「寫意」、「寫情」四類編排。在序文《吾們為什麼要印新詩集》中，編者闡述了編輯工作的四大目的：一、彙集幾年試驗的成績，打消懷疑派的懷疑；二、提供一個寫新詩的範本；三、編輯起來便於閱讀新詩；四、便於對新詩進行批評。〔註 1〕這樣的目的已經體現出了清晰的史料意識。正如劉福春所指出的那樣：「這是我國出版的第一部新詩集。如果將發表在 1918 年 1 月 15 日《新青年》上胡適、沈尹默、劉半農的 9 首白話詩看作是第一次發表的新詩的話，至此詩集出版才兩年的時間，不能不說編者確是很有眼光。」「從詩集所注明的作品出處看，103 首詩共錄自 20 餘種報刊，這些報刊除《新青年》、《新潮》等影響較大的之外，有不少現今已很難見到，像《新空氣》、《黑潮》、《女界鐘》等。很多詩作因這本詩集不是『選』而得到了保存，使得我們今天重新回顧這段歷史的時候，可以較真實、完整地看到新詩最初的足跡。」〔註 2〕也在這一年，許德鄰編《分類白話詩選》由上海崇文書局於 1920 年 8 月出版，收入初期白話新詩 230 餘首，同樣按「寫景」、「寫實」、「寫情」與「寫意」四類編排。

在散文方面則有《白話文苑》（第一冊）與《白話文苑》（第二冊），洪北平編，上海商務印書館 1920 年 5 月出版，分別收入胡適、錢玄同、梁啟超、蔡元培等人白話散文作品 33 篇和 16 篇；同年，《白話文趣》由苕溪孤雛編，群英 1921 年出版，收入蔡元培、陳獨秀、錢玄同、梁啟超、魯迅等人白話的雜文、記敘文共 17 篇。

小說方面，止水編《小說》第一集由北京晨報社出版部 1920 年 11 月出版，編入止水、冰心、大悲、魯迅、晨曦等人的白話短篇小說共 25 篇，1922 年 5 月，「文學研究會叢書」推出《小說彙刊》，由上海商務印書館出版。匯輯葉紹鈞、朱自清、盧隱、許地山等人的短篇小說共 16 篇。

〔註 1〕 《吾們為什麼要印新詩集？》，《新詩集》第 1 頁，上海新詩社出版部 1920 年 1 月初版。

〔註 2〕 劉福春《尋詩散錄》第 5 頁，廣西師範大學出版社 2008 年。

　　戲劇方面，1924 年 2 月，淩夢痕編《綠湖第一集》由民智書局出版，收入淩夢痕、侯曜、尤福謂等人的獨幕劇本 6 部；1925 年 3 月，上海戲劇協社編《劇本彙刊第一集》在上海商務印書館出版，收入歐陽予倩、汪仲賢、洪深等人的獨幕劇共 3 部。

　　由以上的簡述我們大體可以知道，隨著現代文學的傳播，史料保存意識也迅速發展起來，無論是為了自我的宣傳、討論還是提供新文體的寫作範本，各種文學樣式的匯輯整理工作都很快展開了，從現代文學誕生直到新中國的建立，這種依循時代發展而出現的各種文學年選、文體彙編持續不斷，成為民國時期中國現代文學史料保存的主要方式。與新中國建立以後日益發展起來的強烈的「著史」追求不同，民國時期的文學史料的保存常常在以鑒賞、批評為主要功能的文學選本之中：

　　以文體和時間歸集的選本，例如 1923 年《中國創作小說選》（第一集），1924 年《中國創作小說選》（第二集），1925 年《彌灑社創作集》，1926 年《戀歌（中國近代戀歌集）》，1928 年《中國近代短篇小說傑作集》，1929 年《中國近十年散文集》，1930 年《現代中國散文選》，1931 年《當代文粹》、《新劇本》，1932 年《當代小說讀本》、《現代中國小說選》，1933 年《現代中國詩歌選》、《初期白話詩稿》、《現代小品文選》、、《現代散文選》、《模範散文選注》，1935 年《中華現代文學選》、《現代青年傑作文庫》、《注釋現代詩歌選》、《注釋現代戲劇選》，1936 年《現代新詩選》、《現代創作新詩選》、《幽默小品文選》，1938 年《時代劇選》，1939 年《現代最佳劇選》，1944 年《戰前中國新詩選》，1947 年《歷史短劇》、1949 年《獨幕劇選》等等。

　　以作家性別結集的選本，例如 1932 年《現代中國女作家創作選》，1933 年《女作家小品選》、《女作家隨筆選》，1934 年《女作家詩歌選》、《女作家戲劇選》，1935 年《當代女作家小說》，1936 年《現代女作家詩歌選》、《現代女作家戲劇選》等。

　　抗戰是民國時期最為重大的國家民族事件，我們也可以見到大量關於這一主題的文學選集，例如 1932 年《上海事變與報告文學》，1933 年《抗日救國詩歌》、《滬戰文藝評選》、1937 年《抗戰頌》、《戰時詩歌選》、1938 年《抗戰詩選》、《抗戰詩歌集》、《抗戰獨幕劇集》、《抗戰劇本選集》、《國防話劇初選》、《戰時兒童獨幕劇選》、《街頭劇創作集》、1939 年《抗戰文藝選》、、1941 年《抗戰劇選》等等。從中透露出了文學界與出版界強烈的時代意識和民族

意識，或者也可以說，是特殊時代的民族情感強化人們對現代文學的文獻價值的認定。

就作家個人史料的整理出版方面，最值得一提的是魯迅逝世引發的悼念潮與全集出版。早在魯迅生前，就有回憶文字見諸報端（如 1924 年曾秋士《關於魯迅先生》，〔註 3〕1934 年王森然撰寫第一個魯迅評傳〔註 4〕），魯迅逝後，報刊雜誌上發表了大量歷史回憶，親朋舊友開始撰寫出版紀念著作（如許廣平、許壽裳、蔡元培、周作人、許欽文、孫伏園、郁達夫等），包括魯迅先生紀念委員會編《魯迅先生紀念集》等著述〔註 5〕匯成了現代文學有史以來最大規模的個人史料，《魯迅全集》在 1938 年的編輯出版（上海復社版），是魯迅先生逝世之後，中國文學界一次前所未有的對當代作家文獻的搜集彙編工程，編輯委員會由蔡元培、馬裕藻、許壽裳、沈兼士、茅盾、周作人、許廣平等組成，參與編輯的有近百人。胡愈之、張宗麟總攬全域並籌措經費，許廣平與王任叔（巴人）為編校，參與校對的還包括金性堯、唐弢、柯靈、王任叔等一大批人，黃幼雄、胡仲持負責出版，徐鶴、吳阿盛、陳熬生分別聯繫排版、印刷與裝訂事宜，陳明負責發行。搜集、整理、編輯、出版乃至序跋、題簽等由一代文化界精英承擔，盡顯現代文學作為時代文化主流的強大力量。

到作家選集的編輯出版已經成為「常態」的今天，人們格外注意搜集選編的「史料」又包括了那些影響文學史整體發展的思潮、流派、論爭的文字，其實，這方面的整理、呈現工作也始於民國時期，那些文學運動、文學論爭的當事人和富有歷史眼光的學人都十分在意這方面材料的保存。據我掌握的材料看，早在 1921 年 1 月，新文學運動的開展、白話新詩的倡導才剛剛 3、4年，胡懷琛就編輯出版了《嘗試集的批評與討論》，〔註 6〕到 1920 年代後期的「革命文學」論爭之時，又有錢杏邨編輯的《現代中國文學作家》（上海泰東圖書局，1928 年），霽樓編輯的《革命文學論爭集》（生路社，1928），它們都收錄多位論爭參與人的言論。之後，我們還可以讀到各種的文學論爭資料，包括李何麟編的《中國文藝論戰》（中國書店 1929 年）、蘇汶編《文藝自由論

〔註 3〕 曾秋士《關於魯迅先生》，《晨報副刊》1924 年 1 月 12 日，曾秋士即孫伏園。
〔註 4〕 王森然：《周樹人先生評傳》，收入《近代二十家評傳》，北平杏岩書屋 1934年 6 月版。
〔註 5〕 北新書局 1936 年 12 月初版。
〔註 6〕 胡懷琛：《嘗試集的批評與討論》，上海泰東書局 1921 年 3 月。

辨集》（現代書局 1933 年）、吳原編《民族文藝論文集》（正中書局 1934 年）、胡懷琛編《詩學討論集》、胡風編《民族形式討論集》（華中圖書公司 1941）等。

　　1930 年代，在現代文學發展進入第二個十年之後，文學的歷史意識也有所加強，「新文壇」、「新文學史」這樣的歷史概括也出現在學者的筆下，值得注意的是，這些對「新文壇」、「新文學」的記錄都努力保存各種文獻史料。1933 年，王哲甫編撰出版了《中國新文學運動史》（北平傑成印書局），除了對現代文學運動的描述、評論外，著作還列有「新文學作家傳略」、「作家圖片」、「著作目錄」等，皆有史論與史料彙編的雙重功能。同年阮無名《中國新文壇秘錄》（上海南強書局）出版，雖然「秘錄」一語帶有明顯的商業意味，但全書卻體現了頗為嚴謹的文獻意識，正如今人所評，該書「一方面為了保存歷史的真實和完整，對資料不輕易摘引、節錄；一方面更注意搜集容易被人忽略的零碎資料，前後加以串聯，詳加說明，使之條理分明，獨成系統。雖然，他聲明在組織這些材料時，儘量不加評論，當然在編輯過程中也無法掩飾自己的觀點，只要暗示幾筆也就夠了。」〔註 7〕阮無名即阿英（錢杏邨），他是中國現代文學史上最早具有自覺的史料文獻意識的學人。1934 年，阿英再編輯出版了《中國新文學運動史資料》（上海光明書局，署名張若英），這部著作雖然以新文學運動的發展為線索安排專題性的章節，但卻不是編者的評論，而是在每一專題下收羅了相關的歷史文獻，可謂是現代文學發展演變的史料大彙編。對讀今日出版的現代文學著作，我們不難見出，阿英這些最早的文獻工作足以構建起了歷史景觀的主要骨架。

　　在民國時期，現代文學史料整理工作最具規模也最具有影響力的成果是《中國新文學大系》的出版。

　　1935 年，良友圖書公司隆重推出趙家璧主編《中國新文學大系》10 大卷，其中「創作」的 7 卷，共收小說 81 家的 153 篇作品，散文 33 家的 202 篇作品，新詩 59 家的 441 首詩作，話劇 18 家的 18 個劇本，「理論」與「論爭」兩卷，「史料・索引」一卷，加以「創作」各卷的「導言」，收錄的理論文章也有近 200 篇，可以說是全方位彙集、展示了現代文學創立以來的全貌。從文學發展的角度來說，這是推動新文學作品「經典化」的重要努力，從現代文學歷史的梳理來說，則可以說是第一次文學文獻的大匯輯。《史料・索引》

〔註 7〕姜德明：《書邊草山》第 176 頁，杭州：浙江人民出版社，1982 年。

由阿英主持，在編輯中，他注意到了現代文學的版本流變問題，又將「史料」分作作家作品史料、理論論爭史料、文學會社史料、官方關於文藝的公文、翻譯作品史料、雜誌目錄等十一類，我們可以認為，這是中國現代文學史料學的第一次自覺的建構。

不過，即便良友圖書公司和史家阿英有著這樣自覺的史料學的追求與建構，在當時歸根結底也屬於民間的和學者個人的愛好與選擇，而不是國家事業的組成部分，甚至也沒有成為學科發展、學科建設的工作願景。由此觀之，我們可以發現，民國時期中國現代文學史料的保存、整理與出版工作的顯著特點。

就如同中國現代文學本身在整體上屬於作家個人、同人群體的創造活動一樣，在整個民國時期，這些文獻史料的搜集、保存和整理出版工作的主要動力還在民間的趣味和熱情，在國家政府一方面，幾乎就沒有獲得過太多的直接支持，當然，也就因為尚未被納入國家大計而最終淪為國家政府意志的附庸。這樣的現實有兩個值得注意的結果：

其一，由於缺乏來自國家層面的頂層學科規劃，現代文學的文獻史料工作的民間發展受到了種種物質和制度上的限制，長遠的學科發展方略遲遲未能成型，文學史料工作在學術規範、學理探究、思想交流等方面建樹不多。

其二，同樣道理，由於國家政府放棄了對文史工作的強力介入，更由於現代文學陣營本身對民國專制政府的從未停止的抵抗和鬥爭，各種類型的文學著作不斷撕開書報檢查的縫隙，持續為我們揭示歷史的真相，因而，在總體上我們又可以認為，民國時期的文獻史料是豐富和多樣的，如果我們將所有的文學出版物都視作必不可少的「史料」，那麼，這些風格各異、思想多元的民國文學——包括作家個人的文集、選集、全集以及各種思潮、流派、運動、論爭的文字留存，共同構築了現代文學文獻史料的巍峨大廈，足以為後世的研究提供源源不絕的資源和靈感。

2020 年 2 月改於成都

目

次

緒　論

一、研究課題

（一）選題意義

關於中國的「國語運動」，中國大陸學界的既有史料與研究著述都頗為豐富，然而絕大多數論述都集中於梳理「國語」建構的歷史過程，或是討論「國語運動」與「五四」新文學的互動關係。只有少許將語言和文字改革「本身」放在二十世紀中國現代轉型的整體脈絡下，才使「國語運動」在史實陳述之外，成為一個稍具延展性的學術問題。〔註1〕然而，研究者的視野通常侷限於中國內部，這不是說忽視了「國語」概念的外來性質，而是有關「國語」的討論被封閉在了既有的民族國家「境內」。

這或許正是我們當下為何難以談論諸如「中國文學」、「漢語文學」或「華文文學」這些相互纏繞的範疇（category）的根源。在西方舶來的現代學科建制裏，它們都是 Chinese Literature──此種概念裏面默認的「民族國家文學」意味，在過去就時時引發「文化中國」與「政治中國」之間的分歧，到了「歷史終結」的二十世紀九十年代以後，「身份認同」愈發成為資本主義全球化時代的核心議題。近年來，臺灣文學研究越來越偏重於本土語言的趨勢，以及「華語語系」（sinophone）理論在北美學界出現並且在中國大陸以外的華語區域產生重大影響，促使筆者回到「國語」並將其問題化。因為，無論是「臺

〔註1〕目前探討最為深入、成果最豐的是歷史學者王東杰的專著。參考王東杰：《聲入心通：國語運動與現代中國》，北京：北京師範大學出版社，2019 年。

－1－

灣話文共同體」還是華語語系追求的「眾聲喧『華』」，它們都有一個共同的質疑對象，即現代中國的「國族主義」；採用的方式都是抬高地方性語言的價值，前者試圖使「本土」的一種強勢方言獲得「準國語」的地位，後者則是用「多元主義」的多重聲音消解中國的「國語」。

然而真正的問題在於：一種語言究竟如何獲得「國籍」？以某種語言（文字）作為物質性基礎創作的「文學」何以跟「國族」聯繫起來，不僅成為一種十分「自然」的思考模式，甚至影響乃至主導了當代文學研究者假設問題的方式？例如，使用何種「語言」進行創作、表述或者拒絕何種「國族想像」，這種思考方式和命題方式，只能是經歷了「國語統一」與「言文一致」的歷史過程之後，才可能產生的現代性的認識論反應。上述「臺灣話文共同體」與「華語語系」也不例外，它們在批判某種特定的「國語」的同時，卻又內在地繼承了「國語」的邏輯。

「國語」（national language）的本質是一種現代性裝置，它在語言與民族國家之間建立起了穩定的想像關係，而我們至今都很難擺脫此種認識論框架的束縛，因為它不是一個超歷史的話語建構，它是歷史實踐的結果。在十六世紀以前的歐洲，拉丁文還是「僅有的一個被教授的語言」，然而就在短短一百年間，這種「神聖語言」就「以一種同樣令人眩暈的速度，喪失了作為全歐洲上層知識階級的語言的地位」〔註2〕本尼迪克特・安德森生動地描述了印刷資本主義所創造的群眾性的、以方言為基礎的民族主義是如何席捲歐洲大陸，解體了曾經依靠拉丁文所整合起來的神聖的共同體，煽動每一個力有所及的舊王朝不得不向著這種新的「想像的共同體」去進行自我歸化。十九世紀末二十世紀初，伴隨著以歐洲為中心的資本主義世界體系的殖民擴張，東亞世界也被迫捲入其中，「言文一致」的歐洲模型被迅速地吸收和內化，生產出諸種不同面貌的「國語」實踐，與這些地區的民族國家轉型同步發生。這裡同樣有一個依靠「書同文」的舊的帝國原則在迅速解體：如果說拉丁文曾經是歐洲大陸的「神聖語言」，那麼漢語文言文也是中華帝國〔註3〕及其文

〔註2〕〔美〕本尼迪克特・安德森：《想像的共同體：民族主義的起源與散佈》，吳叡人譯，上海：上海人民出版社，2003年，第19～20頁。

〔註3〕這裡的「帝國」概念必須要跟民族國家之後以資本邏輯進行全球擴張的「帝國主義」進行區分，指的是威斯特伐利亞體系之前的政治世界，通常具有普遍法、普遍宗教與普遍語言。按照柄谷行人闡發漢娜・阿倫特觀點，民族國家有兩個基本前提：同質的居民、以及居民對政府積極的同意，而帝國的統合原理本質

化輻射範圍內的上層知識階級的「普遍語言」。在此基礎上的律令制和冊封—朝貢體系，曾經構成了一個自成一體的政治世界，即西嶋定生稱之為「漢字文化圈」或「東亞文化圈」的以中華文明為中心的東亞世界。〔註 4〕因此，「國語」這一來自歐洲的現代性經驗被引入中國不僅是相當晚近的事情，而且並非一國內部的問題，它意味著帝國的中心、周邊與亞周邊都不同程度地試圖以自身的民族語言代替普遍的漢字‧漢文書寫傳統，參與到對原有的政治世界進行拆解和重構的過程之中。在此意義上，本研究將其稱之為東亞的語言國族主義（linguistic nationalism）。它的主要特徵在於，經歷了印刷資本主義的歐洲民族國家的語言文字所呈現出的「言文一致」面貌，多多少少被簡化為一個通往現代性的必然準則，人們相信，只要實現了「言文一致」，就能快速提高識字率和普及國民教育。因此，「國語運動」作為支撐民族國家建構的一種大眾動員機制，主要的任務就是以某一種民族方言為基礎選定「標準語」，以及製作與之適配的書寫符號和文體。其中最為激進的思潮便是「廢除漢字」——這在中國、日本、朝鮮、越南的國語進程中都曾經佔據過核心議題的地位，顯然，在語言國族主義的思考脈絡裏，漢字‧漢文是一種亟需被顛覆的、極端言文分離的古典書寫形式。就此而言，中國對自身「文言文」傳統的反叛與改造，即晚清開啟的語言文字改革到「五四」的文學革命，其實只是整個漢字文化圈「言文一致」運動的一部分而已。

　　然而，「同文」傳統並沒有在「國語」興起後立刻就消失了，相反，它與「語言國族主義」的實踐之間構成了複雜而持久的矛盾張力。一種思路是沿著中國現代轉型的脈絡，也就是我認為的侷限於中國內部的視野，當然，這並不意味著固守於民族國家敘事，相反，也可以導向具有開放性的結論。例如，言文一致與中國現代性的結構關係，通常被描述為對古典形式的創造性轉化，具有在反傳統中繼承傳統的意味，「現代白話文」就是這樣的產物，「它仍然延續了帝國的書寫中心和言文分離的傳統，通過統一的文字書寫來建構民族國家，唯一

上是以法為基礎的政治形態，即對所有人同等有效的立法。總結來說，第一，帝國具有統合多數民族、國家的原理，民族國家則不具有這樣的原理；第二，像這樣的民族國家擴大而支配其他民族、其他國家的時候，並不是成為帝國，而是成為帝國主義。〔日〕柄谷行人：《帝國的結構：中心、周邊、亞周邊》，林暉鈞譯，臺北：心靈工坊文化，2015 年，第 122 頁。

〔註 4〕參考〔日〕西嶋定生：《六～八世紀の東アジア》，家永三郎等編：《岩波講座日本歷史　第 2》（古代　第 2）岩波書店，1962 年，第 229～278 頁。

的區別是從文言文和白話文共存的局面，變成了白話文獨霸江山。」〔註5〕商偉的判斷或許能夠部分解釋當下境外的「漢語文學」、「華文文學」極為豐富的原因：這部分書寫的主體，多屬於帝國離散的子民，這些移民和遺民在政治上並不歸屬於作為現代民族國家的中國，在文化上卻或多或少地保留了對於中國傳統的選擇性認同，其物質性的基礎正是未經語言國族主義所徹底改造完成的書寫中心與言文分離。本研究希望採用另外一種思路，就是將中國的國語運動「還原」到漢字文化圈的語言國族主義的整體進程中看待，在東亞世界的視野中突破國語‧國民‧國家之三位一體的意識形態邏輯，尤其是將經常被有關「中國現代性」的討論所忽視的臺灣作為論述的支點。甲午戰爭以後，臺灣從中華帝國的版圖上被割讓給明治日本，經受了長達五十年的「國語」（日語）教育，這提示我們東亞的語言國族主義的另一個特徵，也就是與殖民主義的密切關聯。一個「漢字文化圈內部的殖民地」究竟意味著什麼？這是本研究疑惑的起點。「同文」與「語言國族主義」的互動似乎不僅僅呈現為殖民者與被殖民者的衝突或共謀，它還有一重更複雜的樣態，就是在東亞世界的帝國解體、民族國家興起、充滿尖銳的地緣衝突之際，作為帝國傳統的「同文」和作為現代意識形態的「語言國族主義」如何被人們運用去繪製種種不同的想像的邊界，其中也存在著無法被「國語」的意識形態所收束的部分，例如殖民地臺灣的漢文書寫改造，以及日本利用「同文同教」輸出大亞細亞主義等等。

在此意義上，本書的題目「國／語」就是想要撐開其意識形態縫際的一個嘗試。

（二）研究背景

公學校之設立，是為了對本島人（按：指臺灣漢人）的子弟實施德育、傳授實學、訓練國民應有之性格，進行同化的同時，使其精通國語。

務必增加日語課程的時數、實施更徹底的國語教育、傾力授予其國民應有之性格。

——臺灣公學校令，總督府令第七十八號，1898 年 8 月。及1912 年內訓第十號改正令。

〔註5〕商偉：《言文分離與現代民族國家：「白話文」的歷史誤會及其意義》，《讀書》，2016 年 11 期。

　　臺灣光復了以後，推行國語的唯一意義是「恢復臺灣同胞應用祖國語言聲音和組織的自由」。……我們要穩穩實實的清清楚楚的先把國語聲音系統的標準散佈到全臺灣。這是在臺灣同胞與祖國隔絕的期間，國語運動的目標，傳習國音──「統一國語」的基礎。我們還有一個目標，也可說是期望統一國語的效果「言文一致」。

　　　　──魏建功，《國語運動在臺灣的意義》，《人民導報》，1946 年 2 月 10 日

　　以上兩段引文，分別來自於 1895 年清政府割讓臺灣以後，由日本殖民臺灣的統治機構即臺灣總督府所頒布的關於「國語」教育的律令，以及 1945 年臺灣光復以後，由著名語言學家、國語推行委員會常委魏建功主導的恢復「國語」的文化重建工作的思路。不用說，在我們現今的觀念裏，前者指的顯然是「日語」，後者當然是「漢語」。但是，既然他們都堅持使用「國語」，這說明他們比當代人更有意識，或者說，在那時的歷史情境下更需要特別強調「國語」的意味。作為官方的語言政策或者執行者對它的闡釋，引文裏透露出的語言國族主義的意識形態都十分穩固，「國語」與民族國家共同體之間的關係沒有任何可質疑的餘地。

　　然而與之相對的是，這五十年間實際創作的「臺灣文學」，卻難以如此清晰歸類，反而顯示出主流的以民族國家為框架的「現代文學」的尷尬。就日本和中國而言，「國語統一」與「言文一致」的實踐造就了各自的「標準語言」與「現代文學」。正如柄谷行人指出國木田獨步以「た」結句的小說使日本現代文學第一次獲得了敘事的「透明」，而這種「言文一致體」乃是 1890 年代明治國體的諸種制度之確立在語言層面的表現。因此，「言文一致」既不是言從於文，也不是文從於言，而是新的言＝文之創造。〔註 6〕在中國的語境中，則以胡適《建設的文學革命論》之副標題「國語的文學──文學的國語」，標誌著之前互不相關的文學革命和國語運動的合流。〔註 7〕然而，中國現代文學起源的「實績」，仍在於周氏兄弟自晚清開始就經由翻譯經驗而改造文言的文體，從而得出了新文學的書寫語言，這種我們今天視作「言文一致」的白話

〔註 6〕〔日〕柄谷行人著，趙京華譯：《日本現代文學的起源》，北京：中央編譯出版社，2013 年，第 25 頁。

〔註 7〕王風：《世運推移與文章興替──中國近代文學論集》，北京：北京大學出版社，2015 年，第 225 頁。

文也並非直接通過口語形成，實際上也是新的言＝文之創造。〔註 8〕儘管如此，經由「言文一致」這種口語與書寫合一的理想的「實現」，中國和日本都各自形成了一條「新文學」＝「現代文學」＝「國族文學」的主線，形成了相對穩定的民族國家想像。

當然，這種想像並非嚴絲合縫。且不談這條「新文學」＝「現代文學」＝「國族文學」的主流敘述是在排除了多少無法收編的旁枝或雜音的基礎上建構起來的，前述「臺灣文學」的難以歸類就已經昭示出無法忽視的裂痕。日據時期臺灣的日語文學，在 1940 年代就任於臺北帝國大學的日本學者島田謹二看來，將其歸之於「在臺灣的我國（日本）文學」是適得其所的，原本他的「外地文學」概念只包含在臺日本人創作的文學，但經由日本殖民統治的「國語」教育也產生了為數眾多且成就斐然的臺灣人的日語作品，因此他把「外地文學」置換為「臺灣文學」並將其視作「日本文學之一翼」，〔註 9〕這種觀點在當時就遭到了臺灣學者黃得時的反駁和批評，其背後隱含的自然是對於被統合進日本的國語‧國民‧國家體系的拒絕。在臺灣光復以後至現今，這部分日語創作（排除在臺日本人作品）通常以翻譯為中文的形態存在於臺灣文學史的序列之中，又被「中國現當代文學」的體系「包括在外」，作為「臺港澳及海外華文文學」的一支。對於日本或中國來說，「臺灣文學」總是被當做一種具有「特殊性」的、一定時期的、局部的文學現象；而當代臺灣的本土研究者，卻樂於將它視為未竟的「國族文學」，即便這很可能只是語言國族主義邏輯的延續。

如果不假思索地把引文中的兩種「國語」直接置換為「日語」和「漢語」，或者以「國族文學」為框架裁剪「臺灣文學」的複雜現象，其實也就錯失了一個相當重要的歷史意識，即漢字文化圈的種種語言是如何獲得「國籍」的。在這個意義上，臺灣不能再被看做特殊、局部或支流，而應該被視為進入此種問題意識的一把鑰匙。

對於日據早期的日本殖民總督府而言，推行「國語」（日語）的目標是把臺灣人同化為日本人；對於光復初期的國民政府長官公署而言，推行「國語」

〔註 8〕 王風：《世運推移與文章興替——中國近代文學論集》，北京：北京大學出版社，2015 年，第 168～169 頁。

〔註 9〕 〔日〕島田謹二：《臺灣的文學的過去、現在和未來》，載《文藝臺灣》第 2 卷第 2 號，參考黃英哲主編：《日治時期臺灣文藝評論集雜誌編》第 3 冊，臺南：國家臺灣文學館籌備處，2006 年，第 103 頁。

（漢語）的目的則是要恢復臺灣同胞的中國人身份與認同。兩種「國語」教育的意圖都是顯而易見的，問題在於「國語」的內容究竟是什麼、為何被認為能夠實現這樣的效果？如果說魏建功以「國語推行委員會」常委的身份應長官公署邀請赴臺主持國語推行工作的時候，中國早已經通過「國語統一」與「言文一致」完成了「國語」的建構〔註10〕，那麼對於通過甲午戰爭獲得殖民地臺灣的日本而言，情況顯然並非如此。當第一任總督府民政局學務部長代理伊澤修二在臺灣設立「國語傳習所」的時候（1896），日本本土的中小學還並沒有成型的「國語教育」。從 1900 年 8 月修正的「小學校令」開始，讀書、作文、習字三科才合併統一為「國語」科，而中學的「國語及漢文」科目雖然沒有改名，但內容調整為主要講授現時的國文、在此基礎上講授近古的國文及簡易的漢文——以往作為學習中心的漢文與古文從此下落到從屬地位。直到 1904 年第一本國定國語教科書《尋常小學讀本》裏面，才出現了節減漢字、統一假名字體以及採用口語體的書寫表記方式，在發音方面實行標準化，以東京中流人士使用的音調作為國語的基準音。〔註11〕換句話說，直到日本殖民統治臺灣近十年之後，才有了接近我們今天所認知的「現代日語」及其書寫標準，而「國語」這一構想作為一種制度，竟是率先在殖民地臺灣開始實踐的，其內容和構成直接來自於殖民教育的經驗。於是，伊澤修二最初在臺灣所推行的「國語」，其實尚未經過「言文一致」的改造，並不是一個已經有著清晰邊界的民族國家語言，毋寧說，正是在施行殖民教育的實踐過程中，這一民族國家語言的樣貌得以逐漸清晰顯現出來。

　　這裡出現了一個認識論的顛倒：「國語」通常被認為是一國之內部所形成的共同的「標準語」，但實際上如果沒有來自應對外部所發生的事實的需要，

〔註10〕　參考魏建功：《〈國語運動在臺灣的意義〉申解》，「中華民國人民共同採用的一種標準的語言是國語，國語是國家法定的對內對外，公用的語言系統。……國語包括（1）代表意思的聲音叫『國音』，（2）記錄聲音的形體叫『國字』，（3）聲音形體排列組合表達出全部的思想叫『國文』。」《現代週刊》，1946 年 2 月 28 日，第 9 頁。另，1916 年，在「國語統一籌備會」召開第一次大會時，劉半農、錢玄同、周作人、黎錦熙等人聯名提出了把國民學校的「國文」課改為「國語」課的主張。1920 年，教育部通令全國：「自本年秋起，凡國民學校一二年級，先改國文為語體文，以期收言文一致之效。」隨後，又把初級中學「國文」科改名為「國語」科。參考王松泉主編：《中國語文教育史簡編》，北京：社會科學文獻出版社，2002 年，第 126 頁。

〔註11〕　參考〔日〕李妍淑：《「国語」という思想：近代日本の言語認識》，東京：岩波書店，2004 年，第 149～150 頁。

是不可能「自然而然」地形成的，至少不會那麼快速地從理念層面落實到制度層面。就上述日本的情況來說，統治殖民地「新附民」的需要成為了「國語」之構造成型的直接推動力，一個不能忽視的原因在於作為殖民者的日本人和作為被殖民者的臺灣人所共享的漢字・漢文傳統——漢字文化圈共同的書寫語言，使其難以傚仿歐洲的殖民範本，在人種和文化的層面簡便迅速地塑造差異與階序。如前所述，直到1900年以前，日本本土國民教育的核心仍然是漢文，這恰恰是被殖民者的文化遺產。因此，在殖民統治策略的差異政治的邏輯下，排除漢文、構造「言文一致」的宗主國的語言文字，就勢在必行。雖然日本早在江戶末年就已經有了漢字廢止論，〔註12〕但其語境與殖民擴張時期有所不同，在此時將「國語」與「國家主義」明確結合的主要人物是語言學家、創造了「國語學」的上田萬年。他在甲午戰爭的高潮時期不無煽情地鼓吹漢字排斥論：「自開天闢地以來無以類比的征伐支那之際，我陸海軍將士連戰連勝、所向披靡，然我國的國語界文章界卻依然屈居於支那風下，令人害臊。」〔註13〕與此同時，他的著名演講《國語與國家》將「國語」比作「日本人的精神血液」，這個觀點深刻地影響了甚至主導了甲午戰後日本統治殖民地臺灣的語言政策，即以推行「國語」來實現「同化」乃至「皇民化」。〔註14〕追求「言文一致」的「國語」的理念，正是在以甲午戰爭為頂點的明治二十年代（1890年代）的精神氛圍中有了生長的土壤，〔註15〕「國語」既意味著對內統一，又意味著對外擴張。

　　與之相對應的是，在晚清的中國，語言成為知識分子的公共話題也是甲午戰後，他們意識到提高民智對於解決民族危機起著根本性的作用，僅1896至1897兩年間就出現了四套不同的速記符號拼音方案，「從這個側面很可以看出當時知識界的急躁心態」。〔註16〕從效率的角度來說，拼音化可以迅速實

〔註12〕 1866年，前島密發表《漢字御廢止之議》，認為為了促進日本的文明化、普及國民教育，必須使用儘量簡易的文字文章，廢止不合理、效率低的漢字。參考〔日〕長志珠繪：《近代日本と國語ナショナリズム》，東京：吉川弘文館，2007年，第28～29頁。

〔註13〕 〔日〕上田萬年著、安田敏朗校注：《国語のため》，東京：平凡社，2011年，第30頁。

〔註14〕 參考陳培豐：《「同化」的同床異夢：日治時期臺灣的語言政策、近代化與認同》，臺北：麥田出版，2006年，第47～50頁。

〔註15〕 《「國語」的思想：近代日本的語言認識》，第86頁。

〔註16〕 《世運推移與文章興替——中國近代文學論集》，第190頁。

現以拼切方言土語來使不識字的人獲得書寫能力的目標，然而，各地方言差異巨大，這種方式顯然與追求共同的「標準語」背道而馳，但如果要以某種官話作為標準來拼寫，那麼對於其他方言區的人來說又與「言文一致」的便利性相互矛盾。另一種思路是來自維新派的白話文運動，即不廢除漢字，而是以宋元以來通俗白話小說的文體為基礎，使白話從消閒娛樂的讀物變成開啟民智的工具。也正是維新變法時期，大量的白話報開始出現，以淺顯俗語使初通文字的一般民眾能夠瞭解時事。這兩種語言改造運動的思想基礎雖然都標榜著「言文一致」，但顯然前者不利於「國語統一」，後者在書寫統一的基礎上並不能夠言文一致。當然，落實到制度層面，主要還是經過了兩次學制改革，即 1902、1904 年的「壬寅—癸卯學制」與 1912 至 1913 年的「壬子—癸丑學制」，那真是在內憂外患的局勢中，「國文」和「國語」漸漸從教育制度方面確立起來，拼音化的方案最終是以章太炎的「紐文」、「韻文」略加改動，作為漢字的「注音字母」而存在。但是，對於「國音」的標準則是一直相爭不下，直到 1932 年才由教育部正式確定了京音為國語標準音。〔註17〕因此，就「言文一致」這一點來說，中國的「國語」仍然維持相當程度的「言文分離」，也正因為「國語」以書寫語言的改造，即從文言文變為白話文為主，才保留了跨地區乃至跨國境的普遍性。無論「國音」如何爭論不休，近現代白話報刊與文學創作的實績，已經使這種新的書寫文體足以維持「想像的共同體」。

　　上述事實告訴我們，「國語」不是在一國範圍的內部形成的，毋寧說是出於應對外部的需要而被制度化的存在，通過對外排除他者、對內統合異己來召喚國民主體，為現代民族國家的共同體想像提供感性經驗和審美體驗，它在制度上具有工具理性的性質，然而其精神本質屬於一種浪漫主義的美學構造。想要理解這一構造，甲午戰爭和臺灣的殖民地化就是一個關鍵的時空節點，在這一時段中，「國語」從觀念層面落實到制度層面，「內」與「外」呈現出紛雜交錯的多重面貌，不應將目光侷限在「國語」以後的民族國家界限之內，而應該在東亞世界的區域互動中把握其形式和特徵。不可否認，漢字文化圈的「國語」運動與現代文學在抵抗西方帝國主義的擴張進程中，對於啟蒙乃至革命曾經承擔了莫大的歷史作用，然而，這是一種將抵抗的對象內

〔註17〕關於「讀音統一會」及國語標準音確立過程，參考崔明海：《語言觀念的變遷：北京語音如何成為近代國語標準音》，載《北京社會科學》，2008 年 02 期。

在化來完成自我的現代性改造的方式，也就是，以「民族國家」來抵抗「民族國家」。在此基礎上，「國籍」成為了一個現代「主體」最為重要的身份認同標記，尤其對於前殖民地而言，建構自我主體性的最直接方式也是通過民族主義運動而成為主權國家。然而，這種單一的、以民族國家為範本的思維方式，實則是「言文一致」留下的遺產，它的副作用是時常限制我們提出問題的方式，例如使用何種「語言」進行創作、表述出何種「國族想像」，又或者是臺灣人如何在「日本性」與「中國性」的夾縫中尋求自我「主體性」等等，這種展開論述的方式看似動態，實則已經將「民族國家」的意識形態固定化與本質化了，而忽視了言文轉換的歷史樣態，以及究竟生產出了何種「現代」知識形式。如果我們在研究思路上不具備對「國語與國家」的意識形態「本身」進行反思的敏銳性，就難以分辨歷史事件和文本的豐富性與異質性，也無法思考國族認同之外的「主體」。

二、前行研究與本研究的方法和特徵

本研究以「國語」為對象，既包括對於作為制度的「民族國家標準語」之構造過程的歷史考察，也包括對於作為思想的「國語」觀念及其核心概念「言文一致」的批判性再思考。同時，將此種現代性的「語言國族主義」放置於東亞的整體性視野中，考察作為中華帝國普遍書寫語言的漢字‧漢文傳統的解體與重構，以及這種意識形態如何塑造一種「現代」的知識型構。在這裡，「東亞」不單純是一個空間範疇，更是一種認識論視角。令人困擾的是，無論是作為空間範疇還是認識論視角，「東亞」的框架總是有些似是而非，它究竟指中、日、韓這個最常見的框架，還是加上朝鮮和越南？它究竟是身在其中的人們所具有的區域性共識，還是來自西方的指認或命名？由於筆者主要考察漢字‧漢文書寫的現代轉換，「東亞」的地理範圍理應相當於西嶋定生劃定的以中國文明為中心的「東亞世界」，即擁有漢字、儒教、佛教和律令制的中國、朝鮮、日本和越南，它們共同構成了「漢字文化圈」或「東亞文化圈」。〔註18〕但是，一方面筆者的語言能力不足以探討朝鮮半島和越南的語言國族主義，另一方面，「東亞」若是被固定為實體化的對象，也就意味著失去了它的認識論意義，因為作為論述話語（discourse）的「東亞」，其本身便是

〔註18〕參考黃東蘭：《作為隱喻的空間——日本史學研究中的「東洋」「東亞」與「東部歐亞」概念》，《學術月刊》，2019 年 02 期。

西方衝擊之下現代性的知識型構，尤其不能忽視的是十九世紀末以來主導「東亞」論述的正是明治日本。也就是說，「東亞」不能直接等同於一個區域實體，更是現代化進程裏面中日實力消長對調的產物。因此，甲午戰爭前後中國與日本之間思想變革的互動，以及臺灣淪為一個「東亞內部的殖民地」是如何在宗主國日本的國語進程與共享的漢文傳統、中國大陸的國語運動與文學革命之間碰撞與擺蕩，是本研究關注的重點。而「國／語」的分隔符號，意味著對語言國族主義所塑造的「國語與國家」的邏輯進行解構，不僅動態地認識「國語」制度與「同化」於歐洲式的現代民族國家之間的密切關聯，也試圖考慮在此進程中看似被否定的「同文」傳統，在二十世紀東亞區域的地緣政治中又扮演了何種「現代」角色。因此，本研究在方法論層面不得不跨越既有的學科邊界，綜合語言學、文學、歷史學、思想史等多重研究領域的理論與方法。

（一）

首先，在「國語」與殖民地的「國語教育」這一脈絡上，本研究試圖與日本以及臺灣學者的既有研究成果形成對話。

日本方面主要參考的是與殖民地臺灣直接相關的幾部「國語」研究著作，尤其是其中涉及到總督府首任學務部長伊澤修二的章節。駒込武的《殖民地帝國日本的文化統合》（1996）在探討日本對殖民地臺灣、朝鮮、還包括「滿洲國」以及華北佔領地的語言及文化政策時，打破了以往既有的「同化」敘述，轉而把「同化」作為分析的對象，尤其細緻地區分了不同時段、不同地區具體的「國語教育」與當時的殖民者和被殖民者複雜重層的抵抗與協力之間的關係。駒込武指出，在 1900 年前後的臺灣，國語教科書的特徵用一句話概括就是「同文同種」論的折衷性，雖然當時正值甲午戰後漢字排斥論佔據優勢的大背景下，然而伊澤修二到臺灣之後，卻轉向了積極利用漢字、漢文的方向，他把言文分離的狀況作為前提，組合了以下二者：學習作為共通的文化遺產的「文」的讀書科與學習說話的「言」的國語科。在教化「新附民」的方針政策上，伊澤修二把自己的想法定義為「混合主義」，也就是不同於直接輸出殖民宗主國語言風俗的「自主主義」與利用殖民地傳統文化以達成統治目的的「假他主義」，而是希望在二者混合基礎上不知不覺融為同一國民。長志珠繪的《近代日本與國語民族主義》（1998）則是將殖民初期臺灣的國語

政策放置於日本國內的「國語統一」與「言文一致」形構脈絡之下，探討這一時期二者的互動關係。1897 年伊澤修二離任之後，所謂「混合主義」式的日語─臺語對譯教授法很快就被替換為直接以日語進行「國語教育」。1898 年由臺北的國語學校和國語傳習所的教師聚集成立的國語研究會（1901 年改名為臺灣教育會），在一年間共召開了 14 次研討會，對「國語教育」中實際面臨的困難和教學方法進行了集中探討，具體議題包括是否應該限制敬語、漢字與假名的混用、限制漢字的可能性、是否教授五十音圖、讀音方面以哪個地域為標準、若是以東京為標準又應採用哪個階級的口語等等，這些問題在日本國內的國語問題中也是同樣被密集討論的話題，殖民地的教育實踐使得「國語」觀念中許多抽象的、普遍的概念落實到了具體的層面。長志珠繪此著對於伊澤修二的討論還有一點頗有啟發之處，就是對其在離任臺灣以後製作「支那語」發音表記方法並提倡「東亞語學」的行動進行了考察，正是經過殖民地臺灣的「國語教育」，伊澤發現歷史遺留下來的假名與日本的「新領地」臺灣以及鄰邦的中國、朝鮮等現今通行的發音有著密切關係。與日本國「內」的語言學家上田萬年等人力圖排除漢字、將「國語」表音化不同，秉持徹底的聲音中心主義立場的伊澤修二經過臺灣的「場」的實踐，反過來在聲音的痕跡的表記中去發現「歷史」與「文化」。本研究也將沿此方向，以伊澤修二為線索，探討東亞漢字圈語境中「聲音」對「同文」傳統的重構。

　　另外，關於日本的「國語學」問題，韓國學者李妍淑的著作《「國語」的思想：近代日本的語言認識》（1996），從社會語言學的角度討論「國語」與「想像的共同體」的關係，以國語學家上田萬年及其弟子保科孝一為軸線，探討日本的「言文一致」與海外殖民統治的語言政策之間的對立交織，認為近代日本的「國語政策」之所以如此暴力，不是因為「國語」的強大，恰恰顯示出「國語」的脆弱。此著對於日本的「國語」思想如何從明治初期開始發展到甲午戰爭前後形成的「國語學」有詳細的論述，對本研究討論同時期伊澤修二的「國語」觀念與實踐提供了前史和參照系。同樣以社會語言學角度進入「國語」問題的日本學者安田敏朗，相對於「國語」作為「思想」，更注重其制度性、技術性的一面，他的著作《帝國日本的語言編制》（1997）更接近長志珠繪的歷史實證方法，把帝國日本國內和國外的殖民地與佔領區的語言政策作為具有內在聯繫的整體，通過「國語」、「日語」和「東亞共同語」三個概念，將其語言政策氛圍「國民國家語言統制」和「帝國性語言統制」

兩種類型，前者以「國語」為基礎，後者以「東亞共同語」為基礎。從時間的演變推進來看，日本帝國的語言政策是按照從前者向後者的不斷調整而來的，因此，作為「國民國家語言統制」產物的「國語」佔據了「帝國性語言統制」的核心地位，它與作為「東亞共同語」的「日語」互相影響，同時與其他民族的語言相對峙。

　　不難看出，日本學者圍繞著「國語」的歷史、制度或思想研究，其目標都在於觀察或批判近代日本的民族國家意識形態，他們關注的焦點，幾乎都集中於「民族國家」的統合與「帝國主義」的擴張之間的張力。針對這種從日本「內部」出發的視角，臺灣學者陳培豐對「國語」的「同化政策」提出了被殖民者也就是以臺灣人為主體的思考。《「同化」的同床異夢：日治時期臺灣的語言政策、近代化與認同》（2006）一書認為日本殖民者在臺灣以「國語教育」實施的「同化政策」，應區分「同化於（日本）民族」的「黑暗面」與「同化與（近代）文明」的「光明面」，並且從臺灣人的接受角度，「同化」也應該包含著統治者被動實施或賦予臺灣人近代文明，以及臺灣人主動向統治者爭取、希求近代文明的過程。通過這種反抗民族／接受文明的二分法，陳培豐認為可以更合理地解釋「殖民地統治肯定論」，「文明」變成了臺灣人在這場抵殖民戰鬥中巧妙地從統治者方面取得的「戰利品」。這種二分法的框架，似乎是將臺灣文學研究中常見的「殖民現代性」直接劃分為了「殖民」／「現代性」，抵抗前者的同時不妨礙接納後者，並且在其論述中，以「文明」為表象的「現代性」在「臺灣主體性」的構形中具有絕對的正面價值。這種進步主義的「文明觀」，在其後著《想像和界限——臺灣語言文體的混生》（2013）的框架裏面延續下來。陳培豐提出「殖民地漢文」的概念，來命名一種形態上涵蓋古典漢文、通俗漢文或和式漢文，同時摻雜現代化語彙的具有中性或中介色彩的混合文體。「殖民地漢文」的概念使其研究視角從「同化」教育轉向了「同文」傳統。著者更進一步指出，由於漢字漢文的界限在這種中日臺之間的文化交流中不明確，也使臺灣人對文體想像的態度十分曖昧，於是1920年代臺灣發生的「中國白話文」運動，被理解為臺灣人對漢文模糊的理解與認識折射到文體定位或政治認同想像的代表事例，而1930年代的「臺灣話文」論爭，則催生出一個成熟的文體詮釋共同體，即臺灣話文。值得注意的地方在於，陳培豐認為止步於「民間舊文學」的臺灣話文，最關鍵的是欠缺翻譯所帶來的現代經驗表達，因此無法獲得現代化的新知識，也無法書

寫「真正的現代文學」。

何謂「真正的現代文學」？按照上述邏輯，正是追求「言文一致」的「新文學」＝「現代文學」＝「國族文學」；從「殖民地漢文」到「臺灣話文」、再到「文體詮釋共同體」，呈現出的正是仿製「國語」的欲望。有趣的是，這種邏輯在無意中洞察到了東亞漢字圈的「現代文學」的本質——「真正的現代文學」必然是「翻譯文學」。

（二）

本研究試圖對話的第二條脈絡，便是從「翻譯現代性」與「跨語際」的後殖民理論視角，將漢字圈的「國語運動」整體定位於向近代歐洲的「言文一致」原理被迫而又自發地「同化」進程。

「翻譯所帶來的現代經驗」這個觀點，讓人想起劉禾在《跨語際實踐：文學，民族文化與被譯介的現代性》（2002）中所提出的「翻譯中生成的現代性」（translated modernity）。只不過相對於陳培豐期待以「翻譯西方文明」使「臺灣話文」獲得「現代性」，劉禾恰恰是要批判這種視西方經驗為「普遍」、為西方概念在自身語言中尋找或創造對等物的知識實踐形式。因為我們從福柯那裡學到，知識生產中蘊含著權力關係，19 世紀以來的東西方之間的翻譯是不對等的，正如列文森在《儒教中國及其現代命運》認為「西方可能帶給中國的，是改變了它的語言；而中國對西方所做的，則是擴大它的詞彙」。有趣的是，劉禾認為列文森沒有實實在在地去看待「跨語際」（translingual）的傳介過程，也就沒能看到中國自身在其中的能動作用，「跨語際實踐」強調主方語言（在此處是現代漢語）在翻譯過程中產生意義，這樣，客方語言要在新的語境中獲得意義，就用不著總是強調原文本意的權威性了。然而這種「中國通過翻譯、改寫、挪用西方資源來獲得現代性」的邏輯與前述「臺灣在抵抗日本殖民中獲取現代文明」的思路頗為一致，均為後殖民式的思考模式。劉禾的「跨語際」實踐主要考察的是現代的「新詞語」以及其背後的「話語」的建構，特別是中—日—歐的新詞語的旅行並且最終在現代漢語裏落地生根的實際旅程，此著附錄中收錄的絕大多數「新詞語」都來自於日語藉詞，包括劉禾重點分析的「國民性」與「個人主義」。

不難看出，在近現代中國對西方的「跨語際」實踐中，日語藉詞的重要地位。甚至不限於詞彙，在文體方面現代中國白話文也借鑒了日本的「歐文直譯體」。臺灣學者黃克武在《新語戰爭：清末嚴復譯語與和制漢語的競賽》

一文中詳細描述了嚴復以文言翻譯西文，對抗「東學」與「東語」（即通過日本中介的西方知識）的過程，最終是「和制漢語」也就是清末所謂「新名詞」佔了上風，文體上的代表就是梁啟超的「新民體」。陳培豐的著作中也認為，「新民體」與「殖民地漢文」系出同源，文體結構基本相同，是由傳統漢文、和式漢文、和制漢語三種不同形式的漢字漢文構成，梁啟超在 1911 年訪臺，就是經由筆談「新民體」與臺灣的知識分子溝通。與劉禾直面西方話語的取向不同，本研究更關注的是日語藉詞乃至日本這個將西方話語用漢字翻譯並擴散於漢字圈的中介，在這樣的歷史情境下，語言的「主」「客」關係變得複雜起來，筆者甚至認為，「主」與「客」的邊界正是在「國語」建構的過程中被確認的。

　　明治日本在向近代歐洲「同化」的過程中，之所以能夠如此平滑地融入語言國族主義的進程，還在於明治時期的聲音中心主義的「國語」作為一種現代型構，實際上又同時接續了日本傳統的「國學」中本就興起的排斥「漢意」的傳統，對此問題本研究參考了酒井直樹和小森陽一對近代日語「言文一致」的批判性思考。酒井直樹的《胎死腹中的日本語‧日本人》（1996）一書以考察十八世紀日本的話語構造中言說的地位為基礎，通過探討以本居宣長為代表的日本國學家為了排除「漢意」而在《古事記》的訓詁中去尋找「純粹日語」的過程，認為「日語」在誕生的時候就只能以胎死腹中的形式存在，因為本居宣長假設古代存在著日語以及日語能夠普遍通用的共同體，但現在（十八世紀）卻喪失了。這種以聲音為中心的意識形態帶來的是所謂「口語」的發明。酒井認為「口語」並不是自然存在的，而是把書寫的形象投射到對話場景之後，想像發話的「主體」與聽話的對象的過程，因此，「口語」的出現必須伴隨著一定的主體的生成。而「口語」與古代的「聲音」相聯繫的語言想像，造就了均質地傳達以及普及所謂純粹的日語共同體的歸屬欲望，也就是日本的「國語」與國民共同體的建構過程。與之相應的是，小森陽一在《日本近代國語批判》（2000）一書中著眼的並不是本居宣長本人的思想，而是近代以來日本文化民族主義者如何試圖通過對本居宣長的重新闡釋，以達到服務於建構「國語」的目的，貫穿其中的無非是在「假名—漢字」這一二元對立中確立假名（聲音）的特權性。然而明治日本用「歐文直譯體」翻譯歐美新概念產生大量漢字雙音詞彙（引入中國就是前文所述「日語藉詞」），只能按照中國古音「音讀」之，因為在日本原有的「大和語」中

並沒有這些概念，所以無法按原有的「大和音」「訓讀」之。與酒井「胎死腹中的日語」判斷相似，小森認為「歐文直譯體」的出現使所謂「言文一致」的理想在剛剛拉開序幕的時候，便帶上了一種絕望的色彩——因為「歐文直譯體」是雜誌、報紙等鉛字印刷媒體中佔據統治地位的書記符號。當然，這些批判性思考都屬後見之明，但無疑解釋了近代日本的「國語」進程為何如此順利地走向了「聲音中心主義」，自明治維新前夕前島密的「漢字廢止論」至甲午戰爭期間「國語之父」上田萬年的「國語與國家」論，正是呈現為一種脫亞入歐式的以「聲音」為國民動員的「言文一致」運動。即便林少陽在《近代中國誤讀的「明治」與缺席的「江戶」》（2017）一文中考證，實際上在「言文一致」運動之前，江戶時代的日本就已經達成不遜於歐美的高識字率，這其實是以寺子屋等普遍教育施設開展的漢文中心的課程為基礎而實現的，然而在十九世紀末二十世紀初的漢字圈，「言文一致」能夠實現普及教育、吸收現代文明的神話，顯然是希望傚仿日本走向現代的中國知識分子普遍相信的典範。

中國的「言文一致」與「國語」觀念的建構，因而與明治日本密切相關。黃遵憲首倡「言文一致」，正是出使日本總結明治維新經驗得來；吳汝綸考察日本學制歸國，亦以「日本之假名字」為據強調言文一致和推行「省筆字」的必要性，並且開始使用在日本語境中形成的「國語」一詞。董炳月的《「同文」的現代轉換——日語藉詞中的思想與文學》（2012）一書因此把「國語」一詞也看作日語藉詞，具體說來，著者認為創製時間與傳播方向不應成為判定某詞是否為日語藉詞的第一標準或唯一標準，而在於詞彙之現代含義的獲得、詞彙的社會化是否與近代日本有關。日語藉詞傳播到中國尤其集中在甲午戰爭之後的數年間，形成了王國維所謂的「混混之勢」，因此，「甲午戰爭」不僅僅是一個時間標誌，同時也是一個社會文化標誌。於是，現代的「國語」作為一種與現代國民國家的形成過程相伴隨的語言制度，最重要的是語言中的國家思想和國家意識，「國語」是塑造「國民」的語言實踐形式這一觀念，從明治日本被引入中國。

但是，在向著近代歐洲的「言文一致」原理轉化的相似行動中，中國的國語運動最終並未走向與明治日本同樣的「聲音中心」的語言國族主義，而是以「國語的文學，文學的國語」之邏輯，與文學革命所創造的「五四白話文」相互催生。王風的論文《晚清拼音化運動與白話文運動催發的國語思潮》

（2001）以及《文學革命與國語運動之關係》（2001）對晚清至民初的國語思潮與言文一致提供了諸多歷史考察，發人深省的是，原本打算為「聲音」創製符號的清末拼音化運動由一開始激進廢漢字到最終萎縮為替漢字注音，作為舊有「書寫文體」之一種的白話文所攜帶的「口說」傳統卻促使文學革命與國語運動的合流，直至建立起一個以周氏兄弟的作品為代表的新的「書寫語言體制」。也就是說，在「五四白話文」所開啟的塑造一個新的國家想像的「語言」中，「聲音」並未佔據核心地位。商偉的文章《言文分離與現代民族國家：「白話文」的歷史誤會及其意義》（2016）則是從理論的層面闡釋了這一事實，他提出漢字存在著「結構性的言文分離」這一核心特徵，就文字而言，白話文與文言文不過就是同一個漢字書寫系統中兩種相互依存、彼此滲透的類型而已，它們與文體的傳統密切關聯，但跟口語都沒有直接的關係。從「言文分離」來看「五四」白話文運動的意義，其實可以看出不同於歐洲以方言建構民族國家共同體的特徵，即「白話文」在晚清到「五四」時期被充實擴展，變成了漢字書寫的唯一合法類型，地方口語和語音的差異，並不影響維持龐大帝國的完整性，因為「白話文」仍然是以書寫為中心的。王東杰的專著《聲入心通：國語運動與現代中國》（2019）是近年來探討中國國語運動最為深入的研究，作者將其納入二十世紀中國整體轉型的脈絡中，探討語言文字改革是如何反映並實際參與這一過程，考察國語運動和國家建設、地方觀念、階級意識等範疇的互動，這些抽絲剝繭的細緻論述為本研究探討1920～1930 年代臺灣在漢語文改造進程中發生的新文學運動和臺灣話文論爭提供了有力的參照。

（三）

　　本研究想要打開的第三條脈絡，是討論東亞漢字圈的「國語運動」時所不能忽視的「同文」的現代性，即漢字書寫傳統的現代轉化。

　　前述劉禾的專著《跨語際實踐：文學，民族文化與被譯介的現代性》（2002）與董炳月的專著《「同文」的現代轉換——日語藉詞中的思想與文學》（2012）從翻譯理論和話語交流史的角度涉及了明治日本用漢字翻譯西方概念所創造的日語漢字詞彙，這些「新名詞」在清末的中國被廣泛借用，在互動的話語實踐過程中產生了新的「同文」情境。陳培豐的《想像和界限——臺灣語言文體的混生》（2013）一書所提出的「殖民地漢文」概念，也是建立在舊的「同文」與上述新的「同文」相混合的基礎之上，探討「文體詮釋共同體」的混

合、互通或排斥問題。本研究更關注的是，一方面舊有的漢字書寫傳統在現代中國並未因為「國語運動」而徹底消失，反而通過強調與漢語的密切關聯而收縮成為了文化民族主義的符號，也就是說漢字被賦予了現代意義上的「民族性」，這一點在清末民初的國粹主義思想和殖民地臺灣的漢語文改造中都有很明顯的體現；另一方面是舊有的「書同文」背後的帝國文化與政治傳統，特別是儒教倫理，在東亞區域走向黑格爾意義上的「世界歷史」進程中，也扮演了複雜的現代角色，它既是漢民族的移民和遺民們維繫家國想像的寄託，同時又經由日本對臺灣「同文同教」的殖民統治被進一步發明為「東洋文明」，成為日本帝國主義在舊有的中華帝國輻射範圍內擴張勢力、又試圖與以「西洋文明」為中心的世界體系分庭抗禮的思想資源。

對形成上述思路提供啟發的首先是柄谷行人在《世界史的構造》（2010）中所描述的基於「服從與保護交換樣式」的世界—帝國和基於「商品經濟交換樣式」的世界—經濟，十九世紀末二十世紀初的東亞區域便是經歷了從世界—帝國走進世界—經濟的巨變。世界—帝國的特徵是每一個「帝國」內部擁有的超越共同體的「國際法」、「世界宗教」和「世界語言」，那麼中華帝國的統合原理便是朝貢體系、儒教思想和漢字書寫。在此意義上，東亞區域的「國語運動」是在被迫捲入以近代歐洲為中心的世界—經濟的過程中，快速吸收和內化歐洲的「言文一致」語言模型而產生的書寫語言改造運動，與此相伴的便是資本—民族—國家的發生，瓦解了「書同文」所代表的中華帝國及其文化輻射圈的舊有政治形式。因此「國語運動」的實質是為現代民族國家創造新的語言與新的主體——侷限在官僚制精英階層卻又具有東亞世界內部的「國際化」通行能力的特權化的漢字書寫傳統，逐漸被一種基於民族國家共同體統合需求的全民識字的普通教育所替代。但是原本處於世界—帝國核心的大國並不容易被主導世界—經濟的歐洲國家所徹底殖民地化，中國依靠書寫中心的白話文而不是某種民族方言，在走進「世界歷史」的過程中仍然維持著舊有帝國的完整性。

不能忘卻的是，進入世界—經濟的過程也伴隨著「東亞內部的殖民化」過程，正如漢娜・阿倫特在《極權主義的起源》中所描述的，當資本擴張受到民族國家內要求的同質化原理的限制而起來反抗時，就產生了「帝國主義」，它實際上並非政治概念而是經濟概念，也就是柄谷行人所謂世界—經濟階段的產物。明治日本便是在對內同質化、對外又擴張的矛盾中，產生了一

面廢除漢字、一面又積極利用漢字的雙重需要。十九世紀末二十世紀初，在臺灣的殖民官員和在日本本土的一些興亞組織所操持的「同文同教」論，意味著「帝國主義」徵用「帝國」遺產的一種簡單形式，更複雜而精巧的是以科學的實證主義的歷史學面貌出現的「東洋史」，它通過對中國歷史的重構，提供了一個現代的日本國家在進入「世界歷史」時，與「西洋文明」維持一種想像性對等的支點，同時又在抵抗西洋的層面上暗示著日本支配東洋的合法性。對此，本研究主要參考的是子安宣邦的中文選集《東亞論：日本現代思想批判》（2004）、Stefan Tanaka 的專著 Japan's Orient: rendering pasts into history（1995）以及黃東蘭近年來對日本史學研究中有關「東洋」、「東亞」等空間概念進行深入探討的諸篇論文。另外，「同文同教」的話語之所以成立，仍在於近代日本漢學者對儒家及相關概念的自主理解和闡釋。這些闡釋以及它們如何使儒教成為構造「明治國體」的思想資源之一，陳瑋芬的專著《近代日本漢學的「關鍵詞」研究：儒學及相關概念的嬗變》（2007）對此有詳盡的探討，也是本研究思考「同文」問題的一個參照。

最後，還需要對本書使用的兩個關鍵概念，即「同化」與「同文」進行更清晰的界定。在上述前行研究中，「同化」通常指殖民主義的「assimilation」，或者日語「douka」所代表的一種特殊形式的殖民主義；「同文」一般表示「書同文」，即漢字・漢文書寫傳統，或者通過日本用漢字翻譯西方概念轉化而來的「新名詞」、以及隨之產生的在漢字文化圈範圍內可以互通的新的漢文體。由於本研究聚焦於「國語」與現代民族國家轉型的關係，又注意到臺灣作為一個「東亞內部的殖民地」之特殊意義，因此將從「東亞」和「殖民」這兩個向量對上述概念範疇進行擴充和統合。「同化」意味著：一、作為殖民主義文化政策的「同化」，其最集中的表現便是日本殖民者施加給臺灣人的「國語」（日語）教育；二、東亞漢字圈整體被迫又自律地向近代歐洲的「言文一致」（及背後的民族國家）原理「同化」。「同文」意味著：一、作為殖民主義文化政策的「同文」，即日本殖民者徵用與臺灣人共享的漢字・漢文和儒教傳統；二、東亞漢字圈向「言文一致」原理「同化」時無法被收束的剩餘物，表現為保留漢字的「新名詞」、白話文、殖民地的「變體漢文」等「結構性的言文分離」，以及從漢字・漢文和儒教傳統中發展而來的試圖超克近代歐洲原理的「東洋文明」論。

三、章節分布

本書分為五章。

第一章以乙未割臺後隨同殖民統治機構赴臺的首任學務官伊澤修二為入口，探討殖民地臺灣「國語教育」的發端。此時「言文一致」的現代日語尚未成形，日本本土小學校的「國語」科也還未開設，伊澤修二的「國語教育」因而具有試驗性質，對外擴張的殖民主義竟反過來促進了對內統合的「國語」之形成。在梳理殖民地臺灣「國語教育」的制度構想和早期實踐的歷史脈絡的同時，也著重考察伊澤修二對待漢字‧漢文傳統的態度與當時日本國內主流的國語思潮有何異同。

第二章以日據初期也就是第一個十年間的「國語教育」中言／文關係的變化為核心，發現隨著「言文一致」的現代日語逐漸成形，在這期間「國語」的教學法也產生了相應的轉變，漢字‧漢文從共有的書寫傳統被排斥在「國語」以外成為獨立的「漢文」科。這說明將「國語教育」籠統稱之為「同化教育」並不符合當時的歷史情況，在言文一致的「國語」成型之前，殖民者主要依靠利用「同文」傳統來普及「國體」思想，而此種途經得以成立的基礎就在於明治日本相較於江戶時期更為普遍化的「漢文素養」，以及「明治國體」本身所容納的儒學話語。

第三章以清末的拼音化運動和白話文運動為背景，探討吳汝綸在考察日本學制的過程中從伊澤修二處得來的「國語」理念在中國的接受與齟齬。一方面這些晚清士大夫普遍接受了「國語」與培養「愛國心」之間的內在關聯，此時誕生的諸種切音字方案便是統合國民的嘗試，然而這種在「聲音」與「國家」之間建立同一性的原理在異族統治的狀況下很難具備合法性。另一方面，白話文反而克服了方言的拼音化所導致的不統一，國語運動最終走向了「以文統言」的方向，最終誕生的「五四白話文」融合了清末白話文的下層啟蒙取向和經由翻譯輸入的大量新名詞、新文體，成為了現代中國的新語言。

第四章以清末新政學制改革過程中編寫和應用的教科書為中心，發現曾經的臺灣殖民教育締造者伊澤修二通過與袁世凱系統的合作，實質性地介入了清末言文轉換和學制改革的進程，通過基於儒家倫理的修身教材《東亞普通讀本》（1905）的編修和倡導「漢字統一會」（1907）的行動，使殖民主義的「同文同教」論乘著日俄戰爭的時代「東風」擴展到中國大陸。章太炎對「漢字統一會」的批判一方面是為他當時所著之《新方言》的語言文字改革

理念張目，同時也是通過將漢字收歸國粹的路徑拒絕由日本所主導的新的「同文」構想。

　　第五章回到殖民地臺灣，考察 1920〜1930 年代臺灣的漢語文改造與民族／國家想像之間的關聯。在日本殖民者的「國語教育」下，臺灣仍然發展出了一條從傳統漢詩文到白話新文學的脈絡。「東洋文明」的「同文」收編，使傳統漢詩文維繫的漢民族身份與日本帝國所賦予的國家身份之間不具備必然的衝突，從這一視角出發探討張我軍倡導五四白話文（「中國國語文」）的行動，其歷史意義更加凸顯。稍後的「臺灣話文」論爭是繼文學革命之後自發的國語運動，透露出在缺乏行政資源、面臨殖民高壓的境遇下與中國大陸的民族國家進程維持想像性合一之難，同時在民族解放運動與國際左翼思潮影響下又比中國大陸更早開啟有關「民族形式」的思考。

第一章 「國語」前的「國語」──
殖民地臺灣早期的「國語科」

一、「國語」試驗場：伊澤修二與「國語」教育的制度構想

　　1895 年 5 月，伊澤修二搭乘軍艦隨首任臺灣總督樺山資紀赴臺，行進途中仍在校訂他的新書《日清字音鑒》──一本收錄四千餘漢字並且對照中國官話發音與日本慣用讀音的音韻學著作。此前不久，他正是攜帶著這部書稿於日軍廣島大本營拜訪樺山總督，暢談如何在新附的殖民地實施國家主義教育的建言，從而被任命為臺灣總督府民政局學務部首任學務部長代理。然而，當他們 17 日從仍在激戰中的基隆港上岸之後，無論是這部《日清字音鑒》還是隨軍來臺的北京官話通譯，都沒有發揮出預想中的作用，因為此地能說北京官話的人寥寥無幾。

　　日軍登臺前臺灣總人口約 254 萬，其中 80% 以上為祖籍漳泉的福建移民，使用閩南系方言；10～12% 的漢人移民說客家話；同時還有南島語系的原住民，但依照部落不同也有十來種語言，互不相通；此外還有約 2 萬駐臺清兵官吏，以北京官話為共通語的同時操持多種方言。〔註1〕5 月 20 日，當伊澤等人在戰火中抵達臺北城內時，除了殘兵與苦力，街頭已沒有可供接受教育的居民，這些中流階層幾乎都已攜家帶口逃亡對岸廈門。在語言不通的狀況

〔註1〕〔日〕村山嘉英：《日本人の臺湾における閩南語研究》,《やまと文化》,1968 年 6 月，第 64～65 頁。

下，最終他們找到一個會說英語的臺灣人，〔註 2〕因伊澤曾留學美國，能解英語，才得知城外八芝蘭士林街還殘留著一些士紳子弟。抵達八芝蘭後，又通過一名英臺混血兒吧連德作為通譯勸說，得以召集 6 名學生，以芝山岩惠濟宮為教學地點，成立芝山岩學堂。直至 9 月 20 日，才陸續召集到 21 名學生，這些就是最早接受「國語」教育的臺灣人。〔註 3〕

按照伊澤渡臺前的設想，教育是「國家百年大計」，臺灣人「自古以來施行支那教育，雖不算無文字之蠻族，但從今日的教育視之則下沉到動物般愚蠢的境界了」，在武力征服臺灣的同時，天皇的御威「光被八紘」，伊澤身為日本帝國教育者的義務，就是讓臺灣人從心底裏「日本化」。在具體操作上，「首要為輸入日本語，以片假名替代繁雜的漢文字，以求盡快疏通言語，而後漸次開拓其大腦」。〔註 4〕在這篇充滿偏見和鄙夷的談話裏面，不難看出伊澤在設計殖民教育藍圖時，一方面是站在現代文明尤其是進化論的立場，將臺灣人視為落後種族；另一方面則是奉行明治 20 年代以來強烈的國家主義立場，欲把臺灣人馴化為忠於天皇的日本帝國臣民。即便在登臺以後芝山岩學堂的實際教學過程中，伊澤修正了部分偏見，但這兩種立場作為日本在臺灣施行殖民教育的大政方針則基本沒有更改過，且國家主義的立場一直更具壓倒性的地位，這充分體現於臺灣總督府所發布的《國語傳習所規則》（1896 年 6 月 22 日）、《臺灣公學校規則》（1898 年 8 月 16 日）之中，甚至在伊澤被免職之後也沒有動搖，分別於 1919 年、1922 年、1941 年頒布的三次《臺灣教育令》同樣繼承了這一點。

由於本節只探討殖民初期的語言教育制度，以下考察僅涉及《國語傳習所規則》與《臺灣公學校規則》。前者完全由伊澤所擬定，後者發布之時伊澤雖已免去學務部長之職，但「公學校」的名稱、學制設定、教授科目、教材讀本及教學內容等，均為伊澤在國語傳習所經驗之上，與各地國語傳習所首席教諭進行討論所構想設計，最終公布時除刪去中學科、變為徹底的初等教育以外，其餘與當初設想大致吻合。

〔註 2〕據國府種武所言，這名解英語的臺灣士紳有可能是李春生，參考〔日〕國府種武：《臺湾に於ける国語教育の展開》，臺北：第一教育社，1931 年，第 4 頁。
〔註 3〕〔日〕伊澤修二：《楽石自伝教界周遊前記》，東京：國書刊行會，1980 年，第 207～209 頁。
〔註 4〕〔日〕伊澤修二：《伊沢修二選集》，長野：信濃教育會編，1958 年，第 571 頁。此為伊澤修二渡臺前在日軍廣島大本營期間於《廣島新聞》上發表的談話。

首先是教育的主旨，也是最能體現日本在臺灣所施行之殖民教育性格的部分：[註5]

《國語傳習所規則》	《臺灣公學校規則》
第一條　國語傳習所以對本島人[註6]教授國語，俾有助其日常生活，並培養本國精神為主旨。	第一條　公學校對本島人子弟實施德教、傳授實學，以培養國民性格同時使其精通國語為主旨。

「本國精神」或「國民性格」，即伊澤一向推崇的「忠君愛國之元氣」，以向天皇的絕對效忠並承認萬世一系的皇統為特徵，培養此種「國民性」的必要手段就是傳授「國語」。按照西方經驗，殖民主義的統治方式一般分為直接統治和間接統治，前者「廢除或蔑視傳統的統治者和社會制度，直接派員組成一個官僚機構」，後者「保留當地的政治與社會制度，與原來的統治者結成聯盟，並通過它們來進行間接的統治」。[註7]因此，直接統治通常也伴隨著大力輸出宗主國的語言、文化與生活方式，使被統治者對宗主國產生密切的認同感，這種殖民統治方式又稱為「內地延長主義」。[註8]就此而言，殖民地臺灣的初等教育從一開始，其基調就立足於內地延長主義，如伊澤在多次演講中都提到，要把臺灣作為日本帝國軀體的一部分來經營，而非像印度之於英國、越南之於法國那樣「純然的殖民地」。[註9]

[註5] 許錫慶編：《日據時期初等教育史料選編》（教育系列 3），南投市：國史館臺灣文獻館，2015 年，第 93、98 頁。

[註6] 「本島人」在日本殖民者的語境中指的是臺灣的漢人，與之相對應的概念是「蕃人」（臺灣原住民）、「內地人」（日本人）。因此，國語傳習所和公學校的招生範圍並不包括原住民或在臺日本人子弟，總督府為其另設「蕃童教育所」和「小學校」。

[註7] 高岱、鄭家馨：《殖民主義史》（總論卷），北京：北京大學出版社，2003 年，第 209～210 頁。這種區分參考的是英國帝國史專家 D. K. Fieldhouse 在其專著 *Colonialism 1870～1945* 里的研究結論。

[註8] 日本在殖民地臺灣施行的「直接統治」（即法國型態）的殖民統治政策通常被稱為「內地延長主義」，由甲午戰爭後以外務次官的資格擔任臺灣事務局委員的原敬提出，主張殖民地臺灣「雖與內地有稍許不同，但視為內地的延伸，直接適用本國法律，以之為本國領土來統治」這一基本方針。參考林佩欣著：《圖解臺灣史》，臺北：五南圖書公司，2012 年，第 114 頁。

[註9] 《伊沢修二選集》，第 592 頁。需要注意的是，在實際的殖民統治中，臺灣的地位其實更接近於「純然的殖民地」，臺灣總督擁有集立法、行政、司法三權為一身的絕對權力，其法律依據為 1896 年 3 月 31 日由日本帝國國會所公布的「六三法」，賦予臺灣總督以「律令制定權」，在管轄區域內可直接發布律令而

　　所謂「實學」則是相對於傳統教育中為了科舉應試所需的作詩作文等「無用之文學」而言的「有用之學術」，具體化為「日語、地理、歷史、算術、理科」等科目。〔註10〕然而，「地理」、「歷史」、「理科」只不過是伊澤的構想，並未實際落實到國語傳習所與公學校的科目設置上，真正傳授給臺灣人的「實學」，不過是日語和算術而已，這兩者都很難稱得上有多少「現代文明」的因素。其中算術一科在臺灣並不算新學科，只是向來被視為「書記」的工作，為進士及第而做準備的「學者」不大看得上，也無需學習。而日語作為殖民者的「國語」一科出現，國語傳習所時期沿用了日本國內的《尋常小學讀本》，為伊澤就任文部省編輯局長時主持編纂，公學校時期則使用總督府民政部學務課自行編寫的《臺灣教科用書國民讀本》作為教科書。前者的體例為一課教授四個漢字，配合掛圖使用，可以說只是簡單的啟蒙識字教材；後者為臺灣人量身定製，雖不乏「輕氣球」、「蒸汽車」、「博覽會」等西方近代文明介紹，但日本內地風土與臺灣物產以及皇室、愛國、忠君、迷信、衛生等相關課文在比例上佔據了絕對優勢。公學校令在公布時刪去了中學科，只保留了同等於內地小學程度的六年學制，在 1904 年的修正規則中又增加了手工、農業、商業等「實業教育」，不難看出總督府的教育政策並未著力於以「現代文明」啟發民智，反而儘量將臺灣人的受教育水平壓抑在「俾有助其日常生活」的層面，因此，初等教育的重心一向落在傳授國語以培養國民性格方面。

　　其次是與上述主旨相應的編制，即學校的教學體制與科目設置。伊澤從1895 年 5 月渡臺以來，通過開設一系列國語傳習所以及在全島各地進行視察，自信對臺灣的教育現狀和未來的教育措施已有所心得，10 月隨日軍攻破臺南城以後，伊澤護送陣亡的北白川宮能久親王靈柩暫返日本內地，招募國語傳習所教員並設計一系列學事施設。在他的計劃裏，國語傳習所屬於「要急事業」，目的是向臺灣人傳習「現行國語」，以盡快培養能為地方行政所用的通譯人才，同時奠定初等教育的基礎。因此，國語傳習所招收的學生分為甲科

　　無需呈請中央裁決。「六三法」因違憲而受到部分國會議員彈劾，因而規定其實施以三年為限，但實際上一直延長到 1906 年。在此意義上，與其說臺灣是「內地」的延長，毋寧說一直是被看做「外地」即殖民地，然而在教育及文化方面，卻又不遺餘力地「日本化」，因而在殖民統治政策內部形成諸多矛盾，也是導致伊澤最終免職的原因之一。

〔註10〕《伊沢修二選集》，第 612 頁。

生與乙科生兩類，甲科生的招收對象為 15～30 歲且具備普通知識者，修業年限為 6 個月，公費供給學資和伙食費，畢業後可安排就職；乙科生限制年齡為 8～15 歲，修業年限為 4 年，無公費供給，但也不收取學費。與國語傳習所相配套的「永久事業」，則是總督府國語學校及三所附屬學校，另設一所招收內地人（日本人）學齡兒童的附屬小學校。國語學校是師範學校，其中師範部面向日本人開設，目的是培養國語傳習所教員及校長；語學部分為面向臺灣人開設的「本國語學科」和面向日本人開設的「土語學科」，也是為了培養教育及翻譯人才。附屬學校的學制近似於國語傳習所，同時也供國語學校師範部的學生進行教學實習。需要注意的是，以上學事施設的所有費用均由國庫全額支付，按統計每一名國語傳習所學生每年所需經費多達一百二十元，[註11] 當《國語傳習所規則》發布時學校數量為 14 所，然而陸續有各地區民眾請求開設分教場，顯然財政已不堪其負，於是分教場的費用，除職員俸給外，其餘費用由設置區域內的住民負擔，後來當各分教場轉為公學校時，在財務制度上延續了這一政策。

　　國語傳習所的科目設置方面，甲科生專習現行國語（本國現行／言語），兼及初步的讀書作文；乙科生除現行國語外，兼修讀書作文、習字、算術，依地方之情況，乙科生添加地理、歷史、唱歌、體操之任一科目或數科目，亦可為女學生添加裁縫科目。公學校的科目設置則是從國語傳習所乙科生的課表發展而來，設修身、國語作文、讀書、習字、算術、唱歌、體操各科。

附表 1　國語傳習所科目周學時統計表[註12]

國語傳習所科目及周學時統計表						
	甲科		乙科			
	國語	讀書作文	國語	讀書作文	習字	算術
第一課程	18	16	11	9	4	4
第二課程	16	18	11	9	4	4
第三課程			11	9	4	4
第四課程			9	9	4	6

[註11] 《日據時期初等教育史料選編》（教育系列3），第49頁。
[註12] 《樂石自伝教界周遊前記》，第 247～248 頁。甲科「第一課程」為第 1～10 周，「第二課程」為第 11～20 周；乙科「第一課程」意為第一學年，依此類推。

附表 2 公學校教科課程表〔註13〕

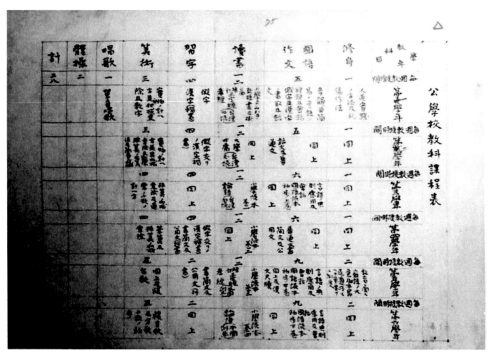

　　其中，「唱歌」和「體操」向來最為研究者所矚目，不僅因為這兩科在當時習慣傳統書房教育的家長看來無異於低賤的倡優之技與不詳的徵兵信號，一度遭到極大排斥，更因為這體現了日本在臺所施教育之「現代性」，即「透過學校裝置達到改造殖民地人民身體的目的」。〔註14〕的確，唱歌和體操均追求使身體韻律化，尤其是在不斷重複訓練過程中達到與集體的協調一致，從而規訓出現代民族國家所需要的均質化的國民個體。實際上，伊澤應是深諳此道，畢竟，他在明治十一年（1878）留美歸國後，首先參與的就是體育教育與音樂教育的調查研究工作。在就任東京師範學校校長期間，伊澤不僅提交了日本最早的體操成績報告，首次科學測量人體數據，將各種體育器械名稱翻譯為「適切的國語」；同時還編寫了文部省第一本也是日本最早的小學唱歌集——《小學唱歌》——作為唱歌用教科書，其中小學校的節日、紀念日儀式用歌《紀元節》還是由伊澤本人作曲。〔註15〕在芝山岩學堂第一次教員

〔註13〕 臺灣總督府：《公學校規則府令 78 號》，《臺灣總督府公文類纂》，明治 31 年（1898）。轉引自《日據時期初等教育史料選編》（教育系列 3），第 96 頁。
〔註14〕 許佩賢：《殖民地臺灣的近代學校》，香港：遠流出版公司，2005 年，第 219 頁。
〔註15〕 《楽石自伝教界周遊前記》，第 52、315 頁。

講習結業儀式上，伊澤在報告學生的學習進度時提到，乙科生入學僅一個月，「國語」還停留在剛學完五十音的水平，「唱歌」作為隨意科（由學校自行決定開設與否）卻進步顯著，已經能唱《君之代》和《螢之光》了。〔註 16〕這些合唱曲目後來被用於各種學校儀式裏，正如奉讀《教育敕語》一樣，是儀式所不可或缺的環節，在營造莊嚴肅穆的氛圍的同時起到加強天皇制國家意識形態的作用。因此，使國語傳習所和後來的公學校具備「新式教育」性質的，與其說是國語、地理、歷史、算術、理科等「現代文明」的教授內容，倒不如說是學校的運作形式本身及其對人的規訓，包括校舍建設、師資規範、學校管理、儀式及操行禮儀等，使其成為「現代教育」的雛形。

　　但是，無論是國語傳習所時代還是公學校時代，從附表中的每週課時數可明顯看出，真正佔據殖民地臺灣初等教育中心的，仍是「國語」及與之相關的讀書、作文、習字科目。由於甲科生是面向成人的半年制翻譯培訓速成班，暫不納入討論範圍內，就乙科生課表與公學校課表對比而言，科目劃分有一處令人頗感疑惑：在國語傳習所時代，「國語」單立一科，總體而言課時數最多，「讀書作文」為合併的一科；到了公學校的課表裏，「國語作文」合為一科，課時數明顯縮短，而「讀書」成了單獨的一科，不僅課時數變為所有科目裏最多的，還添加了傳統書房教育的四書五經內容。這種變化並非無關緊要的細枝末節，尤其是再參考 1904 年總督府發布的《公學校修正規則》裏的課綱調整就能發現，此時「讀書、作文、習字」被明確併入「國語」一科，而「漢文」被另立為單獨一科。〔註 17〕

　　這裡面隱藏著一個極為重要的問題：「國語」在日據初期的殖民地臺灣究竟意味著什麼？不加分辨籠統地說日本殖民者為了把臺灣人「同化」為日本人，因而在全島施行「國語教育」或「日語教育」，是否忽視了這樣一個事實，即「國語」的意涵在 1895～1904 這十年間是不穩定的、或者說正在逐步成型中？然而，後來人卻往往將其視作一個既定的概念、一個「同化」的工具，反而忽略了「國語」的成立過程與明治日本的國家意識形態構造之間的動態

〔註 16〕《伊沢修二選集》，第 605 頁。《君之代》歷代有不同版本，這裡使用的應為日本文部省 1893 年公布的《祝日大祭日歌詞並樂譜》裏收錄的版本，在當時雖無法律規定，但《君之代》已成為了日本事實上的國歌。《螢之光》在 1881 年成為小學校唱歌的教材曲目之一，其中三、四段因宣揚皇國思想在二戰以後不再教唱。

〔註 17〕許錫慶編：《日治時期初等教育史料選編》（教育系列 4），南投市：國史館臺灣文獻館，2016 年，第 69 頁。

關係，也就更難以釐清殖民地臺灣的民族國家意識的形成與「國語」教育之間的複雜關係。

對於此時期殖民地臺灣的「國語」科，筆者稱之為『國語』前的『國語』」，也就是說，在日本本土的言文一致的「國語」教育成型之前，臺灣就率先出現了「國語」科，這種先後關係使慣用的「日本同化臺灣」的表述變得疑問重重。

二、言文分離與「國語」的聲音性

把殖民地臺灣的「國語」視為一個「問題」，需要引入「言文一致」作為思考座標，或者說先將「言文一致」問題化和歷史化。首先就需要理解當時「言文分離」的歷史狀況。

「國語」不是自然生成的，而是人為製作的「標準語言」，以此作為現代民族國家統合國民的有力工具。這個經驗來自於歐洲近代民族國家成立的歷史，即通過以地方俗語翻譯拉丁文的《聖經》以及用這種新的「標準語言」進行文學書寫，再加上「古登堡」印刷術大規模複製的媒介革命的推動，本尼迪克特·安德森所謂的「想像的共同體」〔註 18〕正是誕生在新的書寫語言所建構的民族主義之上。19 世紀末 20 世紀初的中國和日本，都致力於創造出來自歐洲經驗的「言文一致」的「標準語言」，「國語運動」與「文學革命」，實為這種現代化衝動的一表一里，共同催生了作為口語的「標準語」（國語）與作為書寫語的「言文一致體」（現代文學）。而它們共同的「敵人」，也就是佔據著近似於拉丁文地位的漢字·漢文，成了建構「國語」所必須解構的對象。

無論是作為開拓明治日本近代教育體系的教育家，還是身為在殖民地臺灣主管教育的官員，伊澤都不可能自外於這種時代潮流，毋寧說，是相當積極地參與其中，伊澤的國語觀念當然也會落實到對臺灣的教育政策之中。在此需要指明的是，伊澤就任總督府學務部長期間，上述這種「言文一致」的「標準語言」在日本尚未成立，伊澤在臺灣普及的「國語」一科，在絕大多數語境中約等於「言」（話し言葉），讀書、作文、習字等科目則屬於「文」（書き言葉）的範疇。1904 年《公學校修正規則》把讀書、作文、習字併入「國

〔註18〕〔美〕本尼迪克特·安德森：《想像的共同體：民族主義的起源與散佈》（增訂版），吳叡人譯，上海：上海人民出版社，2011 年。

語」科,可看作「言文一致」在形式上最終得到殖民官方認可。那麼,在殖民初期言文分離的狀況下,「言」與「文」的關係、「文」與漢字‧漢文的關係,在實施「國語」教育的進程裏就成了不可迴避的問題。

1897 年 4 月底,臺灣總督府學務部計劃修改在臺諸學校官制、設立新的師範學校、並把國語傳習所改制為公學校。因事關重大且有相當難度,伊澤親自返回東京開展游說工作,5 月 22 日在帝國教育會〔註19〕的演講即關於設置臺灣公學校的諸種設想,以徵求教育界各方意見。其中,伊澤關於「國語」一科的論述裏面,尤其值得注意的有兩點,一是國語科的「口語」性質,二是對國語科與作文科並立一欄的解釋。此處先考察「國語」的口語性,也就是聲音性。

伊澤首先將殖民地的「國語」科的範圍限定在「當代的」和「口語的」兩個維度上:「雖稱之為『國語』,首先在臺灣必須教授的是口語(話し言葉),就是我們現在正說的語言,決不是五六百年或千年前的國語。」〔註 20〕接著他又指出,日本人所習得的此種「國語」,實際上應當感激的老師是自己的母親,可是在新領土臺灣,由於母親說的完全是異族的語言,因此在當地傳授「國語」是代行母職,而非像日本內地一樣,純然是學校的工作。雖然伊澤此處將「國語」等同於「母語」,在現代的語言學看來甚不嚴謹,曾經參與過糾正秋田方言事務的伊澤也不可能不知道「共通語」與「方言」的區別,但由於他面對的聽眾是日本內地的教育者,此處應理解為強調國語科的「口語」維度,因為這與當時日本內地學校所開設的國語課程完全不同。

此時,日本內地的小學校還尚未有「國語」一科。1886 年,文部省發布「學校令」,確立了小學校、中學校、師範學校、大學校為體系的由國家統制的近代教育制度,首任文部大臣森有禮將自己的教育理念命名為「國體教育主義」,也就是教育服務於天皇制國家意識形態。〔註21〕對於「萬世一系」的天皇,人民須有「護國的精神」,將此種國家教育付諸實踐的文部官僚裏面,時任文部省編輯局局長的伊澤修二也佔據著重要一席,承擔了教科書的編輯出版工作,後來在臺灣的國語傳習所時期作為過渡所使用的《尋常小學讀本》

〔註19〕 1896 年由伊澤修二主導的國家教育社與辻新次主導的大日本教育會合併而來。

〔註20〕 《伊沢修二選集》,第 616 頁。

〔註21〕 〔日〕李妍淑:《「国語」という思想:近代日本の言語認識》,東京:岩波書店,2004 年,第 87 頁。

以及《讀書入門掛圖》，正是在此時由伊澤主持編纂出版。但是，在此學校令裏面，只是把中學校的「和漢文科」名稱換為「國語及漢文科」，在師範學校設立了「國語科」，作為這一影響的餘波，1889 年帝國大學也把「和文學科」改稱為「國文學科」。正如李妍淑所指出的，學科名的變更並非無關緊要，「和」變為「國」，正意味著語言意識發生了根本性的變化，〔註 22〕也就是上述國家意識的高昂。此處筆者想強調的是，在伊澤演講的當時，日本內地的「國語」科在內容上等同於從前的「和文」，在性質上屬於中高等教育程度的課程，也就是說，在官方的教育體制裏面，「國語」還不是一門向普通國民施行的初等教育課程，即便在名稱改換的行動裏顯現著高昂的國家意識，其內容和性質仍是在詞語和文章的層面相對於「漢文」而言表示日本固有的語言文脈，尚未成為整體意義上的民族國家語言。在理解這一點的基礎上，才能夠理解伊澤所說的「五六百年或千年前的國語」，指的正是作為日本內地現行「國語」科內容的「和文脈」。

　　因此，伊澤在殖民地臺灣設置的「國語」科，既不同於當時日本國內教學體系裏的「和文脈」，也不同於後來日本通過「言文一致」所確立的民族國家標準語言意義上的國語，而是作為共通語的口語。這種共通語即《尋常小學讀本》中採用的作為談話語的「デアリマス」調，〔註 23〕也就是後來「言文一致」成立時得到官方認可的「言」——「東京受過教育的人之間通行的口語」。〔註 24〕根據野村剛史的考證，這種東京山手地區的口語在被官方認定為「標準語」之前，已於明治初年到明治三十年期間成型，它既不是從零開始在語言的熔爐裏生長出來的，也不是繼承自江戶方言，而是在江戶時期就已存在的心學道話、江戶期講義體、武家或上層町人在正式場合所說的鄭重語所形成的全國共通語的基礎上，在明治初期東京山手地區這個由全國各地的有教養的人群所形成的新城裏，被激發了出來，成為一種「沒有方言特色

〔註 22〕〔日〕李妍淑：《「国語」という思想：近代日本の言語認識》，東京：岩波書店，2004 年，第 87 頁。

〔註 23〕《伊沢修二選集》，第 409 頁。1888 年 5 月，伊澤在京都府召集學務相關人員就教科書編纂出版事項徵求意見時，針對《尋常小學讀本》中的談話語為何使用「アリマス」調的質疑，伊澤解釋這是為了避免方言，「今日學者也多認為言語應儘量貼近文章，而文章也應儘量靠近言語，使用『アリマス』在文法上比較容易解釋，全國各地的人都能理解，因此可以在全國通用的以普通教育為目的的讀本上採用」。

〔註 24〕〔日〕國語調查委員會編：《口語法》，東京：國定教科書共同販賣所，1916 年。

的全國共通語形態」。〔註25〕因此，即便在伊澤演講的當時，這種共通語尚未獲得所謂官方的「國語政策」的認可和普及，但在事實上成為伊澤在公學校教育體系構想裏的「國語」科目的核心。

「國語」科以口語為中心的設計，一方面繼承自國語傳習所時期的經驗。按數據顯示（附表1），國語傳習所科目裏佔時最長的就是國語，在這裏，「國語」的含義顯然指的也是口語。從伊澤在1895年10月向文部大臣西園寺侯爵提交的《臺灣總督府學事事項報告》裏，可以看到當時國語傳習所招生考試和「國語」教學的具體內容，「言」（日語）與「文」（漢文）明顯呈現出分離的面貌。招生考試是以漢文作文和簡單算術作為測試內容，作文題目包括《大興學院之議》、《論良民之本分》、《勸友人歸順書牘》、《勸友人學日本語書牘》，伊澤在報告中說明，臺灣學生由於傳統書房教育的科舉應試傾向，通常長於議論而拙於書牘，習字從作文的卷面來判定則是非常優秀，日本內地學生有所不及。〔註26〕一個月以後的日語測試包括口試和筆試，口試以會話問答的形式進行日常對話，筆試則是將句子中的假名改寫為漢字、用日語假名回答簡單問題並對譯為臺灣話，以及訂正會話文裏的介詞、時態錯誤等，測試裏採用的文體均為前述「デアリマス」調的談話語體。〔註27〕當然，這裏反映的是甲科生的測試情況，也就是本身已識字、具有漢文基礎的少年乃至成年人的臺灣人所參與的「國語」課程，他們有明確的就業目標，那就是殖民政府的通譯人員，在日本殖民者與臺灣民眾之間起到上傳下達的疏通作用，口語當然是第一位的需求。至於尚未識字的學齡幼童，乙科生的「國語」科內容從別處的報告可知也是從「五十音圖與應用單詞」的教學開始的，〔註28〕且從伊澤修二自傳中收錄的課綱〔註29〕來看，內容同樣是會話文及問答，也就是口語。

還可作為參照的是，1897年6月公布規程、同年10月開設的臺灣總督府國語學校第四附屬學校，是面向在臺內地人〔註30〕子女的小學校，學制與日

〔註25〕〔日〕野村剛史：《日本語スタンダードの歴史：ミヤコ言葉から言文一致まで》，東京：岩波書店，2013年，第145、160頁。
〔註26〕《伊沢修二選集》，第572～575頁。
〔註27〕《伊沢修二選集》，第578～581頁。
〔註28〕《第一回教員講習終了式に於ける報告及演說》，《伊沢修二選集》，第605頁。
〔註29〕《楽石自伝教界周遊前記》，第247頁。
〔註30〕在當時的語境裏，「內地人」指的是日本人，與之相對的概念是「本島人」（臺灣漢人）、「蕃人」（臺灣原住民）。

本內地相同，科目有讀書、作文、習字，但並無「國語」科。〔註31〕正如伊澤前述演講中所言，他們已經從自己母親那裡學會了這種「國語」，當然無需學校另行開課講授，因此，在殖民地臺灣早期教育體制的語境中，「國語」應理解為「口語」無疑。

就此而言，通常所認為的臺灣的「國語」科開設早於日本內地，是不夠嚴謹的判斷，因為 1900 年日本小學校改正令將讀書、作文、習字統合而成的「國語」科，與臺灣的以口語會話為中心的「國語」科在性質上完全不同，前者是「言文一致」的民族國家語言，而後者只是作為「口語」的日語。

但是，殖民地臺灣這種早於「國語」的「國語」教育，有其不能被忽視的重要意義，尤其是它對於「聲音」的偏重性，已經預示出了東亞漢文圈向現代民族國家轉型的某種徵兆。1902 年，當日本本土成立「國語調查委員會」時，其基礎方針便是「文字應採用音韻文字（phonogram）」，表露了明確的聲音中心主義的主張。現代民族國家語言所追求的「言文一致」，實質上是「文從於言」，正是從聲音的集體性裏面，誕生了「現代國民」的主體。殖民地臺灣早期的「國語」教育，對日本殖民者而言，是召喚「國民」的試驗場。

三、言文一致的前線：「國語」與殖民主義

從殖民主義的統治技術來說，在語言政策方面並非只有輸出本國語言這一種選擇。當地土語／殖民官方語這種二元結構，廣泛存在於各類間接統治的殖民地世界中，殖民者也無需向當地土著全民普及「國語」。然而，在明治日本取得殖民地臺灣的時候，卻選擇不遺餘力地全面推行尚未成型的「國語」，國語傳習所由北至南逐步設立，恰與日軍侵佔臺灣全島的步調一致。對於日本殖民者而言，「國語」不單純是語言，它更是為「國家」召喚「國民」的意識形態工具。

1895 年 10 月 21 日，當臺北的芝山岩學堂已經投入「國語」教學的時候，日軍才剛剛攻破臺南城，同月 25 日，隨樺山總督進城的伊澤去拜訪了在當地耕耘教育事業已十餘年的英國傳教士巴克禮〔註32〕，然而，這位傳教士卻告

〔註31〕《日據時期初等教育史料選編》（教育系列 3），第 158 頁。
〔註32〕Thomas Barclay（1849～1935），生於英國蘇格蘭格拉斯哥，長老教會傳教士，1875 年抵達臺灣，主要於臺南宣教，設立臺南神學院，建立起小學校、中學校、幼稚園等多種教育機構，1916 年翻譯出版《新約全書》的廈門語版本，1935 年病逝臺南。

誠伊澤說切不可教授臺灣人日語，要教育人民的話，還是以當地土語為宜。巴克禮在最初的兩三年間也是通過教本地人英語的方式傳教並試圖培養本地傳教士，可是這些臺灣人一旦學會了一點英語，就拋下宗教或教育的社會事業，跑去做茶商的書記或通譯，最終巴克禮不得不改為從英國招納傳教士來臺灣學習以羅馬字表記的本地語言，再以本地語言傳教。〔註33〕巴克禮的建議其實不無現實意義，臺灣人對於學日語的實用主義心態，不僅可以從國語傳習所的甲科生報名人數與出勤率遠超乙科生看出，而且與日本殖民者期待中上流階層的臺灣人送子女來公學校的願望相悖，根據總督府民政局的統計，在殖民初期報名公學校的大多數是商家子弟以及下層階級，〔註34〕這明顯是出於新政權下的生存與升遷考量，而非出於對「同化為日本人」的感召。

　　但是，伊澤在此次拜訪之後，「心中有所確信」，仍然堅定不移地教授臺灣人日語。不難理解，伊澤所確信的，是在臺灣這個場域中，日本教育者需普及的「日語」與英國傳教士所使用的「英語」之間存在著根本性的差異──英語不過是傳教的工具，但日語卻是殖民母國的「國語」，要使臺灣人「同化」、獲得「國民性」，就必須以「國語」來進行教育。他不止一次在演講中表示，在國家膨脹的時期，教育也要擴充領地，武力征服臺灣之後，作為教育者應獻身於使臺灣人「從心底日本化」的事業。〔註35〕就「國語」與「國家」的關係而言，身為國家教育社〔註36〕社長的伊澤認可的是與「國語」和「國語學」的創造者上田萬年〔註37〕同樣的邏輯：「國語」是「國民」的精神血液，身為一國國民必尊奉愛護其國語。〔註38〕因而在殖民地臺灣，國語傳

〔註33〕《伊沢修二選集》，第 649 頁。

〔註34〕《日據時期初等教育史料選編》（教育系列 3），第 147 頁。

〔註35〕《伊沢修二選集》，第 588、591 頁。

〔註36〕國家教育社，1890 年 2 月 11 日由伊澤修二所創立的民間教育組織，5 月 30 日在帝國大學召開的創立會上伊澤被推選為社長，同時議定了十二條要旨，其一為「應養成煥發忠君愛國之元氣」，其二為「應講明並貫徹國家教育的本義」，同時發行機關雜誌《國家教育》。同年 10 月 30 日，天皇頒布《教育敕語》，因其主旨與國家教育社的主張完全一致，伊澤及其社員大受振奮，編纂《聖諭大全》以期貫徹敕語趣旨。參考國家教育社編：《國家教育》1 號，東京：明治館，1892 年。

〔註37〕上田萬年（1867～1937），日本當時最著名的語言學家，「國語學」的創立者，東京大學國語研究室首任主任教授，1902 年主事文部省國語調查委員會，擬定國語政策，被認為是日本「國語之父」。

〔註38〕參考〔日〕上田萬年：《国語と国家と》，1894 年 10 月 8 日，上田萬年著、

習所的設置，與日軍逐漸攻佔臺灣全島的進程幾乎是一致的，但這卻是在日本的「國語」尚未成立的時刻，正如小森陽一所指出的，「不曾存在的作為『國語』的『日語』，最需要它的地方是進行殖民統治的前沿」。〔註 39〕或者反過來說，殖民地「國語」教育的實踐，在一定程度上催化了日本本土「言文一致」的國語教育的成型。

如前所述，伊澤在《關於設置臺灣公學校的意見》裏，除了強調「國語」科的口語性和當代性之外，更將「國語」與「作文」並立一欄，這在語言觀念上確乎領先於日本內地的小學校教綱。伊澤從臺灣的教學經驗裏總結出一套方案，並推薦日本內地的小學校也採用這種方法：「從口語開始，推進到今日的普通文，再進一步到古典文章」，〔註 40〕他認為這個順序比較符合由易入難的原則，而不像日本內地直接從讀古典書模仿作文那般困難。作文的練習一開始應該從口語體入手，也就是用「デアリマス」調寫一些日常對話句子，然後再漸漸發展到普通文的記事文，最後是書牘文，在這個意義上，「國語」與「作文」始終是相聯繫的，故應合併為一個學科。〔註 41〕考慮到在伊澤的語境裏「國語」是「言」，而「作文」是「文」，那麼這套方案實質上就是要求「言文一致」。

這種循序漸進的方式，雖然很符合現代的語言學習習慣，在當時卻並非十分契合，因為文體的分裂是很明顯的，也並不是所有的「文」都能夠經由「言」抵達。在明治 10 年代（1880 年代）前後，「デアリマス」調已經常用於如《讀賣新聞》這樣的通俗報紙上，用來描寫社會事件和娛樂消息，這種文體被稱為「小新聞談話體」；〔註 42〕與此同時，伴隨著自由民權運動誕生的

安田敏朗校注：《国語のため》，東京：平凡社，2011 年，第 17 頁。以及伊澤修二：《国家教育社設立の要旨》，《伊沢修二選集》，第 447 頁。

〔註 39〕〔日〕小森陽一：《日本近代國語批判》，陳多友譯，長春：吉林人民出版社，2010 年，第 151 頁。

〔註 40〕《伊沢修二選集》，第 617 頁。

〔註 41〕《伊沢修二選集》，第 617 頁。

〔註 42〕明治七年（1874）創刊的《讀賣新聞》的「社會雜報欄」所使用的還包括以「ございます」、「ます」、「です」、「だ」、「なんだ」、「とサ」等文末結句的口語文體，但是在明治十一年左右又恢復到文語體。教科書也同樣，明治初期曾使用過以「である」、「でございます」、「であります」、「だ」等文末結句的文章，但在明治十二年伴隨著教育制度改革，口語體的文章也從教科書裏消失了。參考山口仲美著：《日本語の歴史》，東京：岩波，2006 年，第 184 ～185 頁。

大量演說筆記和講義，也採用口語體，不過模仿的是室町時代以來的抄物‧國字解的講義體傳統，被稱為「開化啟蒙體」。〔註43〕它們的共通點在於，無論是傳播小道消息還是進行啟蒙教育，都有一種強烈的「對讀者說話」的意識，使用親切的口語談話體有其內在性的需要，可以說是頗為自然的選擇。然而在當時，口語體並非「文」的主流，主流是作為文語文的「漢文訓讀體」──一種日本在歷史上閱讀漢文典籍時通過一定的技巧以日語語法來意譯漢文的文體，明治以後作為官方文體適用於政府公文與政論報紙的「大新聞」等媒介。需要注意的是，「漢文訓讀體」是不可能通過「言」也就是口語體的語法去理解的，「文語」與「口語」的差別並不在於用於文章或用於口頭，而在於學習過程的根本性差異：「口語」是通過口頭方式學習語言，「文語」則是從書籍裏學習文章的做法、詞彙的用法、意境的表現法、典故的運用法等等，並不是單純的能否識字的問題。〔註44〕尤其是「漢文訓讀體」的語法實質上是解讀漢文的一種規則，那麼沒有受過漢文教育、不會訓讀漢文的日本人就不大可能習得這種文語體的讀法與做法。例如，從讀者對明治時期經典小說的接受情況來看，夏目漱石的《我是貓》（1905～1906）、《少爺》（1906）、《三四郎》（1908）、島崎藤村的《破戒》（1906）、田山花袋的《田舍教師》（1909）以及國木田獨步的大部分短篇在當代仍然被收入中學教材或持續出版文庫本，擁有大量讀者；反之森鷗外的《舞姬》（1890）、尾崎紅葉的《金色夜叉》（1897～1902）、德富蘆花的《不如歸》（1898～1899）等等，當代讀者則往往是只聞其名不知其詳。這些作品的創作時間相差不過十年間，讀者接受度卻差距甚大，一個重要原因即在於前者是以「口語體」（言文一致體）進行創作的，而後者都是「文語體」小說。〔註45〕

因此，在明治前半期，「口語體」和「文語體」實則是兩套並存的語法體系，伊澤在臺灣設置的「國語」科目，其內涵是以口語（話し言葉）為中心、延伸至「デアリマス」調的口語體、演說體的書面語（書き言葉）。至於令日本學生頭疼的「漢文脈」的普通文，也就是明治時期官方文書所使用的「漢文訓讀體」，對於一向接受傳統書房四書五經教育的臺灣人來說反而是最容易接受的，伊澤認為只需在「讀書」一科向其傳授四書五經的「日本訓點」即

〔註43〕《日本語スタンダードの歷史：ミヤコ言葉から言文一致まで》，第 186～189 頁。

〔註44〕〔日〕齋藤希史：《漢文脈と近代日本》，東京：角川文庫，2014 年，第 100 頁。

〔註45〕《日本語スタンダードの歷史：ミヤコ言葉から言文一致まで》，第 271 頁。

可學會與漢文相互轉換。〔註46〕「漢文訓讀體」實際上可以說就是「漢文直譯體」，既然是按照一定的規則將漢文呈現為日語的語法形式，那麼按照逆向的規則也能把「漢文訓讀體」的文章重新復原為漢文，正如金文京所指出的，梁啟超的《和文漢讀法》（1900），就是這種顛倒的再顛倒，〔註47〕當然，這種讀法也只對漢文脈的文語體有效而已。

由此看來，雖然伊澤將「國語」與「作文」並立一欄，表現出「言文一致」的願望，但實際上作文卻仍然存在「和文脈」與「漢文脈」的二重構造，前者可以經由「國語」科的口語學習循序漸進至講說演述的文體，但後者卻需要通過「讀書」科對四書五經的日本訓點而習得，也就是說，在當時的歷史情境裏，「文」本身即是分裂的。就此而言，殖民初期的臺灣人並非是以一張白紙的狀態進入到日語的文脈裏，而是帶著「同文」的背景，學習作為口語的日語、尚未成熟的口語體書面語、以及由漢文顛倒而來的「漢文訓讀體」。

從明治時期的言／文狀態來看，「利用漢字・漢文」在臺灣與其說是一個體現殖民統治的文化折衷性的策略問題，不如說是向現實低頭：此時日本自身的文字與文體改革都尚未完成，無論是在符號還是在文體層面，漢字與漢文（脈）實則是內在於當時的日語，因此在「利用漢字・漢文」這一點上，殖民者其實並沒有其他選擇。極端一點而言，即便換一塊不屬於東亞漢文圈的殖民地，以日本當時的語言狀態，如果仍然考慮輸出「國語」的話，也一樣不可避免地需要「利用漢字・漢文」。因此，雖然伊澤在登臺前廣島談話裏給出的教育方針是「首要為輸入日本語，以片假名替代繁雜的漢文字，以求盡快疏通言語」，然而在渡臺以後國語傳習所的實際教學與設計公學校規則的時候，反而處處強調日本與臺灣「同文同教」。〔註48〕

對此駒込武認為伊澤是從漢字排斥論轉向了積極利用漢字・漢文的方向，是在「言文一致」的「日語」尚未成立的時刻，反過來利用了這種言文分離的狀況，〔註49〕這是很敏銳的洞察。駒込武將伊澤渡臺前的「漢字排斥

〔註46〕《伊沢修二選集》，第619頁。
〔註47〕〔日〕金文京：《漢文と東アジア──訓読の文化圏》，東京：岩波書店，2015年，第83～84頁。
〔註48〕〔日〕伊澤修二：《臺灣の教育》、《臺灣公學校設置に關する意見》、《新版図人民教化の方針》，《伊沢修二選集》，第586、615、638頁。
〔註49〕〔日〕駒込武：《植民地帝国日本の文化統合》，東京：岩波書店，1996年，第53頁。

的方針」一方面定位在明治維新以來從表意文字到表音文字這樣的單線進化論的脈絡上，一方面認為伊澤是受到中日甲午戰爭期間時代風氣的影響，即如上田萬年那樣將漢字・漢文劃入「支那風」而試圖將其從日語中排除出去。〔註50〕然而，伊澤是否曾確立過「漢字排斥的方針」，除了上述廣島談話的這一句表述以外，尚未見到其他史料可以予以佐證，毋寧說參照其他史料來看，伊澤反倒經常是一個漢字擁護論者的形象，與以上田萬年為核心的國語調查委員會（1902）的「漢字廢除論」存在著明顯差異。

四、「國語」中漢字・漢文的位置：伊澤修二與上田萬年的分歧

　　一個悖論就此不可避免地浮出水面：欲使臺灣人「從心底日本化」的作為「國語」的「日語」，此時卻仍束縛於漢字・漢文的文脈下，而漢字・漢文又恰恰是臺灣人所使用的書寫符號與文體。這樣也就不難想像，正是在甲午戰爭及獲得殖民地臺灣之際，日本國內所興起的種種「新國字論」的熱潮，其根本原因正是面對漢字・漢文的焦慮，也即對於塑造「國民」身份的焦慮。其中，被認為是日本「國語之父」的上田萬年的言論無疑極具代表性：

> 　　實際上現今我仍要說，沒有漢語的話，詔敕無以出，言論無以書寫，社會地位也無以取。打個比方，這就如同四五千日本人中跑進來四五萬個支那人，妨礙我等的繁殖、搶奪我等的政權、束縛我等的自由。日本的國語雖為國語，卻毫不留情地淪落為支那人文脈之「妻」了。〔註51〕（筆者譯）

　　上田萬年對漢字・漢文的排斥是全方位的，於他而言這等同於「漢語」，更明確來說，無論是作為書寫符號的漢字還是作為文體的漢文（脈），都被認定不屬於日本的傳統、也不具備承擔普遍性價值的功能，在這一點上他與江戶時期的國學家如本居宣長等排斥「漢意」、崇尚「皇國之古道」，在取向上是一致的。但是，他並不認同國學家們試圖從沒有被漢語污染的上古日語中去復原「大和魂」的傳統學術路徑，而是採取徹底的現代語言學立場。1890

〔註50〕上田萬年在甲午戰爭高潮之際不無煽情地鼓吹漢字排斥論：「自開天闢地以來無以類比的征伐支那之際，我陸海軍將士連戰連勝、所向披靡，然我國的國語界文章界卻依然屈服於支那風下，令人害臊。」〔日〕上田萬年著、安田敏朗校注：《国語のため》，東京：平凡社，2011 年，第 30 頁。

〔註51〕〔日〕上田萬年：《国語研究に就て》，1894 年 11 月 4 日，見《国語のため》，第 28 頁。

至 1893 年間，上田萬年赴德法留學，他所就讀的柏林大學和萊比錫大學，正
是現代語言學之父索緒爾的母校。〔註52〕在注重語言的共識性以及把語言學
的主要研究對象定位在口語而非書面語上，上田與索緒爾的確系出同門，而
這也正是現代語言學所秉持的基本觀點。但是，索緒爾的研究排除「外部語
言學」，即語言學和民族學、政治史、與各種制度如教會、學校等的關係，與
之恰恰相反的是，上田採取將語言學的「內部」與「外部」密切結合起來的
立場，「國語是帝室的藩塀，國語是國民的慈母」，〔註53〕為此必須要創造出
尚不存在的「國語」。然而，上田「極力辯稱的『明治大盛世之語言』、『新型
文法』、『明治大盛世之普通文』實際上皆不存在。這些東西都必須現做，而
創造它們的恰是新型『國語學』。然而，這種學問自身也尚未存在。今後必須
把前所未有的『語言』、『普通文』及『文法』當作三位一體之物發現並創造
出來。」〔註54〕

　　在為明治國家創造與之相符的「國語」與「國民」的理想方面，伊澤也
不遑多讓，甚至可以說相對於帝國大學教授、語言學家上田萬年而言，他的
位置處於國民教育的最前線：師範教育、小學教育與殖民教育的執行者。那
麼，伊澤在渡臺前的語言觀念，是否也持與上田萬年同樣的漢字・漢文排斥
論，在渡臺以後又出於殖民教育經驗的「同文同種的折衷性」而轉向利用的
方向呢？

　　伊澤在渡臺以前的「國語」觀，表述最為清楚詳盡的是他在 1888 年 10
月 13 日大日本教育會〔註55〕集會上的演說《關於本邦語學的意見》，以及 1894
年 6 月 17 日在同會上的演說《駁加藤文學博士的〈小學教育改良論〉》；渡臺
以後再度返回日本的伊澤，針對 1900 年的「小學校令改正」，在 1901 年 4 月
15 日帝國教育會上發表演說《關於高等師範學校附屬小學校國語科實施方法
的要領》，在 1904 年 7 月則是對 1902 年成立的國語調查委員會所出臺的國語
政策發表了火藥味頗濃的檄文《關於所謂最近的國語問題》。後兩篇文章非常

〔註52〕弗迪南・德・索緒爾（1857～1913），瑞士語言學家，被稱為現代語言學之父。
　　　　1876 年索緒爾從日內瓦大學轉學到萊比錫大學，後又轉入柏林大學一年，1880
　　　　年返回萊比錫大學取得博士學位，1891 年回日內瓦大學任教。
〔註53〕見《国語のため》扉頁。
〔註54〕《日本近代國語批判》，第 137 頁。
〔註55〕大日本教育會是 1883 年成立的日本全國規模的教育團體，發行機關志《大日
　　　　本教育會雜誌》，會長為辻新次，1896 年與伊澤修二主導的國家教育社合併為
　　　　帝國教育會。

清楚地顯示出伊澤反對文部省的「漢字制限」的方針，他頻繁提到的一個有力論據即「漢字是東亞五億乃至六億生靈思想交通的利器」〔註56〕，這當然是在臺灣實施「國語」教育後的經驗之談，但也許更為重要的是這裡面存在著一種在日俄戰爭之際對於日本向東亞持續擴張的態勢的覺悟。〔註57〕不過，臺灣殖民經驗的存在只是加強了伊澤對於「漢字利用」的意識，即便上溯到渡臺前的兩篇演說，實際上也很難看出從「排斥」轉向「利用」的斷裂。

　　首先需要說明的是，伊澤並非不具備如上田一般的現代語言學認識。他在《關於本邦語學的意見》裏，就引用了美國語言學家 W. D. Whitney（*The Life and Growth of Language*, 1875）對語言的定義：「語言是從我口中發聲而使他人耳聞，從而將我所思使他人理解的工具」，〔註58〕以此批評當時那些熱議著「國語」的假名會或羅馬字會成員並不明白應作為研究對象的「純粹的語言」究竟是什麼，反而將問題主要集中在書寫符號──即應該用假名還是羅馬字來表記的爭議上面，這在伊澤看來顯然沒有抓住語言的本質。同時他也批評那些成天喊著「言文一致」口號，但一聽見別人說文章與言語本就別分兩途，且這就是文學上進步的證據云云，也就跟著拋棄了言文一致觀點的學者。對於上述兩類人，伊澤認為他們根本沒有研究語言學，就發表諸種不具學理的言論，因此他期待著日本有人能夠研究各國語言乃至希臘羅馬語，進而建立起日本的現代語言學研究。〔註59〕在伊澤發表演說的次年 7 月，當時還是帝國大學和文學科研究生的上田萬年對此產生了頗為積極的響應，發表了《論言語上的變化以及國語教授的問題》一文，以自己在學期間的研究成果來回應伊澤關於「國語的變化是被什麼樣的法則所支配」的提問。〔註60〕可以看出，當時的兩人均已呈現出清晰的聲音中心主義以及口語中心主義的現代語言學立場。

〔註56〕〔日〕伊澤修二：《高等師範学校附属小学校国語科実施方法の要領に就いて》、《所謂最近の国語問題に就きて》，《伊沢修二選集》，第 189、727 頁。

〔註57〕在利用漢字之利對外擴張這一點上，伊澤修二與當時國粹主義團體政教社的三宅雪嶺的「漢字利導說」（1895 年 8 月）、井上円了的「漢字不可廢論」（1900）處於同一位相。參考〔日〕西尾實、久松潛一監修：《國語國字教育史料総覽》，東京：國語教育研究會，1969 年，第 79～82 頁。

〔註58〕《伊沢修二選集》，第 664 頁。

〔註59〕《伊沢修二選集》，第 664、691～692 頁。

〔註60〕〔日〕上田萬年：《言語上の変化を論じて国語教授の事に及ぶ》，《国語のため》，第 329 頁。

　　正因為具備現代語言學認識，在「言文一致」的熱潮中，伊澤屬於較為能夠區分語言（言）、表記符號（字）與書寫文體（文）的明治知識人，很少將它們混為一談。如果說他有漢字排斥論的傾向，那就是在當時創製「國語」、「國字」的種種爭論中，在表記符號的層面站在「科學表音」的立場，推崇「視話字母」（speech language）──一種能清晰顯示發音時口腔形狀與舌位高低的符號。〔註61〕當然，他的主張在當時沒有得到任何響應，後來伊澤便積極利用「視話法」的原理，投入到糾正方言、口吃、外語發音不准以及聾啞教育的事業中，取得了頗為可觀的實績。〔註62〕這種方法致力於使人能夠發出「標準音」，說出「標準語」，跟「唱歌」一科所要求的齊聲合唱的「同一性」有異曲同工之妙。立足於「視話法」的科學主義的伊澤，要排斥的不僅僅是漢字，甚至連那些漢字廢除論者通常所主張的以假名或羅馬字表記日語讀音也遭到他排斥，在他來看，假名會或羅馬字會的表音主義主張實際上是不徹底的。也就是說，在符號表記的理論層面，他是一個相當激進的表音主義者。但是，他很清楚自己身為教育官僚而非學者的身份，在伊澤這裡，「國語」問題從來就不是一個「單純的學術問題」或一個「純正語言學」的論題，而是與國家、政治、學術、教育各方面都密切相連。〔註63〕因此，雖然從個人學術的角度推崇「視話法」，但作為教育官僚考慮到種種實際，伊澤還是贊成「漢字與假名」共同表記的方式，〔註64〕這種取向在渡臺前後是一以貫之的。因此，當上田萬年主事文部省國語調查委員會（1902），提出基礎方針「文字應採用音韻文字（phonogram）」並據此調查假名與羅馬字得失時，〔註65〕伊澤表達了強烈的反對態度，認為這樣的決議如果只是學者聚集在一起作為純然的學術定論是可以的，但是「國語

〔註61〕伊澤修二接觸「視話法」的契機，是在美國留學期間參觀美國獨立一百週年博覽會時看到的一幅視話文字掛圖，後來經介紹跟從當時正在發明電話的貝爾學習視話法，這套視話文字的發明者是貝爾的父親。伊澤修二學習的初衷是想糾正自己糟糕的英語發音，後來發現這是一套卓有成效的糾正訛音、方言、口吃的方法，將其引入日本並根據日語的發音情況編寫了新的視話字母表，1901年出版《視話法》一書。見《伊沢修二選集》，第770～771頁。

〔註62〕伊澤修二1903年成立「樂石社」，本意是研究語言學、傳習視話法，結果報名者多為糾正口吃而來，至1910年，樂石社幫助糾正的口吃者人數達兩千名，其中還包括9名清國人、1名滿洲人和1名臺灣人。見《伊沢修二選集》，第847～848頁。

〔註63〕《伊沢修二選集》，第715～716頁。

〔註64〕《伊沢修二選集》，第188頁。

〔註65〕《国語のため》，第399頁。

委員會是承擔著責任的政府機構」，如此草率地定下了等於是漢字全廢的基礎方針，在政治上顯然是不合適的。〔註66〕

　　另外，對於自前島密《漢字御廢止之議》（1866）以來普遍認為漢字效率低下的觀念，伊澤從實際的小學授課前線，對甲午戰爭前後以加藤弘之〔註67〕為代表的漢字排除論予以反駁。例如，加藤弘之在文章中列舉了種種《小學讀本》裏的漢字，認為其困難的原因在於字畫繁多。然而，伊澤認為教科書的難易程度，絕不應乞求於大學者的判斷，實際上應該向接受教育的小學生求取意見。伊澤調查了正在學習《小學讀本》第七卷的 9 歲學童群體，得出了 60 餘處他們認為困難的地方，其中大多數是記述的內容超出兒童的思想範圍以外，比如「寶祚」、「御靈代」、「傳國的玉璽」（有趣的是，大多是與「國體」密切相關的概念）等等；一部分是與日用語言相距太遠的語法形式；另外則是一些較難理解的詞語，其中，「非凡」一詞也被列入難詞。以上種種，說明小學生覺得困難的地方並不在於「字畫複雜」，而是意義難解。〔註68〕在這篇文章裏他提出了一個特別重要的觀點，也是假名或羅馬字的推崇者最容易忽略的一個問題，即不論是學習本國的還是外國的語言文字，都必須把字音和意義聯繫起來教授，同義相訓更是學語言的常態，並不存在只傳授讀音而不解釋意思的情況。〔註69〕因此，只單從表記符號即「字」的層面去考慮「國語」的難易問題是不合理的，還需在文體的層面考量。為證實這一點，他還用儘量簡明易懂的用語修改了加藤弘之的這篇《小學教育改良論》裏的一段論述，表明作文時遣詞用句的難易並不是單純的能否識字的問題。

　　最後，在伊澤眼中，相對於並不能徹底表音的假名或羅馬字而言，表意的漢字也有其優勢所在。一是體現在翻譯外來語方面，伊澤認為日本用漢字翻譯外來語即所謂「和制漢語」比直接音譯為片假名，無論是在音韻上的節省程度還是在表意的層面都更為方便。〔註70〕二是體現在閱讀效率方面，因為日語中用漢字表示的多為名詞，閱讀時提取出漢字就能大致瞭解文章主

〔註66〕《伊沢修二選集》，第 723～724 頁。
〔註67〕加藤弘之（1836～1916），1873 年與福澤諭吉、森有禮、西周等結成明六社，早期持天賦人權的啟蒙思想，後來轉向社會進化論的立場批判民權思想。1902 年 3 月國語調查委員會成立時被任命為委員長，1890 年派遣上田萬年赴德國留學的也是時任帝國大學總長的加藤弘之。
〔註68〕《伊沢修二選集》，第 124～128 頁。
〔註69〕《伊沢修二選集》，第 106 頁。
〔註70〕《伊沢修二選集》，第 699～700 頁。

旨，因此，在小學教育中對於訓練學生抓住重點進行記憶也非常適用。〔註71〕
實際上，漢字在傳遞信息上的效率性，已經被明治時代占統治地位的媒體即
鉛字印刷的報紙所證實，〔註72〕漢字假名混合文最終在話語權上的勝利，也
早已經由紙媒的這種實用主義取向所預示。

　　總而言之，無論渡臺前後的伊澤，在「言」的層面認同普及標準語；在
「字」的層面理論上推崇「視話字母」、實踐上認可假名與漢字共同使用；在
「文」的層面則贊成簡明易懂的改良文體，這樣的「國語」觀是一以貫之的。
只不過，在渡臺以後更加意識到漢字在溝通東亞思想方面的實際效用。那麼，
同樣秉持著現代語言學的科學主義與「國語」的國家主義的伊澤修二與上田
萬年二人，在對待漢字‧漢文時為何會產生排斥與利用的不同反應？其原因
也許正在於上田將漢字‧漢文視作「支那語」、「支那文」，也就是他者的民族
國家語言，而伊澤則是將漢字及其文脈視作日本歷史以及現實（殖民地）的
一部分，從而試圖將其轉換為日本在東亞範圍內進一步擴張的文化工具。在
創製「國語」這一問題上，學術與政治密不可分，無論排斥或利用漢字‧漢
文，呈現出的不過是這一時代「立身出世」的明治知識官僚對「國體」邊界
的不同理解而已。在此意義上，殖民地臺灣的「國語」教育，既是早於日本
本土的一場「言文一致」實驗，也是國家主義意識形態在其整備時期的一次
預演。

〔註71〕《伊沢修二選集》，第 200 頁。
〔註72〕《漢文脈と近代日本》，第 117 頁。

第二章 「同化」與「同文」——
殖民地臺灣早期「國語」教育中的言／文關係

　　在殖民初期，日本對臺灣施行的「國語」教育的實質是國家主義教育，這種信念從一開始就非常明確，然而在 1895～1904 這十年間，與「國家」所適配的「國語」還處於艱難的創生期。在「言文一致」尚未實現的狀況下，「國語」只能先以「言」的方式到來，也就是國語傳習所和公學校所傳授的口語會話及其語法系統；「文」仍然是以漢文——臺灣人所習慣的書寫傳統和文體形式——及其變體即「漢文訓讀體」為中心。於是，在殖民者與被殖民者共享一個書寫傳統的情況下，此時「國語」的位置只能是在「言」的層面與「臺語」（其實也應包括其他各種在地口語）相對應，實際上在當時，「國語」的教授確實採用的是與臺語對譯的方式，〔註1〕而學習「國語」的臺灣人其動機也主要出於經商以及擔任通譯等實用主義目的。因此，言文分離的現實情況使得伊澤全力普及的「國語」（作為口語的日語）難以具備殖民者理想中的「國語」（言文一致的民族國家語言）的權威性，尤其是在臺灣這樣一個以「文」溝通的多語言社會中，作為「口語」的日語既不可能替代不同群體各自的母語成為他們的日常生活用語，也不適應於上層文化精英所習慣的以「文」交流的注重古典書寫語言的傳統方式。因此在這一時期，相對於殖民者的「國語」教育，毋寧說臺灣人自主的「書房」教育才是主流，這固然是出於對殖

〔註1〕參考〔日〕國府種武：《臺灣に於ける國語教育の展開》，臺北：第一教育社，1931年，第110頁。

民教育有意識的抵抗，但雙方之間所共通的「文」的穩固性，也不失為一個值得考慮的重要因素。

殖民地臺灣的「漢文」問題之所以顯得複雜，很大程度上來源於意欲成為「國語」的日語與東亞漢文傳統之間的纏繞關係，而作為「祖國」的中國的「國語」之成立，與借用日語的現代化成果之間也存在著難以割裂的聯繫。正是在殖民性與現代性這兩個維度上，臺灣學者陳培豐創造「殖民地漢文」這一概念，以統稱日據時期在臺灣出現的各種變體漢文。〔註 2〕雖然立足於相似的維度，但是為了使論題不至於太分散，筆者此處所討論之「漢文」範圍，主要是指 1895～1904 年間的國語傳習所與公學校所教授的「漢文」（也包括傳授「國語」時所借助的「漢文」），以及同時期書房教育的「漢文」，兼及 1904 年公學校規則修正後被單立出來的「漢文科」及其課本；並且，與陳培豐側重於沿著「言文一致」的路徑考察「臺語的現代化及其不足」有所不同，筆者的問題意識集中於從殖民地語境中「國語」與「漢文」之間關係的嬗變來思考「言文一致」本身——即言／文關係的結構性轉變，對於「東亞內部」的殖民地臺灣及其殖民母國日本的意義。

一、分析概念的對象化：「同化」及其問題

對於日據初期臺灣的「國語」教育，研究者的討論視角向來難以繞過「同化」與「同文」的折衷性，也即伊澤修二在《新版圖人民教化的方針》裏所提出的「混合主義」方案——「彼我相混融合不知不識之間同一國化」。〔註 3〕「同文」通常被理解為對於雙方共享的漢字・漢文乃至儒教傳統的策略性利用，但與此同時，這種古典傳統在某些情況下又是鞏固殖民統治或追求近代化所必須克服的障礙。至於「將臺灣人同化為日本人」這種籠統又曖昧不清的說法，更有不少學者從各自關心的角度分析所謂「同化」的內在矛盾性或分裂性，例如駒込武認為在當時作為殖民地帝國的日本在文化上以「語言國

〔註 2〕 這些「變體漢文」包括「和式漢文、中國白話文、帝國漢文、漢文訓讀體、殖民地漢文、臺灣話文、混成漢文」，參考陳培豐：《想像和界限：臺灣語言文體的混生》，臺北：群學，2013 年，第 21 頁。另外須注意的是，「變體漢文」並非殖民地臺灣所特有，而是東亞漢文圈歷史上普遍存在的現象，就日本的情況而言，「純漢文」指的是依照中國漢文的詞彙與文法創作的文章；「變體漢文」則是雖然全部使用漢字表記，但卻是按照日語的語法連接起來的文章，參考〔日〕峰岸明：《変体漢文》，東京堂出版，1986 年。

〔註 3〕 《伊沢修二選集》，第 633 頁。

族主義」的原理包攝殖民地臺灣，卻在政治上以「血緣國族主義」的原理排斥臺灣人，其殖民統治的全景是「差別的重層構造」而非單純的「同化」。〔註4〕陳培豐則是從臺灣人如何應對「同化」的角度，認為同時存在著「同化於（日本）民族」與「同化於（現代）文明」兩種選擇，臺灣人可以自主性地選擇後者而拒絕前者，從而在殖民經驗中既獲取現代性又保持主體身份。〔註5〕可以看出，從他們開始，「同化」不再被直接援用為討論殖民統治時的分析概念，其本身成為了值得分析的對象。

　　陳培豐認為，駒込武並沒有明確分析「同化」概念的實質，只是沿用了矢內原忠雄的說法，將「同化」的定義和內涵侷限在「精神、情緒或情感上的日本人化」，同時又要求必須把「同化」理解為「隱藏殖民帝國主義與民族國家的諸種矛盾的場面話」，前者作為概念定義、後者作為方法論立場有其不統一之處。更重要的是，陳培豐強調「同化」除了「思想感情的同一化」這種最終通向「皇民化」的殖民主義「黑暗面」以外，也存在著通向「現代化」即所謂「文明化」——以西方資本主義文明為中心的合理主義與啟蒙主義——的「光明面」，〔註6〕也就是臺灣人在所謂「同化」教育的過程中並不單純只是被動的客體，也同時在對殖民者日本的抵抗／協商中建構起了現代性的主體身份——這其中不難看出後殖民主義的影響。顯而易見，駒込武和陳培豐分別是站在日本與臺灣的立場來審視「同化」之概念，再從中來觀照自身：駒込武從「同化」中析出明治日本同時作為「擴張的帝國主義」與「新興的民族國家」之間內在的自我分裂性；陳培豐則是從臺灣人選擇性地接受和利用「同化」教育的歷史進程裏面來尋找臺灣現代性的可能路徑。但是，在探討「同化」時，往往容易不斷擴大再生產二元對立式的分析框架，即日本殖民者採取「在文化上同化／在政治上不同化」，或者臺灣人選擇「同化於文明／不同化於民族」。實際上，當面對具體的「國語」教育現場時，大多數情況下難以明確地一分為二，例如一篇描述臺灣人去日本內地旅行見聞的「國語」課文，是屬於傳播近代「文明」還是瞭解「民族」文化？又如公學校以集體

〔註4〕〔日〕駒込武：《植民地帝国日本の文化統合》，東京：岩波書店，1996年，第356頁。

〔註5〕參考陳培豐：《「同化」的同床異夢：日治時期臺灣的語言政策、近代化與認同》，臺北：麥田出版，2006年。

〔註6〕陳培豐：《「同化」的同床異夢：日治時期臺灣的語言政策、近代化與認同》，第20～21頁。

儀式奉讀《教育敕語》、合唱《君之代》，是「文化」行為還是「政治」行為？
換句話說，筆者難以認可「文明」與「民族」、「文化」與「政治」之間存在
著清晰的界限。

　　或許誠如駒込武的研究所呈現的，「同化」本身就是一個及其曖昧的詞
彙，就當時的殖民統治策略而言更是具有表裏不一的欺騙性。筆者以為，與
其用種種二分法去細分「同化」的範疇、倒不如直視「將臺灣人同化為日本
人」這一理念在當時得以成立（或難以成立）的原理，以及之所以成為一種
至少是表面上的整體性的官方話語，所透露出的具有時代與區域特徵的意識
形態構造。在筆者看來，至少在 1895～1904 年間，在沸沸揚揚的「同化」話
語之下，可以用來「同化」的所需之形式卻是匱乏的、需要被創造出來的。
在此期間，總督府所採用的實際上是「同化」加「同文」的混合主義策略。

　　就西歐列強的殖民經驗而言，「同化」（assimilation）並不是唯一的選擇，
就如伊澤在前文所總結的存在著「自主主義」與「假他主義」的政策區別，分
別對應著直接統治與間接統治的不同方式。在 19 世紀末 20 世紀初，法國是最
為典型的採取直接統治的殖民帝國，其理論基礎就是法國一直堅持的「壯大法
蘭西民族」的同化理論。在法國殖民者看來，「法國所創造的文明是最優秀的
文明，法國人應該把法蘭西文明傳播到世界各地，因而主張殖民地與法國在政
治、經濟上保持一致，土著居民應通過受教育而接受法蘭西文化，最終自然同
化為法國公民。」〔註 7〕因此，「同化」不僅是一個政治經濟一體化的過程，
更多是文化領域內的溝通與融合，法國人所倡導的「同化」，「就是要把 18 世
紀有關人類共性的概念與 19 世紀歐洲人提出的傳播文明的使命，同法國文化
具有的特殊價值結合在一起。與其他的殖民帝國相比，法國人似乎更熱衷於此
道。」〔註 8〕這近似於伊澤所說的以「我國語我風俗為主實施教化」的「自主
主義」，但日本與臺灣因為人種與文化上的相似性，即所謂「同文同種」，而適
宜於採取「混合主義」的統治方針，從而在不知不覺之間將臺灣人從心底裏變
為日本人。值得注意的是，這種理念與法國殖民形態的「同化」明顯有所不同，
「混合主義」並非是殖民者肩負著「傳播文明的使命」而進行的首要的、主動
的選擇，毋寧說是一種折衷的、被動的妥協，因為這種混合並非是將兩個涇渭

〔註 7〕高岱、鄭家馨：《殖民主義史》（總論卷），北京：北京大學出版社，2003 年，
　　　　第 219～220 頁。

〔註 8〕高岱、鄭家馨：《殖民主義史》（總論卷），北京：北京大學出版社，2003 年，
　　　　第 221 頁。

分明的文化共同體融合為一，而是承認它們之間本身就存在著文化上的重疊性。正如打著「尊重舊俗」旗號的民政長官後藤新平，也不得不擔心這種文化上的重疊性，即臺灣人普遍在經學與漢詩造詣上高於日本人這一點，其實並不利於塑造殖民者的「威信」，〔註 9〕換言之，日本式的「同化」（douka）並不具備法蘭西式「同化」（assimilation）的文明自詡與文化自信。

因此，當我們認可並使用「臺灣是一個東亞內部的殖民地」這一表述時，必須清晰地意識到這不是一個簡單的日本征服臺灣的問題，而是「新」對「舊」、「現代」對「傳統」、「民族國家」對「帝國」的問題，其核心仍在於，在政治上取得甲午戰爭勝利的日本如何在文化上重組傳統東亞世界的權力關係。「國語」正是在這種迫切需要「文化立威」的時代氛圍下登場和最終成型，企圖從上至下滲透近代西方式的民族國家意識。正如丸山真男所言，幕末的「尊王攘夷」並沒有發動庶民階層，「使全國人民的心裏都具有國家的思想」這一切實課題，重新寄託在明治思想家的雙肩上。〔註 10〕到了甲午戰後，不僅是日本「內地」的庶民階層，這種「國家的思想」也必須被擴散到殖民地，甚至可以說，殖民地反而成為培養此種國家意識的前線。就伊澤的教育理念而言，「把臺灣人變成日本人」不是關鍵，關鍵是變成「什麼樣的日本人」——通過接受「國語」教育從而具備國家觀念的「日本人」。就算是對日本「內地」的國民教育而言，也是如此。因此也就不難理解，為何無論是在文部省時期還是在總督府學務部時期，伊澤都如此一以貫之地爭取貫徹初等義務教育，正因為國家主義教育必須由國家作為主體來施行。通過甲午戰爭從中國掠奪的賠款有十分之一被用於「普通教育」（即初等教育）的基本金，且作為眾議院議事日程的第一號建議案被提出，稍後又被貴族院提出，均獲得全場一致通過，〔註 11〕恰說明當時國家主義教育已受到日本朝野上下極大重視。實際上，早在甲午戰爭期間，伊澤於國家教育社第四回大集會上演說時就聲稱：「今日日清之戰爭乃是國家主義之戰爭……支那今其國土雖存，其國家業已滅亡」，〔註 12〕他以日本人力車夫為例，認為其雖身為賤民，一日僅掙得五

〔註 9〕 〔日〕駒込武：《植民地帝国日本の文化統合》，第 70 頁。

〔註 10〕 〔日〕丸山真男：《日本政治思想史研究》，王中江譯，北京：三聯書店，2000年，第 299～300 頁。

〔註 11〕 《伊沢修二選集》，第 589 頁。

〔註 12〕 〔日〕伊澤修二：《國家教育社第四回大集會開會致辭》，《國家教育》第 32號（1894.11），第 29 頁。

錢十錢，尚能將其存款獻與恤兵部以支持國家戰爭，而李鴻章的養子李經芳反倒攜家財逃往僻地，作為肱股之臣的家屬卻心無國家，兩相對照，「我帝國」對「支那」的勝利幾乎是必然的，是「有國家」對「無國家」的勝利。甲午戰後，臺灣淪為日本領土，自然要被編入「國家主義」的進程之中，在這個意義上，所謂「國語」教育的「同化」，確實不應理解為法蘭西式的「同化」（assimilation），它其實是包括日本自身在內的、東亞內部的「民族國家化」（nationalization）轉型。

這種轉型可以認為是對「西方衝擊」的反應。除了直接佔領的殖民地或支配的保護領以外，西方列強為了擴大以其自身為主導的資本主義世界市場，必須將龐大的帝國解體，以「民族自決」的意識形態使帝國控制下的區域分解為小塊。「民族國家」（nation-state）本來是歐洲內部的規矩，但通過「民族自決」擴展到歐洲以外，這些被分解的帝國區域如果不希望淪為殖民地，就必須重組為「民族國家」來抵抗列強的擴張。〔註13〕東亞地區的近代化，便是這樣一個解體中華帝國、組建民族國家的過程，而「明治日本」長期被認為是一個「成功」的範例，就在於早早通過明治維新重組了「國體」、在19世紀末又修訂了不平等條約，不僅維護了國家獨立，甚至通過日俄戰爭的勝利還成為了東亞地區唯一一個能與西方列強競爭的帝國主義國家。

這裡需要對「帝國」與「帝國主義」作出區分，筆者採用漢娜・阿倫特的觀點，即帝國的統合原理本質上是以法為基礎的政治形態，對所有人採取同等有效的立法；民族國家由同質的居民以及居民對政府積極的同意為基本前提，民族國家擴大而支配其他民族、其他國家的時候，並不是成為帝國，而是成為帝國主義。總結來說，帝國具有統合多數民族、國家的原理，而民族國家則不具備這樣的原理。〔註14〕在此基礎上，柄谷行人認為，帝國的特徵之一是「自然法」，在根本上是共同體之間的國際法；特徵之二是擁有「世界宗教」；特徵之三是通行「世界語言」（lingua franca）。〔註15〕在東亞世界的情況來看，「國際法」可以認為是以中華為中心的「朝貢體系」，「世界宗教」則是儒教或佛教，「世界語言」是作為書寫語言（Écriture）的漢字・漢文。那麼，明治日本在文化上脫離中華帝國、構造「民族國家」，就必須從漢字・漢

〔註13〕參考〔日〕柄谷行人：《帝國的結構：中心、周邊、亞周邊》，林暉鈞譯，臺北：心靈工坊文化，2015年，第216頁。

〔註14〕《帝國的結構：中心、周邊、亞周邊》，第122頁。

〔註15〕《帝國的結構：中心、周邊、亞周邊》，第109～110頁。

文的脈絡下分離出來，樹立「國語」的權威性。如果說「同文」是「帝國的
原理」；那麼「同化」就是「民族國家的原理」。讓我們再回顧一下「國語」
和「國語學」的製作者上田萬年在甲午戰爭之際的演說：

> 實際上現今我仍要說，沒有漢語的話，詔敕無以出，言論無以
> 書寫，社會地位也無以取。打個比方，這就如同四五千日本人中跑
> 進來四五萬個支那人，妨礙我等的繁殖、搶奪我等的政權、束縛我
> 等的自由。日本的國語雖為國語，卻毫不留情地淪落為支那人文脈
> 之「妻」了。〔註16〕（筆者譯）

上田萬年所建構的話語邏輯，是將浸透進日本傳統裏的漢字‧漢文分離為
「漢語」，並且以借喻的方式將其具象化（figural）為「支那人」，也就是說，
原本作為書面語（Écriture）的世界語言（lingua franca）失去其普遍性，與民
族國家直接相連，在「和漢」的傳統裏內在化的中國，經由西方的目光作為「支
那」被剔出和外在化。1886 年，森有禮主持文部省時期發布的學校令將中學校
的「和漢文科」名稱改換為「國語及漢文科」，已經顯現出相似的邏輯，只是
到了甲午戰爭時期的上田萬年這裡，「漢文」被進一步確指為「支那」，從而也
製作出「日本的國語雖為國語」這樣一個反身自指的「被發明的傳統」。然而，
「日本古來」是沒有文字的，也就是沒有書寫語言（Écriture），如果以書寫語
言為中心的話，從「和漢」裏驅逐出「支那」是很困難的，意識到此種狀況的
人就會放棄從「文字」、轉而向「聲音」去尋求文學的起源。〔註 17〕正是在這
一點上，為明治日本引入現代語言學的上田萬年站在了十八世紀的國學家本居
宣長的延長線上。本居宣長為了排除「漢意」而在《古事記》的訓詁中去尋找
「純粹日語」，他假設在古代存在著日語以及日語能夠普遍通用的共同體，但
在引入漢字書寫之後卻喪失了，因此他所想像的「純粹日語」必然是以聲音為
中心的、「自然」的「口語」。然而，正如酒井直樹所指出的，在「書寫」以後
出現的「口語」並不是自然存在，而是把書寫的形象投射到對話場景之後，想
像發話的「主體」與聽話的對象的過程，因此，「口語」的出現必然伴隨著一
定的主體的生成。而「口語」與古代的「聲音」相聯繫的語言想像，造就了均
質地傳達以及普及所謂純粹的日語共同體的歸屬欲望。〔註 18〕到了十九世紀

〔註16〕 〔日〕上田萬年：《国語研究に就て》（1894.11.04），《国語のため》，第 28 頁。
〔註17〕 〔日〕齋藤希史：《漢文脈の近代》，名古屋大學出版會，2005 年，第 11 頁。
〔註18〕 〔日〕酒井直樹：《死産される日本語‧日本人：「日本」の歴史——地政的
　　　　配置》，東京：新曜社，1996 年，第 196 頁。

末，上田萬年所欲創造的「國語」和「國語學」，同樣是在「假名／漢字」這一二元對立中確立假名（聲音）的特權性，無怪乎「文字應採用音韻文字（phonogram）」即為國語調查委員會的基礎方針，因為只有基於聲音的言文一致的「國語」，才足以擺脫以漢字・漢文書寫為普遍語言的中華帝國文化圈、承擔起建構明治日本的國民共同體的重任。因此，不僅僅是殖民地臺灣，日本「內地」也經歷著同時性的「民族國家化」轉型，這種轉型在文化上無疑是通過重組東亞地區的言文關係與知識結構而得。

二、從對譯法到直接法：言／文關係的結構性轉變

1904 年，公學校的「國語、讀書、作文、習字」合併為「國語」科之外，又單獨成立了「漢文」科。既有觀點認為此一做法提升了漢文的地位、「凸顯漢文科的主體性」〔註 19〕，也有完全相反的觀點認為「將漢文科編排成單獨的科目，似乎讓人覺得漢文科受到重視，但事實上是為了方便廢除漢文科」，〔註 20〕因為根據公學校規則，漢文並不是絕對必要的必修科目。上述兩種解釋看起來相互矛盾，但其實具有內在的一致性，即把「漢文」看作臺灣人的本土傳統，對於日本殖民者而言則是可資利用的策略性存在，也就是說，以「國語」屬於日本人、「漢文」屬於臺灣人這樣一種構造作為思考的前提。

然而，這種構造實際上恰恰是這一歷史時期的創造，即通過「國語」的創製，原本作為雙方共同傳統的漢文從日語的書寫體系內部被分離了出去。漢文科的單獨成立乃至被廢除，都應放置於這樣的脈絡下思考，正因為以口語體為基準的「言文一致體」在教學課堂裏逐漸佔據主導性地位，漢文才會「被獨立」，或者說有了被廢除的可能。此一節將以殖民地臺灣「國語」科目教學過程中漢文的位置與功能為線索，考察兩者關係的變化。

（一）對譯法：以漢字為中介的發音互譯

按照國府種武的梳理，在芝山岩學堂以來至明治三十一年（1898）為止，此創設期的國語教授方法是所謂的「對譯法」，即以漢文為中介，由內地人教員注上日語的讀法，同時讓懂漢文的臺灣人學生注上臺灣語的讀法。此種對譯法在 1898 年所謂「古安氏語言教授法」（直接法）出現之前，是全島國

〔註19〕 李佩瑄：《從〈漢文讀本〉看日治時期公學校漢文教育的近代化》，臺灣師範大學臺灣文化及語言文學研究所碩士論文，2011 年，第 40 頁。
〔註20〕 李園會：《日據時期臺灣教育史》，臺北市：編譯館出版，2005 年，第 411 頁。

語傳習所、公學校在國語教授中使用的唯一方法，1898 年以後在臺北以外的地方公學校也仍然長期採用。〔註 21〕在此一「對譯法」時代，漢文並非處於與「國語」對立的位置，甚至反而可以說是「國語」與「臺灣語」兩種不同的「言」所共同的「文」。正如主導此時教育方針的伊澤所言，「講習員與土人兩方都識漢字，又講習員也大致通漢文，兩者之差只不過在於發音而已」。〔註 22〕

　　以對譯法編纂的早期國語教材，主要是《日本語教授書》（1895）、《新日本語言集甲號》（1896）、《臺灣適用會話入門》（1896）、《臺灣適用國語讀本初步上卷》（1896）等。前兩部書均由芝山岩學堂的日本教師所編寫，給國語傳習所的學生當做教材又兼任簡單的日臺字典；《臺灣適用會話入門》以東京盲啞學校訓導石川倉次的著述為底稿修改而成，附臺灣語對譯，給本島人學國語的同時也可以供內地人學臺灣話。這三部教材的編排形式大致相同，以日語假名、漢字、臺灣話讀音假名、漢字譯文的順序編排。其中，《日本語教授書》注重課堂形式，附記了不少教授時的要訣，例如在教授單詞方面，「先用片假名教若干語，待學生熟讀以後，在旁邊寫漢字使學生領悟其意味」：

アイ　エ　ウエ　ウオ　アキ　オケ　イケ　カキ

愛　柄　上　魚　秋　桶　池　蚊　木〔註23〕

　　這裡需要注意的是，一方面由於日本此時尚未統一假名的書寫法，課本此處特別提示要用一定的假名表示一定的讀音，比如「上」就表記為「ウエ」而不寫成「ウヘ」。這種使假名「標準化」的做法，應出於在殖民地樹立「國語」權威性的考慮。〔註24〕另一方面，這裡的漢字不能理解為「翻譯」，而是這些假名讀音所對應的漢字表記，也就是說，這裡的漢字是日語的視覺符號，但同時又能夠被識字的臺灣人所理解。《新日本語言集甲號》沒有課堂教授法的說明，格式上更加工整，全部採用上欄「國語」（假名讀音、漢字）、下欄「臺灣語」（假名讀音、漢字）的形式排列：

〔註21〕〔日〕國府種武：《臺灣に於ける國語教育の展開》，第 116 頁。
〔註22〕〔日〕伊澤修二：《楽石自伝教界周遊前記》，東京：國書刊行會，1980 年，第 239 頁。
〔註23〕臺灣總督府：《日本語教授書》，吉岡英幸監修：《臺灣總督府日本語教材集》（第一卷），東京：冬至書房，第 6 頁。
〔註24〕伊澤修二曾經與上田萬年討論過，日語沒有聲調特徵曾經讓臺灣人產生不信任之感。

　　　　イモ　　芋　　　オオア　　芋仔〔註25〕

　　在這種編排體例裏，可見「芋」既可以是日語的漢字，同時也可以是臺灣語的漢字，呈現出清晰的「同文」特徵。除了日常單詞與對話之外，此教材還編排了軍隊及警察用單詞與對話，另附度量衡和貨幣單位換算圖表等，可見其實用意味濃厚。《臺灣適用會話入門》在體例上分為「請求及諾否」、「疑問及應答」兩部，也是上欄日語對照下欄漢文譯文及臺灣語讀法：

　　　上野 ノ 動物園 ヘ 往テ来マシタ。

　　　我　去　上　　野　的　動　物　園　來　了。

　　　ゴア キイ シアケ イア エ トグ ブツ ロン ヲイ リアウ。

〔註26〕

　　可見，圍繞漢文為軸心，以上教材確實體現出「兩者之差只不過在於讀音而已」的對譯特色。其次值得注意的是，這裡的「漢文」已經融入了日語的語法特徵，因為需要儘量逐字對應，所以出現了「去……來了」這種在漢語中並不存在的句子結構以對應日語的「往テ来マシタ」。這種作為日語學習的潤滑劑、吸收了日語語法要素的漢文可以稱之為「教育漢文體」，〔註27〕注重通過文字的視覺性來進行解釋，讓學生儘量理解日語的語法結構。這種特殊的漢文文體在《臺灣適用國語讀本初步上卷》裏面被有意識地擴大使用，正如編纂緒言所言：

　　　此書原以傳習國語為要旨，故譯為臺灣語之際，亦務求遵循國
　　　語之典則，直接傳授國語固有之語法。故其譯文較諸舊來之支那文，
　　　往往多有新奇之文字章句。〔註28〕（筆者譯）

〔註25〕《新日本語言集甲號》，《臺灣總督府日本語教材集》（第一卷），第63頁。
〔註26〕《臺灣適用會話入門》，《臺灣總督府日本語教材集》（第一卷），第194頁。
〔註27〕渡邊俊彥從文體論（言語風格學‧Stylistics）的角度分析了《臺灣適用國語讀本初步上卷》裏面「～的物」、「～的樣」、「～的事」以及文首的「又」分別對應了日語的「のもの」「のよう」「のこと」和「また」，將這種融入日文法的漢文文體稱為「教育臺灣語」，考慮到是以文字書寫的形式呈現，筆者在此稱其為「教育漢文體」。參考〔日〕渡邊俊彥：《対訳日本語教材における伊沢修二の教育観とその臺湾語の文体》，《拓殖大學語學研究》132號，2015年3月。
〔註28〕《臺灣適用國語讀本初步上卷》緒言。這部教材編者為國語學校教師栗野傳之丞、伊能嘉矩，漢語翻譯為同校教員柯秋潔、陳兆鸞，此二人均為芝山岩學堂國語傳習所甲科畢業，此書於1896年底刊行，而1898年公學校就取代

相對於前述三部教材主要是單詞及會話對譯的工具書，這部教材已初具現代國語教科書體例，內容以博物、地理等實學和日本國體為主，共編排了十七篇課文，上欄為日語原文，下欄為「教育漢文體」，沒有附記臺灣語讀音。如第一課「もも」（桃仔）的譯文：

　　今日、我要、與大家、講桃仔的事。桃仔、在本國、亦在臺灣、大概、是載在禮的四圍。

　　雖然在本國、桃花、是三月間開、在臺灣、至正月初、就開彼號花。

　　桃花、在本國、亦在臺灣、是共一樣的桃紅色、真美。

　　雖然在臺灣、桃仔、至五月初、就能食的、在本國、無至七月、不能食的。

　　桃仔、至分會食得的叫作成熟。〔註29〕

可見，這種「新奇的文字章句」完全是對應日語的語序來排列漢字，一方面解釋課文的意思，另一方面顯示原文的語法結構，這種「教育漢文體」或可認為是最早的「殖民地漢文」，充分體現了伊澤「以漢字為利器」的「國語」教育的特點。但是，這種對譯法能夠發揮作用，存在著一個前提條件，即日本教師與臺灣學生都須具有「漢文素養」，如果教育對象是不識字的兒童，那麼就不可能通過在假名旁邊標記漢字來使學生領悟其意味，更不可能以漢字的視覺性來提示日語的語法結構。因此，對譯法實際上只適用於具有漢文素養的國語傳習所甲科生，1898 年以乙科生為基礎的公學校設立以後，「古安式語言教授法」〔註30〕（直接法）在國語學校教授橋本武的譯介下被

　　了國語傳習所，因此並沒有發行計劃中的中卷與下卷，實際上有沒有用於教學也是存疑的。參考溫鴻華：《臺灣における草創期の日本語教材の一考察──『臺灣適用國語読本初歩上卷』の場合》，《安田女子大學大學院文學研究科紀要》9 號，2003 年，第 165 頁。

〔註29〕《臺灣適用國語讀本初步上卷》緒言。這部教材編者為國語學校教師栗野傳之丞、伊能嘉矩，漢語翻譯為同校教員柯秋潔、陳兆鸞，此二人均為芝山岩學堂國語傳習所甲科畢業，此書於 1896 年底刊行，而 1898 年公學校就取代了國語傳習所，因此並沒有發行計劃中的中卷與下卷，實際上有沒有用於教學也是存疑的。參考溫鴻華：《臺灣における草創期の日本語教材の一考察──『臺灣適用國語読本初歩上卷』の場合》，《安田女子大學大學院文學研究科紀要》9 號，2003 年，第 168 頁。

〔註30〕Francois Gouin（1831～1896），法國教育家，專長外語教育。1855 年古安在

引入殖民地臺灣的「國語」教育現場，1899 年在國語學校第一附屬學校進行實驗，由於效果非常顯著，總督府於 1900 年先後出版《古安氏言語教授方案》及《臺灣公學校國語教授要旨》，以期推廣此種直接法。

（二）直接法：「教育漢文體」的退場與漢文存廢論爭

此階段以直接法為宗旨編纂的代表性教材為《國語科話方教材》（1900）與《臺灣教科用書國民讀本》（1901～1903）。

《國語科話方教材》即為參與國語學校第一附屬學校實驗「古安式語言教授法」的國語學校教諭山口喜一郎所作，此書內容根據兩年半的實驗經歷所選擇和編排，在形式上最明顯的特徵是漢字・漢文完全消失，卷一全部為片假名表記，卷二、卷三出現漢字表記，只不過，此漢字是日語中的作為符號的漢字，並非作為翻譯的漢字・漢文。其次，內容的選擇和排列次序，先是從與課堂有關的一系列行為動作如「敬禮」、「讀書」、「拿出硯臺」、「磨墨」教起，再推進到日常生活層面的「穿衣」、「洗臉」、「打掃衛生」，在家裏吃飯時的母子會話、出門購物的會話等，最後進展至「桃太郎」的故事、歷史人物「小野道風」介紹、描寫自然現象的「秋」以及「蜜蜂」、「南瓜」等博物類課文。最後，課堂上盡可能地以「國語」進行教學，隨著學童「國語」能力的長進，儘量少用乃至不用「土語」。〔註31〕可見，此教材的編輯策略，正是《臺灣公學校國語教授要旨》裏所推崇的直接法，講究以學母語的方式來學習「國語」，具體方法為：（甲）以兒童自身的一個行為為中心，圍繞行為中所包含的一系列動作教授正確的國語，以學會若干的動詞來樹立起語言的基礎；（乙）將表述兒童日常耳濡目染的事物的形狀、性質等諸觀念的語言，

卡昂大學就讀期間被派往德國柏林大學，當時古安完全不懂德語，於是先停留在漢堡學德語。他先是以自己學習希臘語的經驗來學習德語：通過演繹法練習語法，然後默記詞典中的單詞。古安在十天內就掌握了德語的全部語法，但是當他到課堂上時，卻發現自己完全無法聽懂老師的話。他又在四天內記住了一千個德語詞根，仍然沒有用處。他又繼續背誦了 30000 個德語詞彙，差點導致失明。絕望之下古安回到法國，發現自己兩歲半的姪子已經學會說話，從姪子學語言的過程中，古安領悟了「系列教學法」，並將此種方法於 1880 年自費出版一本教材。這本書在法國幾乎沒有引起注意，但卻在英語世界受到關注，並被 Howard Swan 翻譯出版，即橋本武所讀到的 *The Art of Teaching and Studying Languages*（1892）。

〔註31〕 《國語科話方教材》緒言，見《臺灣總督府日本語教材集》（第二卷），第 223 頁。

按照適當的位置排列起來教授，隨著兒童心力的進步，由已知到未知，增進新知識的同時擴展兒童的精神世界。〔註32〕

可見，直接法所預設的教育對象，是如「白紙」一般的幼童，而非對譯法時代有漢文基礎的青少年及成人。與此同時，語言的工具性與學習「國語」的功利性色彩明顯減淡，而是與人格的育成、對世界的認知密切相關。在橋本武所翻譯的法國教育家古安（F. Gouin）的著作中，傳統的語言教學法——通過字典和翻譯——被認為與學習者的個體性（individuality）與真實生活（actual life）無關，古安創造的「系列教學法」（Series System）就是為了克服此種弊端，在他這裡，沒有任何一個概念、詞彙或表達方式是在抽象情境中教學的，而是永遠建立在具體事實或者學生已知事實的基礎上。學習一門語言，就意味著需要「重新塑造我的完整的個體性，一點一滴地重構我的所有觀念，就像小孩所做的那樣」。〔註33〕橋本武從翻譯古安著作裏所獲得的此種理念，與上田萬年所言「日語是日本人的精神血液」一說結合起來，在「國語」教育與「國民」育成的關係來看，直接法較之對譯法，顯然更符合「同化」的目標。

在此基礎上發展起來的《臺灣教科用書國民讀本》，第一卷第一課從日常生活的行為「オトコノコガオキマシタ」（男孩起床了）開始，體例為課文在先、應用練習在後，應用練習附有「土語讀方」，以片假名和八聲符號表記臺灣語的翻譯和讀法，課文與應用均有醒目的配圖，以便從場景印象和動作聯想直接通往「國語」的聲音。直到第五卷才開始出現漢字，同樣地，這也是日語中作為符號的漢字，而非對譯法裏面作為翻譯和視覺性解釋的漢字。在以「古安式語言教授法」製作的教材裏面，如前述「桃仔」這樣的「教育漢文體」失去了生存的空間。不僅如此，橋本武與同為臺灣教育會〔註34〕成員的平井又八之間還發生了一場關於廢止公學校漢文科的爭議（1902.5～1903.1）。

〔註32〕《臺灣公學校國語教授要旨》，見〔日〕國府種武：《臺灣に於ける國語教育の展開》，第372～373頁。

〔註33〕F. Gouin, The Art of Teaching and Studying Languages, Nabu Press, 2010, p49.

〔註34〕臺灣教育會，前身為1898年9月主要位於臺北的國語學校以及國語傳習所的教員們所結成的國語研究會，1901年改組為臺灣教育會，基本以固定成員召開討論會，探討國語教授中的困難和教學法等，成員主要有國語學校校長町田則文、國語學校教諭本田嘉種、橋本武、平井又八、山口喜一郎，學務部的小川尚義等人。

　　需要注意的是，此時公學校教育體系裏並無獨立的「漢文科」，橋本武所言的漢文科應理解為分散於讀書、作文、習字裏的漢文教育，尤其是讀書科裏關於四書五經的內容。相對於駒込武將二人的論爭放置於伊澤修二留下的「自主主義」與「假他主義」之間的對立脈絡，認為論爭「到最後平行無交集地結束」，〔註35〕長志珠繪特別注意到橋本武呼籲廢止公學校漢文科是在日本國「內」進行演說、並由日本國「內」的教育雜誌（《教育時論》）整理發表的，而平井又八則是在殖民地，也就是作為「外部」的臺灣本島的教育會機關刊物（《臺灣教育會雜誌》）上發言反對廢止漢文。橋本武提出廢止漢文科的理由主要在於，臺灣的漢文教育向來以參加科舉為目的，而參加科舉出仕就意味著向清帝盡忠，這顯然與殖民統治實施「國語」教育的方針背道而馳，這種把儒教精神與現實中國相聯繫而視作「外部」加以排除的理論，與同時期日本國「內」上田萬年等人在甲午戰後的漢字廢除論是一脈相承的。而平井又八則是把漢文科作為殖民統治體制的一環，考慮到現實的教育經費以及殖民地的文化傳統，認為貿然廢除漢字既不可行也不可能。平井的看法顯然是立足於臺灣而言，與日本國「內」的國語論沒有直接的對話關係。〔註36〕在此筆者想強調的是，橋本武廢止漢文科的主張，與「國語」教育中直接法的理念與實踐存在著密切關係。在他的論述中，漢文無法被簡單地看作「殖民地的文化傳統」，而是一種時時會威脅到「國語」的干擾項，他堅信透過漢文或漢字的翻譯，「國語」的精神就會蕩然無存。這種極端對立的觀念，在伊澤修二主導的對譯法國語教育裏是難以想像的。

　　從國語傳習所的教科書到公學校的國民讀本，「國語」與「漢文」的關係發生了明顯的轉變：在對譯法的時代，「國語（日語）」和「臺灣語」實際上都可以被認為是相對於書寫語言的「漢文」（Écriture）的某種地方俗語（vernacular），因此形成了「日語發音─漢字（漢文）表記─臺灣語發音」這樣一種「言─文─言」的對等式結構，對譯法之所以能夠成立，在根本上有賴於此種對等結構的穩定性。然而，當日語不再只是「言」，而要自我更生為「言文一致」的「國語」的時刻，對等式結構裏作為中介的漢文被排斥出去、漢字以被限制數量的形式殘留下來，變為「『國語』（言文一致的日語）─臺

〔註35〕〔日〕駒込武：《植民地帝国日本の文化統合》，第66～67頁。
〔註36〕參考〔日〕長志珠繪：《近代日本と國語ナショナリズム》，東京：吉川弘文館，2007年，第204～206頁。

灣語發音（言）」這樣的不對等結構，也就是直接法得以成立的原理。顯而易見，在此一不對等結構裏，作為「言」的臺灣語最終也會消失，正如山口喜一郎的《國語科話方教材》所設計的那樣，當學生的「國語」能力足夠時，也就不再需要臺灣語。然而當言文一致的「國語」（日語）替代「漢文」成為殖民地臺灣的書寫語言，「國語」的「文」與臺灣語的「言」卻並不能構成書面語（Écriture）與口語（vernacular）的關係，在臺灣的兒童以學「母語」的方式來學習「國語」之後，他們真正的「母語」卻失去了書寫表記的符號。如果說公學校的「漢文科」是作為殖民者的日本人為了緩解此種不對等結構所造成的緊張關係而做出的暫時性妥協，那麼書房的漢文教育就是作為被殖民者的臺灣人為了保存自身的語言文化而進行的長久的抗爭，即便這種抗爭隨著古典漢文世界的解體而變得越來越微弱，也不得不尋求新的語言文體形式（白話文／臺語羅馬字）來與逐漸制霸的「國語」對抗。

三、被分裂的「國語」與「漢文」：「同文」的式微

在國語傳習所時期，「國語」單立一科，實際內容對應的是日語的「口語」，「讀書作文」為合併的一科，對應內容為「書面語」。到公學校時期，「國語作文」合為一科，「讀書」單立一科，與此同時，將傳統書房教育的「漢文」內容包括在作文、讀書、習字中，教科書為三字經、孝經、大學、中庸、論語等。此時的「國語作文」雖已體現出「言文一致」的趨向，但尚未形成聽、說、讀、寫融合為一的標準民族國家語言。殖民地臺灣「國語」科的最終成型，要等到 1904 年總督府發布《公學校修正規則》調整課綱，此時「讀書、作文、習字」參照日本內地小學校令改正（1900）的規範被明確併入「國語」一科，而原先分布於上述諸科目的「漢文」被另立為單獨一科，與此同時，總督府編纂出版新的漢文讀本，以替代原先使用的四書五經內容。〔註 37〕可以說，在 1895～1904 年期間的殖民教育體系裏，「漢文」與「國語」的關係從相互纏繞走向彼此分離，在這之後，隨著國語普及運動的逐步深入，「漢文」漸漸被排除於公學校的教科體制之外，無論臺灣人如何反對，1937 年中日戰爭之際總督府最終還是廢除了漢文科，因為「漢文一科始終召喚中國人心理」。〔註 38〕

〔註 37〕《日治時期初等教育史料選編》（教育系列 4），第 69 頁。
〔註 38〕臺灣教育會編：《臺灣教育沿革志》，臺北：南天書局，1939 年，第 388 頁。

　　需要注意的是，在廢除的時刻「漢文」被總督府賦予了明顯的國族主義意味，說明在「國語」極度擴張的「皇民化」時期漢文與「國語」的對立關係已經完全不可調和，但是在殖民初期，漢文的國族主義色彩實際上並不穩定，毋寧說其屬性更傾向於一種傳統的雙方共享的書寫體系，也就是所謂的「同文」。然而，正是在這段時期，日本努力擺脫漢文書寫體系、走向創造「言文一致」的民族國家共同語，在這一進程中殖民地臺灣被強行統合進日本的「國語」框架裏，既沒可能自行發展出獨立的「言文一致」的現代民族語言，也被切斷了與中國大陸「國語運動」的聯繫（雖然臺灣的知識階層努力引入中國「白話文運動」的成果，但是顯然不可能如公學校一樣在「國家教育」的層面普及給一般民眾）。因此，在殖民地臺灣的語境中，「漢文」的意涵是複雜多變的，它有時候僅指文言文，有時候又容納除「國語」（日語）以外的各種漢文變體（和式漢文、中國白話文、臺灣話文等）；有時候被認為是古典傳統，有時候又具有現代意味；有時候被日本人以「同文」的理由利用來籠絡臺灣舊文人（如 1900 年的「揚文會」〔註 39〕），有時候又成為臺灣人抵抗殖民統治的民族運動的工具（如與臺灣議會設置運動相關的報紙《臺灣民報》所使用的「漢文」，實際上是白話文），或者反向利用其作為「東洋文化的根本」〔註 40〕而向總督府要求保存。因此，如果將「漢文」的設科與廢除僅放置於「民族性」的框架下考慮的話，只是其中的一個面向，筆者認為還有一個容易被忽視的面向是，「國語」（日語）成立的過程也即是其將自身的漢文傳統不斷異質化、他者化的過程。

　　此一節將從「國語」教育裏面作為「國語科」補充的「漢文科」的變遷來考察這一歷史進程。

〔註 39〕「為籠絡臺灣士紳階層支持殖民政府，1900 年 3 月 15 日臺灣總督兒玉源太郎邀集臺灣各地人士到臺北參加「揚文會」，會場設於臺北之淡水館（即清代之登瀛書院）。邀集之對象為曾在舊制科舉中獲進士、舉人、貢生、廩生者為限。據地方官廳呈報，其參加此會資格者之人數為 151 人，不過當日實際與會者為 72 人。總督府於該會中擬定了『修保廟宇』、『旌表節孝』及『救濟振恤』等三項題目供與會者為文發揮。總督府在詩會期間除於會場宴饗與會者外，還招待至臺北各官衙及學校等機構參觀。是會至 3 月 26 日結束。」參考許俊雅：《黑暗中的追尋：櫟社研究》，上海：東方出版中心，2006 年，第 13 頁。

〔註 40〕《臺灣民報》第 232 號向總督府陳請保留漢文科的必要性，參考李園會：《日據時期臺灣教育史》，臺北市：編譯館出版，2005 年，第 350 頁。「東洋文化的根本」也是日本本土知識人呼籲保留漢文教育的標語。

（一）公學校與書房的「漢文競爭」

附表 3　1898～1904 年間公學校與書房情況對比表〔註41〕

公學校與書房數量、教師數、學生數對比表					
年度	學校數量		教師數		學生數	
	書房	公學校	書房	公學校	書房	公學校
明治三十一年（1898）	1707	74	1707	247	29941	7838
三十二年（1899）	1421	96	1421	337	25215	9817
三十三年（1900）	1473	117	1392	453	26186	12363
三十四年（1901）	1554	121	1543	501	28064	16315
三十五年（1902）	1623	139	1629	553	29742	18845
三十六年（1903）	1365	146	1368	652	25710	21403
三十七年（1904）	1080	153	1083	620	21661	23178

　　伊澤對臺灣教育的見解，從登臺前廣島談話的「雖不算無文字之蠻族，但從今日的教育視之則下沉到動物般愚蠢的境界了」〔註42〕轉變到「從重視教育這一點來看，大致與本國（日本）沒有太大差距」，〔註43〕前後不過半年時間，使他轉變觀念的是芝山岩學堂的甲科生如柯秋潔、朱俊英等所具備的較高程度的漢文素養。這種漢文素養的訓練主要來自於臺灣漢人傳統的教育機構──書房。在清政府割臺以前，當時臺灣的學校型式甚多，有所謂府縣儒學、書院、義學、社學、書房等等，其中大部分以預備科舉為目的，甚至於有些學校（如府縣儒學）徒有其名，實際上不過是一個辦理考試的機構。〔註44〕民間自設的書房也就是私塾，承擔了教育的絕大部分功能。書房教師通常是考取一定功名的儒生，也有無功名者，在自宅招生學生，或者受聘於大家族以教導其族內子弟。修業年限沒有一定的規制，少則三四年，學習讀書習字；多則十餘年，以科舉為目標練習作詩作文。

　　日本據臺之後，臺灣總督府廢除了官辦的府縣儒學和書院等學制設施，但民間書房除了在戰亂期間有所減少，在局面平定後反而數量增長。從總督府開辦公學校（1898）到修正公學校規則單設漢文科（1904）期間，臺灣人

〔註41〕統計數據來自《臺灣教育沿革志》，第 984～985 頁。
〔註42〕《伊沢修二選集》，第 570 頁。
〔註43〕《伊沢修二選集》，第 584 頁。
〔註44〕汪知亭：《臺灣教育史料新編》，臺北：臺灣商務印書館，1978 年，第 12 頁。

自主的書房教育無論從校舍數量、教師數量還是學生數量來看，都處於絕對的優勢地位，實際上，在日本據臺十年後的 1904 年，公學校的學生數量才首次超過了書房。公學校發展緩慢的原因，一方面在於與國語傳習所完全依靠國庫撥款不同，公學校是靠地方稅來設立和維持運作的，相對於在治安和衛生方面的大力投入，總督府此時期的教育方針是時任民政長官的後藤新平提出的所謂「無方針主義」，即雖然明確表示公學校的首要目標是「普及國語」，但同時也承認現實的風俗習慣並非一朝一夕能夠改變，因而在漢文的保留或廢除上保持中立態度。〔註 45〕公學校這種公立私費的性質，實際上造成以「國語」教育來推行國家主義教育的效果大打折扣，這與伊澤修二原本設想中希望實現的義務教育全然不同，伊澤在公學校規則發布前休職，主要原因便是總督府在財政預算上對教育事業的投入過少以致難以實現國家主義教育的理想，或者說伊澤的計劃與上述「無方針主義」存在根本衝突。另一方面，臺灣人普遍缺乏學習日語的動機，也不認可公學校所開設的科目的價值，仍然認為書房的漢文教育才是真正的學問。這種情況隨著殖民統治的逐漸穩固雖然有所改變，但是書房在設置上的便宜性（原則上只要有一位儒生便可隨處開設），以及在臺灣社會根深蒂固的影響力，使得總督府雖然對書房阻礙推行「國語」教育有明確認知，但客觀上無法直接取締，只能將書房定位為公學校教育的輔助機構，對其進行管理和改良。

在總督府於 1898 年 11 月 10 日發布的書房義塾規程裏面，規定書房應加設「國語」和「算術」科，教科用書在從前慣例之外，添加由總督認可的參考書，既包括與「國體」相關的《大日本史略》與《教育敕語述義》，也有近代啟蒙書籍《天變地異》、《訓蒙窮理圖解》等。但是，此規程在實際運作上推行困難，並沒有被太多書房採納。〔註 46〕1904 年公學校漢文科獨立設科，1905～1906 年間出版《臺灣教用書漢文讀本》，改變了原先以四書五經原典為教材的漢文課堂，代之以近代百科全書式的新編教材，鼓勵書房也採用此讀本，但推行效果仍然不佳。甚至在 1911 年 7 月 1 日發布的關於書房義塾用圖書使用的取締方法裏還可以看到，「近年來存在著使用教育上不穩當的圖書的情況」，即有不少書房在清政府廢除科舉（1905）之後，採用由清國編纂出版的教科書如《初等小學國文教科書》、《初等小學修身教科書》、《初等小學

〔註 45〕〔日〕駒込武：《植民地帝国日本の文化統合》，第 69 頁。
〔註 46〕《臺灣教育沿革志》，第 974～975，978 頁。

中國歷史教科書》、《初等小學地理教科書》及《幼學瓊林》等。〔註47〕顯然，
這種以「清國本位」編纂的教科書對總督府而言威脅是最大的。從當時公學
校校長的報告裏可得知，直到 1916 年臺灣書房還存在著使用從中國輸入的漢
文教科書的情況，在臺南第一公學校設置區域內，42 間書房只有 11 間使用了
總督府頒布的漢文讀本，其他仍舊以四書五經為主。〔註48〕可以認為，書房
在實際運作中保留了較多的自主性。

　　如果說在公學校設置初期，在「讀書」科添加四書五經以及稍後設置單獨
的漢文科，其目的在於與書房競爭生源，〔註49〕那麼在殖民統治的中後期，公
學校漠視乃至廢除漢文科又成為了書房得以生存的理由。在使用的教科書和教
學方法上，1904 年以前公學校和書房都使用四書五經，從公學校課表來看（附
表 2），所用原典包括《三字經》、《孝經》、《大學》、《中庸》、《論語》（臺灣句讀
及本國句讀），可見繼承了伊澤修二的意見，刪去了不符合「國體」的具有易姓
革命內容的《孟子》，而《三字經》裏的崇清內容，也經由學務部刪改修訂。〔註
50〕書房使用的原典數目更大，除上述以外，還包括《孟子》、《詩經》、《易經》、
《書經》、《禮記》、《春秋》、《千家詩》、《千字文》、《聲律啟蒙》、《史記》、《爾
雅》、《左傳》、《幼學群芳》等，教學方法延續舊制，根據學生情況個別指導，
早課先背誦前日所學，通過之後教師再口授新的章句，其後按照各自程度命其
作對作詩作文，下午習字，然後反覆背誦新學的章句以備隔天測試，最後由教
師對所有人講授古時嘉行善言。〔註51〕教課語言多用福建語，教師在傳授章句
的時候，用的是福建語的「文言音」，與日常生活的「白話音」有所不同，學童
經由素讀經典，同時習得漢字的文言音與白話音。〔註52〕就此而言，傳統漢文

〔註47〕 《臺灣教育沿革志》，第 979 頁。
〔註48〕 吳宏明：《日本統治下臺湾の教育認識──書房・公学校を中心に》，春風社，
　　　　 2016，第 74～75 頁。
〔註49〕 這種做法沿襲自國語傳習所時期的招生經驗，1897 年 10 月 31 日總督府以府
　　　　 令第 52 號修正國語傳習所規則，在乙科課程表第一、第二課程中減少國語 5
　　　　 小時、算術 1 小時，增加一周 6 小時的漢文；第三、四課程中減少國語 5 小
　　　　 時，另增加一周 8 小時的漢文教學時數。各國語傳習所根據修正規則，雇傭
　　　　 書房教師教授漢文，教授漢文教育的結果，使得推行日語教育的國語傳習所
　　　　 得以順利發展。參考李園會：《日據時期臺灣教育史》，第 410 頁。
〔註50〕 《伊沢修二選集》，第 619 頁。
〔註51〕 根據 1896 年木下邦昌的書房調查報告，見《臺灣教育沿革志》，第 965～967
　　　　 頁。
〔註52〕 《日本統治下臺湾の教育認識──書房・公学校を中心に》，第 27～28 頁。

幾乎等同於書房教育的全部內容，除應付生活所需的基本讀書識字能力之外，最重要的功能是準備科舉應試。在清政府割臺以及廢除科舉考試之後，臺灣的地方士紳仍然很重視傳統經典，並視公學校教育為膚淺輕薄的教育，對總督府的規程採取陽奉陰違的態度，使得總督府對書房教科書的管理更加困難。〔註53〕1904年以後，公學校的漢文科使用總督府編纂的《臺灣教科用書漢文讀本》，1919年之後採用新訂的《公學校用漢文讀本》，不僅排除了四書五經內容，而且使用「國語」也就是日語來教授漢文。如前所述，雖然總督府大力獎掖民間書房也使用官制的漢文讀本，但推行情況不佳，甚至存在使用清國教材以示對抗的情況。關於《臺灣教科用書漢文讀本》，已有不少先行研究對其編排形式和教學內容進行過詳盡的分類爬梳，〔註54〕在此不作展開，但需提醒注意的一點是，雖然內容是近代百科全書式的淺顯文章，此種教材在文體上仍然使用文言文。

另外，雖然伴隨著公學校的持續擴張，書房教育呈現逐漸衰頹的局勢，但總督府的統計數據只採納了經過認可的書房，實際上民間存在著大量的未經認可的書房，例如，新竹縣公認書房數為26所，大多設置於公學校教育難以波及的農村和山地，未公認書房數則高達63所，且絕大多數設於市街內。〔註55〕如果說公認書房多設於邊遠地區，體現了書房被規定好的「輔助」地位的話，那麼在鬧市區域私設未經認可的書房，足以顯示出臺灣民間對公學校教育的不滿。

這種不滿除了被壓抑的民族情緒以外，〔註56〕更具體的因素在於一方面相對於給在臺日本人開設的小學校而言，公學校刻意壓制教育的程度，也缺乏接續中高等教育的途經，對此，臺灣人通過臺灣文化協會的活動以及要求設置臺中中學校的行動採取了一系列鬥爭；另一方面，公學校的規模難以容

〔註53〕李園會：《日據時期臺灣教育史》，第262頁。

〔註54〕參考李佩瑄：《從〈漢文讀本〉看日治時期公學校漢文教育的近代化》，臺灣師範大學臺灣文化及語言文學研究所碩士論文，2011年。以及遊士德：《公學校用漢文讀本教學詞彙研究》，高雄師範大學臺灣文化及語言研究所博士論文，2006年。

〔註55〕參考李佩瑄：《從〈漢文讀本〉看日治時期公學校漢文教育的近代化》，臺灣師範大學臺灣文化及語言文學研究所碩士論文，2011年。以及遊士德：《公學校用漢文讀本教學詞彙研究》，高雄師範大學臺灣文化及語言研究所博士論文，2006年。第113頁。

〔註56〕如光復以後的教育史研究對日據時期書房的定位為「保存我國固有文化的一支孤軍，也是培育抗日意識的重要組織」，汪知亭：《臺灣教育史料新編》，臺北：臺灣商務印書館，1978年，第48頁。

納不斷增加的適齡學童，又伴隨著公學校「漢文」獨立設科以後課時遞減、逐漸被排斥為選修科甚至實際上不再開設，漢文與民族意識的危機感聯繫起來，以漢文教育為主的書房也因此得以存續。實際上，不僅存在著幼時入書房學漢文、後入學公學校者，也存在著公學校畢業後再入讀書房的情況，同時還有白天在公學校接受「國語」教育、晚上去書房學習漢文的情形。這種公學校與書房雙軌並行的教育體制，在考慮殖民地臺灣的「國語」與「漢文」的關係時是不可忽略的要素。公學校與書房的漢文教育，如果說在 1904 年之前（此時公學校漢文科尚未單獨成立，仍被內包在讀書科裏面）無論在教學內容還是師資上呈現出趨同的特徵，那麼 1904 年公學校漢文科單獨成立並發布相應教材以後則顯示出明顯的差異：公學校的漢文讀本在結構與內容上模擬國語讀本，以日用實學為主，在教授方法上則以日語而非臺灣話來講授；書房大多拒用公學校的漢文讀本，仍然保持傳統的經學教育方式或者暗中使用中國的國文讀本。

（二）「漢文素養」的來源與構成：明治時期日本本土的漢文教育

1904 年，當殖民地臺灣的公學校將「國語」與「漢文」分別單立科目的時候，也正是日本內地的小學校使用第 1 期國定教科書《尋常小學讀本》的開始。〔註57〕這本教材所使用的「國語」，較之伊澤在文部省時期編纂的小學讀本的口語體而言，更接近於現在的「標準日語」，即「デアリマス」這樣的文體被改換為敬體的「デス」與簡體的「ダ」，也就是所謂「東京的中流社會所通行的標準國語」。從書寫的角度來看，前者正是山田美妙、後者則是二葉亭四迷早在明治 20 年代的小說創作中所使用的口語體，正因為此，他們被認為是創造了日本近代「言文一致體」的兩位看板人物。〔註58〕而簡體的「ダ」在國木田獨步的繼承與發展下，更成為日本現代文學的主流，也就是柄谷行人所認為的使敘述者第一次獲得了「敘事的透明」的近似於透視法原理的語言裝置。〔註59〕在日本內地，正是從《尋常小學讀本》開始，「言文一致體」在國語政策的層面上被確立起來，建構現代民族國家所必不可少的「國語」裝置，至此正式成型。

〔註57〕 參考〔日〕文化廳編：《國語施策百年史》，東京：文化廳，2005 年。
〔註58〕 〔日〕野村剛史：《日本語スタンダードの歷史：ミヤコ言葉から言文一致まで》，東京：岩波書店，2013 年，第 213 頁。
〔註59〕 參考〔日〕柄谷行人：《日本現代文學的起源》，趙京華譯，北京：中央編譯出版社，2017 年。

　　不難看出，殖民地臺灣與日本本土在「國語」教育政策上的連動性，但若視之為機械式的亦步亦趨則屬於全然的誤解。臺灣的公學校的第 1 期國語教材、也就是前述採用直接法教學理念編纂的《臺灣教科用書國民讀本》，在 1901～1903 年間陸續出版，並持續使用到 1913 年，〔註60〕這套教材使用的也是敬體的「デス」與簡體的「ダ」所構成的「言文一致體」，先於日本內地的小學校第 1 期國定讀本，可見臺灣的公學校確實具備「國語試驗場」的性質。另一方面，臺灣的「國語」教育所面臨的「漢文」科存廢問題，也不單單只是殖民地的特殊情況，在同時期的日本本土，「國語」的成立也伴隨著將漢文傳統從知識結構裏分離出去的過程。只不過，相對於橋本武認為「學習漢文是為了參加科舉、參加科舉就是對清帝效忠」而要求廢除漢文、或者如平井又八乃至後藤新平出於保護殖民地的文化傳統而不贊成廢除漢文而言，日本本土的漢文教育雖也面臨著「國語」的衝擊，卻顯然屬於另一個話語譜系。然而，在明治時期，這種「同文」傳統究竟是如何形成，尤其是在殖民臺灣前後經歷了怎樣的變化，與臺灣的漢文使用狀況的關係如何，仍然是討論「國語」教育乃至所謂「同化」問題時不得不考慮的參照系。

　　如前所述，既然作為書寫語言（Écriture）的漢字・漢文是古典東亞世界的「世界語言」，按照通常我們對明治維新「脫亞入歐」的理解，那麼進入明治時期以後漢文似乎應是歷經了不斷衰減的過程，然而這其實是一種錯誤的認知。

　　首先來看日本近世也就是江戶時期的漢文教育狀況：「維新以前兒童接受初等教育，有藩學、鄉學、私塾之初級及寺子屋。藩學於諸侯各自封內以藩費所立，專事教育士族以上子弟，亦有兼教卒族（最底層武士）者。鄉學設於諸侯大夫采邑或都邑之地，有專事教育士族子弟者，亦有四民可入讀者，以藩費或公費維持。以上二種學校之初級課業為漢文素讀、習字、算術、經書聽講等，平民稍近其教科，其所履修課程大致有一定順序，其修業大概六七年為年限。私塾、寺子屋為人民可自由設立，其教科有種種，然私塾之初級課業主要為漢文素讀、習字、經書聽講等。」〔註61〕根據林少陽對課程內

〔註60〕周婉窈：《海行兮的年代：日本殖民統治末期臺灣史論集》，臺北：允晨文化出版，2002 年，第 220 頁。

〔註61〕〔日〕文部省總務局：《日本近世教育概覽》（日本教育基本文獻・史料叢書 9），初版明治二十年、日本太空社 1992 年復刻版，第 15～16 頁。轉引自林少陽：《近代中國誤讀的「明治」與缺席的「江戶」——漢字圈兩場言文一致運動之關聯》，邱湘閩譯，《人文論叢》，2017 年 01 期，第 21 頁。

容的考察，無論是作為官學的藩學和鄉學、還是作為私學的私塾和寺子屋，漢文與漢學都佔據了主要位置，並且造就了幕末時期不遜於同期歐洲水平的高識字率。〔註 62〕明治維新以後，作為日本最初的近代教育制度的「學制」於明治五年（1872）八月發布，這是以四民平等、機會均等為主旨的西洋型教育的開始。教學科目在「國語學」、「習字」之外，另有「古言」、「古言學」等，在內容上應等於漢文，擔任這些科目的正是此前支撐著藩學的儒者們。因此，近代也就是明治時期的漢文科目，一開始並不稱之為「漢文」，毋寧說這些古典經史是長年以來日本政治、學術文化的根幹。〔註 63〕同年九月發布「小學教則」，施行全面的歐化主義，傳統的經史內容完全消失，代之以福澤諭吉《勸學篇》，以及《西洋夜話》、《窮理問答》、《物理訓蒙》、《天變地異》等，以讀書科的形式存在於初級教育裏面，而這些內容也正是日本殖民臺灣以後，在改造臺灣傳統書房時試圖以之替代四書五經的啟蒙教材。明治十四年（1881），漢文曾一度在小學課綱的讀書科裏復活，在中學教則大綱裏首次出現了「和漢文」以代替原先「國語・古言」這種曖昧的表記，同時，漢文在比例上超過和文，被置於中學教育的中軸位置，其背景是以活用儒教文化來修正向西洋主義的極端傾斜。〔註64〕明治十九年（1886），森有禮主持文部省時期發布的學校令將中學校的「和漢文科」名稱改換為「國語及漢文科」，與「國語」相對立的「漢文」概念變得明晰起來，而小學校走向了脫漢文化的道路，初等教育徹底告別了漢文。在看似來勢洶洶的「國語」、「國文」的衝擊下，中等教育裏漢文在實質上仍占上風，因此也不難想像，為何直至甲午戰爭前後，上田萬年等人仍在感喟漢文在日本社會的主導地位。

明治三十一年（1898），正當臺灣總督府發布書房義塾規程，在書房裏加設「國語」科、添加與明治「國體」以及近代啟蒙相關教材的時候，日本本土的教育政策出現了將中學校漢文科置於國語科之內的考量，引發了西村茂樹與井上円了等人向貴族、眾議兩院提出保存漢文的請願書事件。結果，文

〔註 62〕〔日〕文部省總務局：《日本近世教育概覽》（日本教育基本文獻・史料叢書9），初版明治二十年、日本太空社 1992 年復刻版，第 15～16 頁。轉引自林少陽：《近代中國誤讀的「明治」與缺席的「江戶」──漢字圈兩場言文一致運動之關聯》，邱湘閩譯，《人文論叢》，2017 年 01 期，第 21 頁。
〔註 63〕參考〔日〕加藤國安編：《明治漢文教科書集成》（第 3 期解說・總索引），東京：不二出版，2015 年，第 11 頁。
〔註 64〕參考〔日〕加藤國安編：《明治漢文教科書集成》（第 3 期解說・總索引），東京：不二出版，2015 年，第 28～29 頁。

部省還是保留了「國語及漢文」的並置結構，在明治三十四年（1901）公布《中學校令施行規則》，翌年制定「中學校教授要目」，具體地將各學年學習的漢文內容明示出來。〔註65〕

在此要目裏值得關注的部分，一是漢文內容並不只見於「漢文」科，而是廣泛分散於修身、歷史、習字諸科目。比如《禮記》、《孝經》、《大學》、《中庸》、《論語》、《近思錄》中的諸篇目被分配到「修身科」，「歷史」科教材則有《綱鑑易知錄》、《十八史略》等，「習字」則練習《前出師表》、《前赤壁賦》、《千字文》（草、行、楷）等，就此而言，將漢文理解為當時普遍的「人文素養」也不為過。二是漢文內容並不完全由漢人或從我們今天的國族觀念所想像的歷史上廣義的中國人所創作，也包括日本人的作品，如賴山陽的《日本外史》、《日本政記》，青山延於的《皇朝史略》，都是用漢文寫作的日本史。在以唐宋八家文為中心的寫作訓練之外，也有彙集日本近世漢文作品的《近世名家文粹》（明治十年，東條永胤編輯）、甚至是中日作家合集的《合璧文章軌範》等。三是被伊澤修二認為宣揚「易姓革命」而不合「國體」的《孟子》在漢文科裏仍佔據了一席之地，與日本本土相較，殖民地臺灣的國語傳習所、公學校的讀書科卻刪除了《孟子》，可見本土與殖民地此時在國體意識形態控制上的鬆緊差異。

明治三十七年（1904），當公學校分立「國語」與「漢文」科，漢文教材從四書五經換成用淺顯文言書寫的具有近代啟蒙與國體意識形態灌輸作用的《臺灣教科用書漢文讀本》時，日本本土出版了國語漢文研究會編、簡野道明校訂的《新編漢文教科書》五冊，翌年通過文部省檢定作為中學校漢文科的教科書。據編輯緒言，這套教材不僅遍及日本全國各處中學校，甚至在「南滿洲」地區也有使用，印了數百版。除了全面應和上述要目規定的內容外，卷一有吳汝綸的「摘抄日記」（《東遊叢錄》）、黃遵憲《日本國志》裏的「米穀類」、「北海道產」；卷二、三有《臺灣日日新報》的漢文欄摘抄「雜報二則」；卷四末附照會及國書各兩篇：《照會 丁汝昌誚日本海軍中將伊東》、《照會 覆清國丁提督》、《國書 北清擾亂清帝致於我天皇》、《國書 我天皇覆於清帝》；卷五有張之洞《勸學篇》及日清媾和會議紀要，以及李鴻章與日本來往尺牘。〔註66〕可以說，

〔註65〕 具體書目可參考加藤國安編：《明治漢文教科書集成》（第3期解說·總索引），第68～70頁。

〔註66〕 參考《明治漢文教科書集成》（第3期）。

具有明確的反映時局、關心國事的目的，可見從甲午戰後至日俄戰前的時代風氣。

以當時的情形而言，不僅在殖民地臺灣無法廢除漢文，就連日本本土也未能廢除漢文，反倒是漢文教育造就了明治時期「教養」的核心，以至於令上田萬年感慨沒有漢文的話，「詔敕無以出，言論無以書寫，社會地位也無以取」，〔註67〕聯繫當時漢文教育的情況來看，想來並非虛言。從幕末到明治時期的漢文，無疑是從曾經樞軸的地位被逐漸邊緣化，在創造「國語」與「國民」的近代民族國家進程裏，從長年以來日本政治、學術文化的根幹蛻變為抵禦西洋主義的「東洋倫理的根底」。〔註68〕但是，從對日本社會的影響來考慮，漢文從江戶時期到明治時期並非是一個衰減的過程，反而是在打破身份制度的藩籬與普及全民教育的新體制下，更徹底地滲透到庶民的世界。上田萬年感慨不會漢文則「社會地位無以取」，其實應反過來考慮，即全民的漢文教育給予了庶民以及曾經的底層武士階級以謀取社會地位的機會，明治特色的「立身出世主義」讓沒有科舉傳統的日本人第一次有了「學而優則仕」的實感。因此在明治時期，尤其是在「國語」的成立和「言文一致體」被廣泛使用以前，「漢文素養」仍是無可置疑的「教養」的根基。相比臺灣總督府從1904年起壓抑漢文科與書房教育，至1937年時強行廢除漢文科而言，日本本土直到二戰結束以後才第一次發生漢文教育中斷的「異常事態」，也就是處於美軍佔領狀態下的昭和二十年～二十七年（1945～1952）的空白期。〔註69〕

在這樣一個急速「脫亞入歐」的時代，為何漢文教育得到保留、進而通過新學制的全民教育更深入地滲透到明治日本的社會空間？甚至在殖民臺灣以後，不同於通常所認為的「保存殖民地的文化傳統」而「利用漢文」，實際上臺灣總督府的官方教育體制孜孜不倦地削弱漢文科的地位、簡化漢文科的內容，反倒是日本本土的中學校直到二戰結束以前都保留著包括《孟子》在內的漢文教育？

如前所述，明治初年並不存在「漢文科」，從前藩學裏遺留下來的那些經

〔註67〕　〔日〕上田萬年：《国語研究に就て》（1894.11.04），《国語のため》，第28頁。
〔註68〕　〔日〕簡野道明編：《新編漢文讀本》緒言，明治書院，明治四十四年十月初版，同年十二月訂正版（1911），見〔日〕加藤國安編：《明治漢文教科書集成》（第3期解說・總索引），第171頁。
〔註69〕　〔日〕加藤國安編・解說：《明治漢文教科書集成》（第1期・第2期解說），東京：不二出版，2013年，第11頁。

史內容被稱為「古言」或「古言學」，「漢文」是歷經了與「和文」以及後來
的「國語」作為對位項而同時被建構起來的概念，從過去那種沒有嚴密國境
線的古典書寫傳統被組織到明治國家的構造裏來。如果說國語學者如上田萬
年一直視漢字‧漢文為心腹大患，將其看作「中國傳統」因而是建構「國語」
與「國家」不得不排除的阻礙，那麼那些呼籲保留漢文教育的人，他們焦慮
的對象則是西方以及明治維新以來「脫亞入歐」而過於傾斜的「西化」。保留
漢文的理由裏，最合理的即所謂漢文是「東洋倫理的根底」，而「東洋」（orient）
自然是「西洋」（occident）的對應物。此時作為「東洋文化」的「漢文」復興，
顯然並不意味著向古典中國文化回歸的復古主義，而是採國學及西洋所長的
近代型的「新儒教主義」。此一脈絡裏的核心人物是西村茂樹（1828～1902）、
〔註70〕中村正直（1832～1891）〔註71〕以及元田永孚（1818～1891）〔註72〕。

　　西村茂樹與中村正直同為明六社的啟蒙思想家，在倡導啟蒙主義的同時
也呼籲「漢學不可廢」。西村茂樹所倡導的國民道德，「其一奉孔孟之教，其
二以神道之教為道德基礎，其三以大義名分為主，其四以西國的理學（即哲
學）為基礎」，〔註73〕雖然以皇室奉戴為中心，但最終要走向孔孟之教與西方
哲學折衷的方向。更重要的是，西村茂樹並不贊成對天皇盲目忠誠，而認為
天皇首先要具備高度的道德性，也就是儒教所尊崇的「道」，這一點與後來近
代天皇制意識形態吸收水戶學所創造的以天皇為頂點的構造有明顯區別。中
村正直把漢文教育的目的放在寫作能力的培養和道德的涵養兩方面，認為小

〔註70〕　西村茂樹（1828～1902），明治初期的啟蒙學者、道德倫理學者，通曉儒學及
　　　　　蘭學，1854 年後的 15 年間，參與佐倉藩的藩政，1869 年任佐倉藩大參事。
　　　　　1870 年辭去官職，投身學術界和教育界。曾參加明六社，於 1876 年設立東京
　　　　　修身學社，1887 年擴大為日本弘道會，出版《日本道德論》，倡導國民道德。
　　　　　1880 年時曾擔任文部省編輯局長。
〔註71〕　中村正直（1832～1891），幕末～明治初的啟蒙思想家、文學家，自由民權思
　　　　　想的介紹者。曾跟從佐藤一齋學習儒學、跟從桂川甫周學習蘭學。1866～1868
　　　　　年赴英國留學，回國以後參與創立明六社，翻譯的《西國立志編》向青年普
　　　　　及新思想，是明治初期最為暢銷的書籍之一。1887 年發表演講《漢學不可廢
　　　　　論》。
〔註72〕　元田永孚（1818～1891），儒學家、漢學家、朱子學者，熊本藩士。1870 年為
　　　　　藩知事細川護久的侍讀，翌年出仕宮內省，為明治天皇的侍講。1877 年在宮
　　　　　內省於天皇側近設置侍補職，成為明治天皇的帝師和私人顧問，致力於明治
　　　　　天皇的君德輔導。參與《教學大旨》的起草、《幼學綱要》、《皇室典範》等的
　　　　　編纂以及《教育敕語》的修訂。
〔註73〕　〔日〕石毛慎一：《日本近代漢文教育の系譜》，湘南社，2009 年，第 33 頁。

學生最低限度也應該素讀四書。他在留學英國期間接受了基督教思想，因此他將儒教的「天」與基督教的「神」同一視之，發展出融合東西道德的「敬天愛人」說，〔註74〕與西村類似，同樣是在尋找比天皇更上位的絕對存在，這導致原本由中村正直起草的《教育敕語》初版草案遭到否定。

元田永孚身為熊本藩士，明治四年（1871）起開始擔任天皇侍講，講授《尚書》、《大學》、《帝鑑圖說》、《國史纂論》、《日本外史》、《貞觀政要》等漢籍，至明治十年左右與明治天皇的關係變得極為密切，此後開始主講《論語》。元田永孚一直以「君德輔導」為己任，他的「帝師」身份可以說極大地支撐了明治初期的儒教復興，也因此被視作保守派人物。從師承源流來看，元田永孚主要繼承的是熊本藩儒橫井小楠一脈的「實學」傳統，融合了江戶時期朱子學、陽明學、折衷學的反徂徠學立場，以「誠意」的道德意識來實現自他內外的一體化，也就是「修己治人」的儒教理想主義。〔註75〕

有感於維新以來新學制下教育界的混亂狀態，元田永孚在明治天皇的授意下發表《教學大旨》（明治十二年，1879），闡述教育的要義在於以「仁義忠孝」為本、「知識才藝」為輔，又編纂《幼學綱要》，彙集和漢古今的道德典範，此書正是伊澤修二後來在談論臺灣教育方針時所提及的模範教材。然而，這種復古主義的教育觀，在當時並未得到致力於立憲修法以改訂不平等條約的伊藤博文的認可，直到自由民權運動的勃興，才讓內閣真正意識到了「文明開化」以來個體意識興起所造成的個人與國家關係的分裂。為了維持體制以及支配民眾，小學校的修身教科書內容從傳播啟蒙思想、認為先有個人獨立才有國家獨立的福澤諭吉、加藤弘之著作換成了西村茂樹選錄的《小學修身訓》，明確改之以儒教主義的道德教育為本。〔註76〕明治二十三年（1890），配合帝國憲法所發布的《教育敕語》，在否決掉中村正直的以「敬天愛人」為核心的初版以後，重新由同樣出身熊本藩、作為伊藤博文智囊、有「明治國家制度設計者」之稱〔註77〕的井上毅起草，再交由元田永孚修訂，

〔註74〕〔日〕石毛慎一：《日本近代漢文教育の系譜》，湘南社，2009年，第36頁。
〔註75〕〔日〕沼天哲：《元田永孚と明治國家：明治保守主義と儒教的理想主義》，東京：吉川弘文館，2005年，第11頁。
〔註76〕〔日〕沼天哲：《元田永孚と明治國家：明治保守主義と儒教的理想主義》，東京：吉川弘文館，2005年，第274頁。
〔註77〕〔日〕安丸良夫：《近代天皇觀的形成》，劉金才等譯，北京：北京大學出版社，2010年，第150頁。

至此，漢文教育以及背後的儒教復興主義最終以強調向天皇效忠的「忠孝一致」的單薄面貌，徹底被收束到明治國家主義話語的內部。

四、混合主義：在殖民政策與「明治國體」之間

（一）明治國體的混合主義

在筆者看來，「同化」的意涵其實並不限於日本對臺灣的殖民政策，正如「同化於文明」所示意的，也包含了明治日本向西方文明尤其是其民族國家原理的主動「同化」。如果說「同化」意味著「民族國家化」，在殖民地臺灣主要是通過「言文一致」的國語教育來施行，那麼在使用「直接法」以前，可以用來「同化」的工具實則是匱乏的、需要被發明的，僅僅作為聲音的日語還難以當此大任。而「同文」可以認為是日本對於自己正試圖打破的中華帝國傳統的一種借用，也可以是「保存殖民地的文化傳統」。但更深層的原因在於，在日本本土，漢文教育與儒教思想本身也是構成「明治國體」的有機成分之一。無論「同化」或「同文」，均服務於向下滲透「明治國體」這一終極目標，混合主義的折衷性，並非只是殖民政策的特徵，而是整個明治國體的特徵。

正如駒込武所指出的，日本在臺灣推行的明治特色意識形態體系包括：物質上推崇西洋文明；借用儒教・漢字漢文體系；宗教上建立天皇制神道教；以「國語」作為文化統合的工具。〔註78〕總而言之，「明治國體」是一種以天皇制為中心的、「和漢洋」相互混合妥協的結構，這些看似衝突的內容，被一種進化論式的優勝劣汰的危機感結合起來，將被解放的個體的立身出世主義欲望吸收到「富國強兵」的國家主義目標裏面。由井上毅起草、元田永孚修正的《教育敕語》尤能體現明治國體的精髓，〔註79〕它一方面吸收了儒教五倫的諸種道德條目（「克忠克孝」、「孝乎父母」、「友于兄弟」、「夫婦相和」、「朋

〔註78〕〔日〕駒込武：《植民地帝国日本の文化統合》，第49～52頁。

〔註79〕《教育敕語》譯文：「朕惟我皇祖皇宗肇國宏遠，樹德深厚，我臣民克忠克孝億兆一心，世濟其美，此我國體之精華，而教育之淵源亦實存乎此。爾臣民孝於父母、友于兄弟、夫婦相和、朋友相信、恭儉持己、博愛及眾、修學習業以啟發智慧、成就德器。進廣公益、開世務、常重國憲、遵國法。一旦緩急則義勇奉公以扶翼天壤無窮之皇運，如是者不獨為朕忠良臣民，又足以顯彰爾祖先之遺風矣。斯道也，實為我皇祖皇宗之遺訓，而子孫臣民之所當遵守。通諸古今而不謬，施諸中外而不悖。朕庶幾與爾臣民俱拳拳服膺咸一其德。」

友相信」),一方面又繼承了被廢的中村正直草案裏面承認個體道德的完成與以追求成功作為最高價值的功利主義的折衷,這正是《西國立志編》──由中村翻譯的明治時期最為暢銷的書籍之一──所普及的立身出世主義。但是,與中村正直強調國家富強依靠的是個人的自主性不同,井上毅明確地將天皇的權威置於國家的頂點:「井上草案的『善』的條目,總括了作為天皇制國家的底邊的村落共同體的『淳風美俗』,『知』的條目則是總括了試圖從這底邊向天皇制國家的頂點上升的精英的立身出世主義的諸德目。君臨其上調和二者之異質性的則是所謂『皇祖皇宗之遺訓』所支撐的天皇的人格。」〔註80〕因此,以天皇制為核心的明治國體本身就包含著「同化」與「同文」的雙重構造,它既包括解放個體欲望、吸收西方文明並與之競爭的部分,也保留著儒教傳統的忠孝一體、克己奉公的道德要求,因而自詡為「通諸古今而不謬,施諸中外而不悖」。

製造出這種混合主義式的近代天皇制意識形態,有賴於幕末至明治的知識分子所具備的「漢文素養」,以及維新以後通過「文明開化」向西洋學來的用以支撐現代民族國家的各種政治體制、社會教育與文化制度。作為「明治國體」建設期最為優秀的教育官僚之一,伊澤修二自身便可謂這種明治精神的典型。

1851 年,伊澤作為長子生於信濃國伊那郡高遠藩的一個貧困的下級武士家庭,母親是藩儒的女兒,熟讀《唐詩選》,伊澤六歲便跟隨外祖父內田文右衛門練習讀書習字,後進入藩學進德館,師從中村黑水,十二三歲便完成了四書五經的素讀,之後則是和漢歷史與唐宋八大家文的無點本。高遠藩的學風,表面上是官方認可的朱子經學,實則偏向實學的古學派,即所謂「陽朱陰王」,同時也有和漢洋三學折衷的傾向,這一點非常類似前述元田永孚的儒學立場。伊澤十五六歲時,雖身在漢學校舍,已心寄西學,自學了《博物新論》、《氣海觀瀾》、《地球說略》、《海國兵談》、《萬國公法》等翻譯著作。1866年,幕末騷亂,各藩兵制改革,伊澤加入了鼓笛隊練習洋式進軍曲,跟隨藩主前往江戶,後至京都在蘭學塾學《荷蘭文典》素讀。1868 明治維新,回藩以後伊澤便立志出京遊學,1869 年寄居在江戶親戚家中,隨築地的美國宣教士學英語。當時正值新政府用人之際,向各藩召集青年俊秀為貢進生入讀大學南校(東京開成學校的前身,後併入東京大學)學習洋學,畢業便可出仕,

〔註80〕〔日〕前田愛:《幻景の明治》,東京:岩波書店,2006 年,第 167 頁。

高遠小藩僅有一個名額，分派給了家貧但上進好學的伊澤。可以說，這些貢進生們後來大多成為推動明治日本近代化的重要人物，也是「立身出世主義」的成功楷模。畢業以後伊澤進入文部省，在擔任愛知師範學校校長期間被選派赴美留學調查現代教育，其間吸收了對他影響巨大的視話法與進化論，1878年歸國以後便長期在文部省從事現代音樂教育、體育教育、小學教科書編纂等有關近代教育的奠基性工作。1890年2月11日，伊澤修二號召成立「國家教育社」，5月30日在帝國大學召開的創立會上伊澤被推選為社長，同時議定了十二條要旨，其一為「養成煥發忠君愛國之元氣」，其二為「講明貫徹國家教育之本義」，同時發行機關雜誌《國家教育》。同年10月30日，天皇發布《教育敕語》，其主旨與國家教育社的主張幾乎完全一致，伊澤及其社員大受振奮，編纂《聖諭大全》以期貫徹敕語趣旨，後來就任臺灣總督府學務部長期間，更是將《教育敕語》奉為殖民地教育修身準則。

伊澤代表的，正是這一代既具備漢文素養又習得西洋知識的明治官僚，在他的身上典型地融合了「同文」與「同化」的雙重結構。

（二）「混合主義」殖民政策裏的儒學話語

1897年8月27日在帝國教育會的演講《新版圖人民教化的方針》裏面，伊澤提出殖民教育有三種方式：

> 其一以我國語我風俗為主施行教化；其二借彼言語彼風俗為我所用；其三則彼我混合融和，不知不識之間同一國化。今試命名之，其一可謂「自主主義」，其二可謂「假他主義」，其三則謂「混合主義」。〔註81〕（筆者譯）

對此，伊澤斷言對臺灣人的教化方法應採用「混合主義」，理由是日臺雙方都是尊奉「孔孟之道」的「同教之國」。這裡面存在著一種奇怪的邏輯，即「同化」其實是建立在「同文」的基礎之上的，從實踐的角度來說，也就是國語傳習所時期的「對譯法」。對譯法的原理，有賴於雙方共通的「言文分離」的「漢文素養」，在此意義上，「國語（日語）」和「臺灣語」都可以被認為是作為書寫語言的「漢文」（Écriture）的某種地方俗語（vernacular），因此形成了「日語發音─漢字（漢文）表記─臺灣語發音」這樣一種「言─文─言」的對等式結構，對譯法之所以能夠成立，在根本上有賴於此種對等結構的穩

〔註81〕《伊沢修二選集》，第632～633頁。

定性。然而,這種僅僅作為聲音的「國語」(甚至在當時還沒有官方確定的「標準音」),不僅難以撼動「漢文」的地位,而且也無力改變原有的知識結構與語言秩序,那麼建立在「同文」基礎上的「同化」,幾乎是難以實現的。從同時期日本「內地」的上田萬年等「國語學者」呼籲廢除漢字、建構言文一致的「國語」的行動來看,此時最緊要的工作,反而是從東亞漢文傳統的這種「混合」之中去製作彼我界限。

對於當時的臺灣總督府來說,在用武力「平定」臺灣的同時,教化政策的關鍵在於能否樹立「威信」,〔註82〕尤其是在表面上「一視同仁」的官方話語下,通過實質上違憲的「六三法」,〔註83〕臺灣總督擁有集立法、行政、司法三權為一身的絕對權力,因此殖民地臺灣施行的是完全不同於日本「內地」的獨裁體制,期望能夠盡早向本國輸送經濟利益。在這樣一種高壓的殖民主義之下,所謂「一視同仁」或者「同化為日本人」,無疑是極為虛偽的說辭。「混合主義」的折衷方式能否實現「同化」的口號,對總督府來說並不重要,重要的是維持殖民體制的穩定性與合法性。因此在公學校的「國語」教育使用「直接法」以後所出現的漢文科廢止論爭裏,時任總督府民政局長的後藤新平最後在殖民地臺灣的教育政策上選擇了「無方針主義」,實際上可以看作為了緩和政治統治的壓力而維持「混合主義」的現狀。

然而如果只將「漢文」看作殖民地臺灣的「本土傳統」的話,就會只注意到總督府在文教政策上懷柔的一面,而忽視了漢文脈與儒教本身也內在於近代明治國體的構造。因此,當日本殖民者在使用漢字‧漢文或儒學話語的時候,實際上內含了對天皇「忠孝一致」的絕對要求,這與臺灣或者說當時中國本土的儒學之間已經具有了內在的衝突性。

伊澤修二在「混合主義」的邏輯下,明確提出修身教育的基礎必須是《教育敕語》,認為敕語的精神與臺灣的儒教大抵一致,只唯獨「我國體」於臺灣人而言較難理解。〔註84〕也就是說,正如向國語傳習所的甲科生們教授日語時使用漢字便可在視覺上令其理解意義,《教育敕語》中的「儒教五倫」等道

〔註82〕〔日〕駒込武:《植民地帝国日本の文化統合》,第70頁。
〔註83〕1896 年 3 月 31 日由日本帝國國會所公布的「六三法」,賦予臺灣總督以「律令制定權」,在管轄區域內可直接發布律令而無需呈請中央裁決。「六三法」因違憲而受到部分國會議員彈劾,因而規定其實施以三年為限,但實際上一直延長到 1906 年。
〔註84〕《伊沢修二選集》,第 615 頁。

德內容也是顯而易見、「通諸不謬」的共識。對於殖民者而言，這正是「同文」的優勢，需要著力耕耘的是將這種同文的傳統思想導入進明治國體的框架裏面，尤其是在「忠孝一致」這一點上，必須將效忠的頂點限定於天皇本人，而無視儒家傳統裏還存在著高於現實皇權的「天」或「理」，尤其是孟子「聞誅一夫紂矣，未聞弒君也」所支持的革命思想的合法性。因而在公學校讀書科的漢文讀本教材裏排除《孟子》一書，正是由於孟子肯定「易姓革命」不符合天皇「萬世一系」的國體。〔註 85〕在伊澤登陸臺灣的初期，正是丘逢甲所組織的臺民義軍與清兵統帥劉永福等人以「臺灣民主國」的名義進行武裝抗日保臺鬥爭的時期，可以說國語傳習所正是在日軍侵佔全島的前線上逐步由北向南推進的。

　　雖說教授的是「國語」，勸誘臺灣人來接受「國語教育」的理由卻是儒教的忠孝倫理：伊澤斥責抗日的臺灣人不懂「大義名分」，因為「臺灣的佔領不是我日本軍掠奪的結果，是日本的天皇陛下與支那的皇帝陛下依條約而讓渡」，因而對天皇不忠就等於是對清帝不忠。〔註 86〕同樣地，1896 年元旦在芝山岩學堂被抗日民眾殺害的六名學務部日本教師，伊澤盛讚他們「殺身成仁」，具體宣示了「為國家赴湯蹈火在所不辭的忠君愛國的精神」。〔註 87〕無論「大義名分」或是「殺身成仁」，都屬於「同文」脈絡之內的闡釋，在這種話語邏輯之下，抗日的臺灣軍民便只能是「逆賊土匪」，是不忠不義之徒，而非「誅一夫紂」革命者。

（三）同文不同調：臺灣人抵殖民的儒學倫理

　　這種強詞奪理的說法當然是伴隨著日本統治者在軍事上的暴力碾壓而「成立」的。當然，從臺灣軍民的角度來說，他們反抗日本人的行動也稱不上「革命」，因為「革命」是針對現有的合乎正統的政權而言的，此時日本以大軍壓境、強奪臺灣，是明明白白的入侵者，不可能得到臺灣人的承認，也就談不上什麼「效忠」或「革命」。毋寧說，他們對自己的抗日行為的解釋，是放置於「華夷秩序」的「驅逐外夷」的脈絡之下，從而獲得儒學倫理上的合法性。

　　例如苗栗秀才吳湯興（1860～1895），經丘逢甲舉薦由當時的臺灣巡撫唐

〔註 85〕 《伊沢修二選集》，第 619 頁。
〔註 86〕 《伊沢修二選集》，第 650 頁。
〔註 87〕 《楽石自伝教界周遊前記》，第 219 頁。

景崧頒給臺灣府義軍統領關防，臺北失陷以後，吳湯興率隊從苗栗北上，在
新竹城外被推舉為抗日義軍首將，布告全民曰：

> ……惟當此臺北已陷於倭夷，土地人民皆遭荼毒。聞倭奴佔
> 據後，則田園要稅，房屋要稅，人身要稅，甚而雞犬牛豬無不要
> 稅。且披髮左衽，鑿齒雕題，異服異言，何能甘居宇下？本統領
> 惻然不忍，志切救民，故不憚夙夜勤勞，倡率義民義士，以圖匡
> 復，以濟時艱。爾等踐土食毛，盡屬天朝赤子，須知義之所在，
> 誓不向夷。……〔註88〕

無須解釋，這裡面的華夷秩序觀已經表述得相當明確了，可見吳湯興希
望以「驅逐倭夷」的儒學倫理來喚起臺灣人的保臺意識。早在甲午戰爭期間，
吳湯興就曾作詩云：「書生殺敵渾無事，願與倭兒戰一番！」〔註89〕實際上，
除吳湯興外，義軍將領還有不少是儒生，也多出自丘逢甲門下。

丘逢甲（1864～1912）作為晚清著名文人，1889年進士及第，除工部主
事，因無意仕途，遂回鄉主講臺中府衡文書院，可以說是正統儒士的代表人
物。在甲午戰爭爆發以後，丘逢甲十分憂慮，倡議組織義軍以防範日本人進
攻。1894年11月，丘逢甲受唐景崧委任開始在臺中地區發動和招募鄉民，「著
名的臺灣義軍將領吳湯興、徐驤、姜紹祖、邱國霖等，都是在此時投筆從戎
的。」〔註90〕聞《馬關條約》割臺，丘逢甲曾三次血書上呈光緒帝，請求廢
約抗日，無奈清廷決意放棄臺灣，因而「臺民惟有自主，推擁賢者，權攝臺
政」，〔註91〕舉唐景崧為大總統，遙奉正朔，以「臺灣民主國」的名義抗倭守
土。

此處尤為值得關注的是「書生」與「義士」身份的結合：在參加乙未抗
日保臺運動之前，他們或求學於書院，或設教於鄉里，即為儒學的傳承者；
一旦有事，便能奮而起義，不僅能夠以身作則拿起武器抗敵，更能作詩文告
示曉以大義組織民眾抗「夷」。對日本統治者而言的「逆賊土匪」，實際上恰
恰是臺灣人裏面最懂得「大義名分」的儒生。至於帶頭起事的丘逢甲，從當
時日本人收穫的兩則密報中尤為可窺一斑：其一為6月6日引日軍入臺北城

〔註88〕戚其章：《甲午戰爭史》，上海：上海人民出版社，2014年，第460頁。
〔註89〕戚其章：《甲午戰爭史》，上海：上海人民出版社，2014年，第459頁。
〔註90〕戚其章：《丘逢甲乙未保臺事蹟考》，《學術研究》，1984年04期。
〔註91〕連橫：《臺灣通史》，上海：華東師範大學出版社，2006年，第49頁。

的艋舺商人辜顯榮稱「匪徒多為新竹及彰化地方人……匪徒之首領為丘逢甲，原來係一讀書人」，其二是 10 月 10 日德國商人報告「改革臺灣政府（筆者按：臺灣民主國）之首創者為舊江頭人，係一文學家」，〔註92〕可見在時人的認知裏，乙未保臺的確是「書生起義」。在日本殖民者採取「混合主義」宣揚「同文同教」之前，他們就已經選擇以「華夷之辨」與「倭夷」劃清界限、以武力反抗入侵了。

　　隨著保臺義軍的節節敗退，這些人或戰死，或內渡，不願奉清廷命「改衣冠」做日本人，那麼留下的是否又都能夠接受「明治國體」的所謂「同文同教」的籠絡呢？這個問題難以一概而論，日據時期臺灣傳統詩社林立，最大三家，除臺中櫟社以外，還有 1906 年連雅堂在臺南所成立之南社，以及 1909 年謝汝詮等人在臺北所成立之瀛社，其中當然不乏有依附殖民統治的舊文人，也有棄置此生不再入世者，後來亦有積極採取文化抗日策略之人。不能否認，他們的存在與傳統書房漢文教育的延續恰可互為參照，多少能夠在殖民統治下漢學衰頹的環境裏維繫「一線斯文」。〔註93〕至少其中最為主流、繼丘逢甲內渡以後在臺灣詩壇影響最大的年輕一代的林幼春（1879～1939）及其周圍的櫟社群體，顯現出並不為「同文同教」論所收編的面貌。

　　林幼春出身於臺灣五大家族之一的霧峰林家，自幼受到良好的漢文教育，1899 年時，即以詠乙未抗日相關人物之《諸將》6 首揚名詩壇，而這組詩的吟詠對象就包括前述丘逢甲與吳湯興：

　　　　文章任昉推名手，勸進齊臺首上箋。鉛槧生涯邀異數，菰蒲人物此居先。

　　　　一時噓氣能行雨，滿望隨風直上天。誰信抱琴滄海去，瘴雲長隔祖生鞭。（丘仙根工部）

　　　　三戶英雄竟若何，吳公近事感人多。草間持梃長酣戰，夜裏量沙獨浩歌。

　　　　看月有年皆帶甲，回瀾無力且憑河。累累叢葬礦溪路，策蹇荒山未忍過。（吳湯興茂才）〔註94〕

〔註92〕戚其章：《丘逢甲離臺內渡考》，《學術研究》，2000 年 10 期。
〔註93〕見鹿港詩人施讓甫詩句「莫此尋常詩酒會，斯文一繫係非輕。」參考《黑暗中的追尋：櫟社研究》，第 4 頁。
〔註94〕林資修（幼春）：《南強詩集》，臺北：龍文出版社，1992 年，第 3～4 頁。

　　此時林幼春雖年僅 19 歲，其詩才已初露鋒芒，頗有臧否人物之意，且乙未保臺運動去歲未遠，可以說是對活生生的當下事件進行評斷，體現的是儒家詩學觀念裏的「興觀群怨」的政治倫理意識。

　　寫丘逢甲一律，首聯將其比作南朝時任昉推為文章名手、最早勸進齊武帝的王儉，王儉是宋明帝的女婿，卻也是勸齊武帝代宋自立的首謀，禪代中的冊命文字，也多出自王儉之手，因而當時人將王儉勸進一事視為失節之舉。可見幼春對丘逢甲勸進唐景崧為大總統、圖謀臺灣自主一事在名節倫理上並不認可，尤其參照頷聯、頸聯，有諷刺其投機乘時之意，在風雲際會時從教書先生變成了臺灣自主的旗手，指望隨風而上謀求高位。尾聯之「抱琴滄海」應是呼應丘逢甲內渡以後於 1898 年所作《寄懷維卿師桂林》（之一）中尾聯所云「刺船人去波濤急，淒絕成連海上琴」，「維卿」是唐景崧的字，這首詩也是丘逢甲追懷抗倭往事所作。相傳伯牙追隨成連學琴三年，雖有所成但未至「移人情」的境界，於是成連帶他一同前往蓬萊仙山，聲稱要出海迎接自己的恩師方子春，誰知刺船而去，一去不返，伯牙只聽見海水激蕩，群鳥悲鳴，突然悟到其實並無方子春，而是成連授琴海上，於是鼓琴高歌，終成天下妙手。丘逢甲以成連刺船而去借指乙未內渡事，然而成連去後伯牙琴藝乃成，唐景崧丘逢甲內渡後臺灣亡於日寇，確可謂「淒絕」。「祖生鞭」則借兩晉名將祖逖北伐收復被夷狄所侵佔失土事，喻指丘逢甲中途棄臺，有違其抗倭守土之志。可見對丘逢甲，幼春下筆頗為嚴苛，誠如李漁叔所評有「憤悱之音」，或許也與當時流言所傳丘逢甲不戰而亡甚至攜款內渡不無關係。然而李漁叔認為「仙根（按：丘逢甲）愴念梓桑，明知事不可為，猶抱三戶亡秦之志，戈揮落日，其志浩然，絕非尋常熱中功名者可比，或者幼春髫年，望之奢而痛之切，其詞不無稍激耳」，〔註95〕是為中肯持平之論。

　　對年輕的林幼春而言，與倭夷酣戰而固守死節的吳湯興，才值得譽為「三戶英雄」，此一律頷聯、頸聯用南朝劉宋名將檀道濟伐魏的「唱籌量沙」之虛張聲勢，以及看似魯莽冒險的「暴虎馮河」，來讚賞吳湯興明知其不可為而為之的捨身取義的犧牲精神，而尾聯則直抒胸臆，流露出無限的痛切扼腕之情。

　　丘、吳二人同為抗日義軍將領，在林幼春詩裏仍有氣節高下之別，可見幼

〔註95〕李漁叔：《三臺詩話》，林正三、洪淑珍整校，網路古典詩詞雅集，http://www. poetrys.org/phpbb2/viewtopic.php 跡 t=8346。

春將「守節」視為極其重要的人格品質，尤其值得注意的是，其所用典故多為兩晉南北朝事，隱含著由異族入侵引起的鼎革之際的儒家文化意識，也就是「華夷之辨」，而此時能否抱節守名是對儒士的一大考驗，通常表現為「不仕新朝」的政治倫理，而林幼春及其叔父林癡仙、林獻堂等人於日據時期，在這一點上可稱得上極有操守，他們既不願擔任總督府所勸遣之職務，也不願與日本官吏擊缽唱酬。1902 年，林幼春與叔父林癡仙自立詩社，名為「櫟社」：

> 櫟社者，吾叔癡仙之所倡也。叔之言曰，吾學非世用，是為棄材，心若死灰，是為朽木。今夫櫟，不材之木也，吾以為幟焉。〔註96〕

學非世用、心若死灰，呈現出顯而易見的遺民意識，在他們日據早期的詩作裏面，也多有楚囚南冠之語。對於霧峰林家這種在經濟和社會地位上都處於臺灣最頂層的儒家知識分子來說，「華夷之辨」決定了日本殖民者所宣揚的「同文同教」是不可能滲透到他們的意識裏的。直至 1909 年，林幼春仍有和丘逢甲秋懷組詩曰：

> 求書禹域舊同文，授冊東藩未策勳。天道好生成養虎，虜情難測易翻雲。
>
> 水犀踏浪三千甲，鐵騎嘶風十萬軍。試向扶餘尋古碣，張髯名字至今聞。（秋感敬和邱丈仙根主政原韻）〔註97〕

「禹域」、「東藩」之言，可見對於「舊同文」的理解仍然是華夷有別，將日本入侵視為養虎為患。古扶餘國大致在朝鮮半島，但《虯髯客傳》所載扶餘國位於東南，此處應是以扶餘指臺灣，借虯髯客積甲十萬人、入扶餘國殺其主自立的典故而寓意反抗。

當然，構築夷夏有別的抵抗座標，是林幼春的個體抉擇，也是他後來參與領導文化反殖運動的基礎。日本殖民者對同文傳統尤其是儒學倫理的利用，並不僅限於殖民初期，臺灣舊文人在此種共享的漢文傳統下，在整體上與殖民者始終處於既有抵抗又有妥協的緊張關係，而個體之間又呈現出不同的文化認同與政治選擇，無法合一而論。這種殖民者與被殖民者之間、乃至被殖民者內部產生的結構性的裂痕一直延續到日據末期，並且在 1920 年代臺灣文壇新舊文學典律更替、面臨語文的現代轉換的時刻，折射出更加複雜的意識形態光譜。

〔註96〕《南強詩集》（附文錄），第 8 頁。
〔註97〕《南強詩集》，第 16 頁。

（四）結語

日據初期殖民教育政策的混合主義，一方面由首任學務部長伊澤修二在1897年基於國語傳習所的教學經驗之上所明確提出；另一方面在伊澤卸任後的1902～1903年間，「國語」教育場域發生的漢文科廢止論爭最終在民政長官後藤新平的「無方針主義」中作結，而「無方針主義」實質上即延續混合主義的模式，也就是「同化」加「同文」的雙重結構。

在1904年「國語」與「漢文」科分別成立以前，嚴格來說，並非一開始就存在「同化」的辦法。此時的「國語」教育還處於摸索期，尚未言文一致的、僅作為口語的「國語科」，還不足以承載「同化」的使命。國語傳習所為了與傳統書房爭奪生源，不得不加上了漢文課程；公學校雖然在試驗言文一致的「國語」教育時企圖廢除漢文科，也未能如願。因此，採用混合主義，在根本上取決於此時期的言／文關係，可以說是「自然」甚至是無奈之舉。

日本殖民者利用「同文」，無非是在匱乏「國語」的情況下，以一種臺灣人可以理解的形式來灌輸「國體意識」，因此公學校裏的「漢文科」，其功能就類似於對譯法時期的「教育漢文體」，已經是一種根據殖民者的需要而改造過的漢文。在看到「同文」話語向儒教折衷的懷柔一面的同時，也不應忽視日臺雙方在儒教觀念上存在著的根本分歧。如果說在鎮壓了丘逢甲等人的武裝「抗夷」鬥爭以後，總督府對於林幼春等人的不具直接顛覆行為的遺民意識尚能保持一定容忍，那麼在1898～1899年章太炎客居臺灣時，與日本漢學家籾山衣洲等人在《臺灣日日新報》漢文欄上就評價康有為所進行的針鋒相對的儒學辯論，就可見出總督府對任何可能誘發臺灣人革命意識的儒學思想不遺餘力地芟除殆盡，只允許將其收束到「忠孝一致」的國體論上。〔註98〕1904年以後，公學校漢文科從獨立成科到逐漸消失，恰說明一旦「同化」的載體也就是「國語」成型，「同文」的利用價值就大打折扣了。而且，總督府還必須嚴加防範「同文」所隱含的對中國的嚮往之情，因為作為「國語」的日語之成立，是建立在排斥自身漢文傳統的基礎上，並將此漢文傳統外在化為「支那」而實現的，也就是說，從前可視作「同文同教」的東西伴隨著現代民族國家邊界的清晰化在慢慢消失，混合主義的殖民教育政策，也就走向

〔註98〕參考彭春凌：《章太炎在臺灣與明治日本思想的初遇——兼論戊戌後康有為、章太炎政治主張之異同》，「他們的衝突是東亞儒學花開兩朵後的一場遭遇戰，其核心在於是否承認革命具有政教倫理的合法性，以及『忠』究竟是相互的還是單向的道德義務。」《近代史研究》，2013年05期。

了更加明確的「同化」的方向。

另外，「同文同教」雖可作為懷柔的手段，然而臺灣人普遍在儒學和漢詩文造詣上高於日本人這一點，其實並不利於塑造殖民者的「威信」，〔註99〕維持殖民統治實質上所需要製造的差異和階序。足以承擔這一任務的，就是「國語」教育中的所謂「現代文明」的內容，而「文明開化」，不僅是明治日本的基本國策之一，也是在當時的世界局勢下具備絕對正面意義的啟蒙主義話語。因此，既然「文明開化」內在於明治國體，那麼也內在於「同化」的要求之中。「國語」教育的這一面向，也就是陳培豐所說的「同化於文明」，或者「殖民現代性」的「光明面」。但是，如果認為臺灣本地的儒士都是守舊的、現代性完全是殖民者日本所帶來的，那也是片面的看法。例如，在儒學倫理的「抗倭守土」之外，丘逢甲在血書上奏時也曾引用《萬國公法》：「查《公法》第二百八十六章有云：割地須問居民能順從與否。又云：民必順從，方得視為易主。」〔註100〕而林幼春在1920年代參與其叔父林獻堂主導的「臺灣議會設置請願運動」，當選為「臺灣議會期成同盟會」專務理事，卻被總督府以違反「治安警察法」為名逮捕入獄。林氏叔侄的政治行動，來自於1907年林獻堂於日本奈良遇梁啟超時所受到的「效愛爾蘭人之抗英」的啟示，也與梁啟超辛亥訪臺的影響密切相關。無論是《萬國公法》或「議會設置」，這些也都是「西洋文明」，但卻是日本殖民者想要極力壓抑的部分，而公學校的國語讀本裏的「輕氣球」、「蒸汽車」、「博覽會」等，不過是舍本逐末的器物性介紹。因此，「殖民現代性」是歷史事實，但並非唯一可能的獲取現代性的途經，就本意來說，總督府絕不想培養出自己的反對者，供臺灣人子弟上學的公學校與在臺日本人子弟的小學校雙軌並行的隔離體制，以及所學內容程度上的差異，已說明「愚民教育」的實質。臺灣人裏面第一位取得東京帝大文學士學位、第一位留美博士林茂生（1887～1947），其在哥倫比亞大學的博士論文即為《日本統治下臺灣的學校教育：其發展及有關文化之歷史分析與探討》，〔註101〕直指殖民教育的愚民癥結所在，可見臺灣人在現代政治與文化上

〔註99〕〔日〕駒込武：《植民地帝国日本の文化統合》，第70頁。

〔註100〕戚其章：《丘逢甲與乙未抗日保臺運動》，《社會科學研究》，1996年04期。

〔註101〕原題為 *Public Education in Formosa under the Japanese Administration – A Historical and Analytical Study of the Development and the Cultural Problems*，中譯本見林詠梅譯：《日本統治下臺灣的學校教育：其發展及有關文化之歷史分析與探討》，臺北：新自然主義，2000年。

的「文明開化」並非是殖民教育所希望的，毋寧說是總督府想壓抑卻壓抑不了的破壞殖民體制秩序的東西。

究其根本，在日本殖民臺灣的早期階段，「同化」與「同文」以一種逐漸變得衝突化的形式共存著。對於總督府來說，不管是「同化」或「同文」，都只不過是維持殖民秩序的手段而已，而且其中都具有可能顛覆殖民統治的威脅性因素存在，因而必須要對其內容進行不斷地篩選和過濾，以符合「國體」的需要。殖民者的目的並非是「將臺灣人同化為日本人」，而是為了把臺灣人規訓為忠於天皇的帝國臣民。正如《臺灣公學校規則》所云：

> 公學校對本島人子弟實施德教、傳授實學，以培養國民性格同時使其精通國語為主旨。〔註102〕

此處，培養「國民性格」並不能等同於「同化為日本人」，毋寧說其重心在於「國」，也就是貫徹國家意識的方面。作為殖民地修身教育基礎的《教育敕語》，其所代表的「國體論」，就是此種明治日本國家意識的集中顯現。

與此同時，在明治國體的結構內部，也存在著既要向西洋文明「同化」又同時要保留東洋倫理的「同文」之構造，再加上由「作為萬世一系的現人神天皇率領日本國統治世界的使命」，〔註103〕就導向了「大亞細亞主義」乃至最後生產出了所謂「大東亞共榮圈」的理念。在「和漢」的傳統裏將「漢」外在化為「支那」，又選擇性地保留漢字以及將部分儒教傳統融入「國體」；向西洋的「國語」與「國家」同化，又堅信自身「萬世一系」的特殊性與優越性，明治日本就是在上述這種和漢洋相互混合妥協的結構中邁入「近代化」的進程，並試圖發展出「東洋的原理」與西方對抗。從這個意義上來說，日本向中國擴張所使用的「大亞細亞主義」，就位於殖民臺灣初期誕生的「混合主義」的延長線上。在脫亞入歐的基底之上，又強調「漢字是東亞五億乃至六億生靈思想交通的利器」〔註104〕，這既是伊澤修二在臺灣實施「國語」教

〔註102〕許錫慶編：《日據時期初等教育史料選編》（教育系列3），南投市：國史館臺灣文獻館，2015年，第98頁。

〔註103〕安丸良夫總結日本近代天皇制的四個基本觀念為：1. 萬世一系的皇統──天皇為「現人神」，及其所集約的階級統治性秩序的絕對性和永恆性；2. 祭政一致的神政性理念；3. 由天皇和日本國統治世界的使命；4. 天皇是率先推進文明開化的具有神授能力的政治領袖。見〔日〕安丸良夫著：《近代天皇觀的形成》，劉金才等譯，北京：北京大學出版社，2010年，第10頁。

〔註104〕〔日〕伊澤修二：《高等師範學校附属小学校国語科実施方法の要領に就いて》、《所謂最近の国語問題に就きて》，《伊沢修二選集》，第189、727頁。

育後的經驗之談，也是當時認同「大亞細亞主義」的日本人的共識。這背後隱含的無非是日本在東亞地區持續擴張之際，相對於其他企圖瓜分中國的西方列強而言，所具有的理論上的「優先權」。

第三章　越境的「國語」──清末國語思潮中的地緣構造

一、前言

正如黎錦熙在其《國語運動史綱》（1934）中所言：「三十多年以來，國語運動的口號不外兩句話：『國語統一』『言文一致』。」〔註1〕當然，就作為一個「文化運動」而言，黎錦熙對國語運動的界定偏於廣義，即從清末切音字開始算起，一直延續到二十年代國語羅馬字、三十年代大眾語和拉丁化甚至更晚；而狹義的國語運動則通常指從國語研究會（1916）開始至羅馬字運動（1924）之前，由當時教育部人士發動並聯合了新文學運動的時期，通過國語統一籌備會的工作，實現了「注音字母之公布」、「《國音字典》之公布」與「改學校國文科為國語科」等一系列目標，〔註2〕也就是黎錦熙所定義的「第三期」。不過，若是將創制國語視為一種「思潮」，那確實得從清末的切音字與白話文運動算起，這種思潮的興起與甲午至庚子前後士大夫們試圖挽救時局之危亡密切相關。

既然「言文一致」與「國語統一」是最為核心的口號，那麼在考察晚清興起的國語思潮時，論者通常都不會遺漏如下兩個關鍵節點：其一為黃遵憲在 1887 年已經完成、但遲至 1895 年才出版的《日本國志》中首倡「言文一致」的論述；其二則是吳汝綸於 1902 年以京師大學堂總教習的身份赴日考察，

〔註1〕黎錦熙：《國語運動史綱》，北京：商務印書館，2011 年，第 91 頁。
〔註2〕參考王風：《文學革命與國語運動之關係》，《世運推移與文章興替：中國近代文學論集》，北京：北京大學出版社，2015 年，第 212 頁。

從與教育家伊澤修二的談話裏瞭解到「國語統一」之重要性。

首先筆者還是不厭其煩地重述這兩件事實。黃遵憲在 1877 年 11 月至 1882 年 3 月期間以參贊身份在日本居留，期間開始寫作《日本國志》，以日本明治以來「革故鼎新」之情形為變法參照。在其「文學誌」中，黃遵憲考證日本的語言文字史，以其借助漢字創製表音的假名為「市井細民、閭巷婦女通用之文」，因其語言、文字合而為一，所以使用方便而傳播廣泛，又結合西歐諸國以各自語音翻譯《聖經》而「文學始盛」的狀況，由此得出結論：

蓋語言與文字離則通文者少，語言與文字合則通文者多，其勢然也。〔註 3〕

在此已透露出對表音文字的興趣。緊接著他又提出了「變一字體」與「變一文體」的設想，最終目的即在於倣仿日本借助假名所實現的「天下之農工商賈，婦女幼稚，皆能通文字之用」。可見黃遵憲提倡「言文合一」，用意在於啟發民智、提高識字率。

吳汝綸與伊澤修二的談話筆錄，於《東遊叢錄》與《伊沢修二選集》中均有收錄，兩人之所以聊到「國語統一」，是從「愛國心養成之方」的話題談起的。此前已有日本人告訴吳汝綸養成愛國心需要「以忠孝為主」，然而吳汝綸認為「我國今日學子，未嘗不教忠教孝，而愛國心未見勃然起也」，感到此說不夠透徹。伊澤修二直指根源，提出愛國心主要來自於對敵國外患的危機感，而日本的經驗是將此種危機感以學校教育的形式導入以《教育敕語》為核心的體制軌範，從而培養忠君愛國之心。接著強調統一語言的重要性：「欲養成國民愛國心，須有以統一之。……統一語言尤其亟亟者。」

接下來的對談頗為有趣，吳汝綸雖認可統一語言確為急務，但「學堂中科目已嫌其多，復增一科，其如之何」，伊澤對此疑問則是斷然提出「寧棄他科而增國語」。〔註 4〕吳汝綸對此頗為震動，可見當時中國與日本的學務官員在「國語」認識上存在著很大差異。

這兩件事實均說明，「言文一致」與「國語統一」的思潮背後，存在著日本經驗。然而過去的研究通常把這種日本經驗處理為「影響」（而且強調並非唯一影響源），或者說一種「啟發」，隨後便論及切音字運動與白話文運動之

〔註 3〕黃遵憲：《日本國志‧學術志二》，天津：天津人民出版社，2005 年，第 810 頁。

〔註 4〕吳汝綸：《東遊叢錄‧貴族院議員伊澤修二氏談片》，《吳汝綸全集》第 3 冊，黃山書社，2002 年，第 797～798 頁。

流變，也就是把國語思潮封閉在了中國的語境內部。誠然，在細考流變的過程中，現有研究已充分闡明，因為方言方音的存在而導致在清末國語思潮中「言文一致」與「國語統一」之間存在著難以克服的矛盾，雖然參與其中的大部分人都接受了以西方表音主義為進步的文字觀念，但在強大的以「書同文」維持中國統一的傳統面前，國語運動最終走向了「以文字統一語言」的途經。〔註 5〕如此一來，晚清的國語思潮便接續上了五四的文學革命，創製「國語」的核心工作也從改造文字變為改造文體，這與現代歐洲的語音中心主義的、言文一致的「國語」顯然是完全不同的歷史經驗：「它仍然延續了帝國的書寫中心和言文分離的傳統，通過統一的文字書寫來建構民族國家，唯一的區別是從文言文和白話文共存的局面，變成了白話文獨霸江山。……也正因為如此，作為新興民族國家的中國得以在放棄文言文之後，依舊維持龐大帝國的完整性，並沒有因為地方口語和語音的差異，而分裂成為數眾多的民族國家。」〔註 6〕

　　但是，如果僅僅從中國內部的語境出發，這種「以文統言」的「國語」所具有的歷史意義，著實難以清晰顯現，因為「國語」從來不是一個自明的、內部的產物。一方面在於，漢字・漢文作為書寫符號與書寫文體，其覆蓋範圍超越了歷史上的中國的範疇，可以說是一種東亞地區共通的「帝國書寫語言」；另一方面，清末的語言變革不僅與國內的政治革命密切相關，也與甲午至日俄戰爭前後日本在東亞大陸持續擴張的態勢產生了直接的接觸與碰撞。因此，要理解此種「中國經驗與歐洲經驗的分水嶺」便不得不將「東亞漢字圈」的背景納入研究視野。

　　正是出於上述考量，黃遵憲的「言文一致」與吳汝綸的「國語統一」背後的日本經驗，對於晚清的國語思潮而言就不僅僅是一種「影響」，而是存在著一種結構性的關聯──既包括歷史的、也包括現實地緣政治〔註 7〕的關聯。

〔註 5〕　參考王風：《晚清拼音化運動與白話文運動催發的國語思潮》，見《世運推移與文章興替：中國近代文學論集》，第 188～209 頁。以及王東杰：《「聲入心通」：清末切音字運動和「國語統一」思潮的糾結》，《近代史研究》，2010 年第 5 期；李宇明：《清末文字改革家的方言觀》，《方言》，2002 年第 3 期；李宇明：《清末文字改革家論語言統一》，《語言教學與研究》，2003 年第 2 期。

〔註 6〕　商偉：《言文分離與現代民族國家：「白話文」的歷史誤會及其意義（上）》，《讀書》，2016 年 11 期。

〔註 7〕　「地緣政治」按照沃勒斯坦的解釋：「它指涉的是一些結構性制約因素，這些因素控制著世界體系中的主要行為者為求取長期性政治和經濟利益而發生的互

二、何謂「國語」：清末語境中的「國語」與「國家」

回到吳汝綸與伊澤修二相遇的場景。當吳汝綸疑慮「學堂中科目已嫌其多，復增一科，其如之何」的時候，伊澤斷然回應「寧棄他科而增國語」，將「國語」擺在了近代教育制度中最基礎的位置上。那麼此種對「國語」態度的差別應當如何理解？

在與伊澤會面前，吳汝綸已從國字改良部幹事小島一騰以及土屋伯毅那裡注意到國民教育裏的文字問題，然而討論的重點在於以言文一致來提升國民的識字率，也就是在初等教育中使用假名或切音字。對於土屋「宜先採用鄙邦五十音圖」的建議，吳汝綸回之以「鄙國人王照曾為省筆字，大意取法貴國五十音，改為四十九字，別以十五喉音配之，可以賅盡鄙國之音。」〔註8〕在給東京中學校長勝浦鞆雄的信中，吳汝綸也談到欲以王照的官話合聲字母來普及初等教育，「由省筆字移換認漢字，似不甚難，請代裁定」。〔註9〕可見，此時吳汝綸的語言文字觀念其實比較接近黃遵憲的觀點，也就是讓「天下之農工商賈，婦女幼稚，皆能通文字之用」，並且對於王照的切音字，是作為識漢字的過渡階段來看待的。與伊澤會面後，吳汝綸寫信給管學大臣張百熙，其心心念念所在，仍是「中國書文淵懿，幼童不能通曉，不似外國言文一致」，請求以省筆字為「求捷速途經」。只不過，伊澤所言確實也給他留下深刻印象，因而在說到切音字易學易用的好處之外，也強調「此音盡是京城聲口，尤可使天下語音一律。今教育名家，率謂一國之民，不可使語言參差不通，此為國民團體最要之義。日本學校，必有國語讀本，吾若傚之，則省筆字不可不仿辦矣。」〔註10〕

雖說落點仍在推行省筆字之必要性，但在「國語」與塑造「國民」之關係上，已呈現比較清晰的表述，尤其是統一的「聲音」在國家想像與國民統合上的功能得到了重視。已有學者指出，伊澤修二的「國語」概念建立在明治日本「國語」觀的背景上，「自然伴隨著自覺的國家觀念、具有鮮明的政治性，並且具有現代日本性。這種『國語』概念由伊澤直接傳遞給吳汝綸並且被吳汝綸接受。……在此意義上，吳汝綸出版《東遊叢錄》的1902年是現代

動」，而「對地緣政治的分析就是對中長期的結構和趨勢的分析，是在特定時間點上對不確定的未來的評估。」參考伊曼紐爾·沃勒斯坦：《東北亞和世界體系——處於體系性大危機之世界的地緣政治分析》，《文化縱橫》，2009年第2期。

〔註8〕吳汝綸：《答土屋書》，《清末文字改革文集》，北京：文字改革出版社，1958年，第27頁。

〔註9〕吳汝綸：《與東京府中學校長勝浦鞆雄書》，《清末文字改革文集》，第29頁。

〔註10〕吳汝綸：《上張管學書》，《清末文字改革文集》，第29頁。

『國語』概念的中國元年，『國語』也是日源詞彙，即日語藉詞，雖然它未出現於《漢語外來詞詞典》日源外來詞部分。」〔註11〕

　　「國語」觀念由日本到中國的越境確為事實，但吳汝綸是否能在如此短暫的接觸中理解並接受在明治日本語境中的「國語」，尚屬疑問。如果要說當時日本「國語」觀念的代表，那顯然是創造了「國語學」並在甲午戰爭之際發表著名的演說《國語與國家》（1894.10.8）的上田萬年，在演講中他提出「日本語是日本人的精神血液，日本的國體主要由此種精神血液維持，日本的人種也因此種最堅實最應永久保存的鎖鏈而不致散亂」，〔註12〕對於上田來說，日本是比西歐各國更完美的單一民族、單一國家、單一語言的共同體。然而，正如安田敏朗所指出的，這份演講在根底上其實透露出了一種「應當實現的『國語』如今尚未存在的焦灼感」，〔註13〕因此，上田萬年要「恢復」國語的地位，就必須堅持「聲音中心主義」，排除實際上在當時的日本主流社會佔主導地位的漢字・漢文書寫系統。當吳汝綸與伊澤修二會面之際（1902.10），日本的國語調查委員會才剛成立不久（1902.3），由上田萬年擔任主事，其後在國語調查委員會所決定的「漢字制限」與「棒引假名」等政策上，身處基礎教育前線的伊澤修二表達了強烈的反對態度。〔註14〕

　　筆者想要指出的是，1902 年吳汝綸從伊澤修二處所獲得的明治日本的「國語」概念，一方面它並非實體而是一種強烈的國家意識的具象化，換句話說，圍繞著「國語學」的種種理論建設乃至學術研究，均建立在支撐明治國體、普及「國家教育」的意圖之上，尤其體現在對「單一民族、單一國家、單一語言」的德意志模式的極端推崇，以及宣揚無條件的、無選擇的「國語愛」──這種近乎神學的觀念背後埋藏的是對以天皇制為中心的明治國體的無限效忠。因而在明治日本當時的語境中，培養「愛國心」與「國語統一」之間存在著彷彿極為「自然」的內在聯繫，統一的「聲音」正是民族精神的外在顯現，這並非單純是從西歐民族國家的現代語言學所借鑒而來的一個「普世」

〔註11〕董炳月：《『同文』的現代轉換──日語藉詞中的思想與文學》，北京：崑崙出版社，2012 年，第 69～70 頁。

〔註12〕〔日〕上田萬年：〈国語と国家と〉，1894 年 10 月 8 日，上田萬年著、安田敏朗校注：《国語のため》，東京：平凡社，2011 年，第 17 頁。

〔註13〕〔日〕上田萬年：〈国語と国家と〉，1894 年 10 月 8 日，上田萬年著、安田敏朗校注：《国語のため》，東京：平凡社，2011 年，第 431 頁。

〔註14〕關於伊澤修二與上田萬年的「國語觀」之異同，參考本文第一章第四節。

的、「現代」的原理，也包含著日本語言文字的特殊性，即以漢字作為其書寫符號，又發明表音性的假名與之並存。因此日本的「國語」之成立具有一個不能忽視的隱含條件，即以漢字作為其對立面。對於建立明治日本的國家意識而言，漢字是一個在理論上必須排除在現實中卻又不可避的「他者」，這種民族聲音與書寫符號的想像性的絕對衝突，在作為漢字宗主國的中國的語境中是不存在的，因而晚清中國的「國語」思潮便不可能是對日本觀念的簡單複製——即便在表象上採取了相似的形式，也就是說，「國語」與「國家」的統合邏輯，在現代日本與現代中國是不可等而視之的。另一方面，伊澤修二的「國語」觀念有不同於主流之處，他並不絕對排斥漢字，反倒是一個漢字支持者；也並不糾結於假名或羅馬字等書寫表記問題，卻很注意如何讓國民「齊聲合唱」出整齊劃一的「標準音」——前者與他在殖民地臺灣主持國語教育的經驗有關，後者則是來自於文部省時期主導音樂教育事業和編寫《小學唱歌》的工作。因此，他向吳汝綸傳遞的「國語」概念，基本在於「統一語言」——主要是選定「普通語」（標準語）。對於吳汝綸擔心「敝國知之者少，尚視為不急之務，尤恐習之者大費時日」，伊澤表示只要朝廷「著為法令，誰不遵從」，〔註15〕也就是需要以國家義務教育的形式進行強制統一。

　　吳汝綸給管學大臣張百熙的上書並沒能使王照的官話合聲字母得到朝廷採納，因為王照牽涉戊戌黨案，尚屬朝廷罪人。他又促使門人上書勸說直隸總督袁世凱，懇請「奏明頒行官話字母設普通國語學科以開民智而救大局事」，〔註16〕可惜隔年吳汝綸去世，王照只能在悼文中感慨以文章名世的吳汝綸獨能「虛心折節，以倡俗話之學」，東遊目睹日本「人人用其片假名之國語，而頓悟各國莫不以字母傳國語為普通教育至要之原」，〔註17〕此後王照便依託袁世凱的權勢在直隸一帶普及官話字母。不過，吳汝綸關於「國語統一」的建議顯然打動了張百熙，1903 年，張百熙與榮慶、張之洞奏定學堂章程，其《學務綱要》第二十四條為：「各國言語，全國皆歸一致，故同國之人，其情易洽，實由小學堂教字母拼音始……茲以官音統一天下之語言，故自師範以及高等小學堂，均於國文一科內，附入『官話』一門。」〔註18〕

〔註15〕 《吳汝綸全集》第 3 冊，第 798 頁。
〔註16〕 《清末文字改革文集》，第 35 頁。
〔註17〕 《清末文字改革文集》，第 32 頁。
〔註18〕 《國語運動史綱》，第 102 頁。

　　引人注意的是，綱要以「各國言語」、「官音」、「官話」等各種表述方式繞開了「國語」一說。實際上，從當時的文獻看來，除了吳汝綸、王照以及向袁世凱上書的幾人外，鼓吹語言統一的眾人幾乎沒有敢於輕易使用「國語」名號的，因為當時處於清朝這個少數民族政權的統治之下，「國語」只能指滿語，作為統一語言目標的漢語共通語，也就暫且沿用「官話」一詞。在眾多論述中，也僅有勞乃宣於 1905 年在《江寧簡字半日學堂師範班開學演說文》裏，以「日本亦先有平假名片假名而後有國語科」為例，認為可使南方人先學南音簡字，然後可使其轉移變遷到北音：「率而導之於國語之途，……北音全解而國語全通矣。」〔註 19〕隔年他在《致〈中外日報〉館書》裏表達同樣的觀點時，就改以「官音」而不再使用「國語」：「迨土音簡易之字既識之後，再進而學官音」，〔註 20〕應是受到了提醒或警告。直到 1910 年，才有資政院議員江謙「說帖」，呼籲將「官話」正名為「國語」，但此時也接近清廷覆亡之年，無人再糾結於是否敏感詞了。〔註 21〕

　　可見，清末的「國語」觀念，雖取法日本，但存在著一個巨大的邏輯差異，即「國語」與當時由異族統治的國家政權並不具備「民族」上的連續性，便注定不可能以「國語是國民的精神血液」這種民族、國家、語言三位一體的國語意識形態來發起動員。而明治日本的「國語」，是明確建立在以《教育敕語》（1890）所清晰表述的國民對「萬世一系」的天皇無限忠誠的「國體」之上的，是國家主義意識形態從上至下的統合工具。但是在晚清中國的語境中，「官話」、「官音」的漢語性質，若是與「漢種」相連結，反倒是對現存的「國體」具有潛在的顛覆性。作為國語思潮之一翼的切音字運動，其主創者如盧戇章、王照、勞乃宣等，無一不試圖依靠政權的力量、爭取上層人物的支持，但是以切方言方音代替漢字的「簡字」，並不具備如日本假名那樣用「聲音」與「國體」相統合的「國語神學」力量，其作用只能從啟發民智救亡圖存來獲得合法性。1906 年學部駁回盧戇章所呈交的切音字方案，在咨文中不僅廣徵博引中外拼音文字實例，從學理上鑒定其「聲母不完全」、「韻母無入聲」、「寫法乖謬」諸種缺點，更表明「夫漢字為我國國粹之源泉，一切文物

〔註 19〕　《清末文字改革文集》，第 56 頁。
〔註 20〕　《清末文字改革文集》，第 57 頁。
〔註 21〕　關於「國語」一詞在當時容易犯忌之情形，詳見王風：《晚清拼音化運動與白話文運動催發的國語思潮》，《世運推移與文章興替：中國近代文學論集》，第 205～207 頁。

之根本，在日本因襲既久，尚難一旦更張，在我國累代相傳，豈可反行廢棄」的官方態度。〔註22〕因此，雖然倡導以及贊成切音字的人們強調「聲入心通」，即聲音才是進入民眾心靈的最佳渠道，〔註23〕但此種「聲音」如何與國家意識相連結？這是各種拼切官話或方言方音的「簡字」方案所無法回答的問題，也是它們得不到中央政權認可──但卻能部分獲得封疆大吏的支持──的原因。而作為國語思潮另一翼的清末白話文運動，同樣吸收了地方口語文化的因素，但民間報人從未想過（也並不需要）獲得國家政權的認可，事實上，這些辦白話報的人，有不少傾向革命。〔註24〕

可以看到，在這樣一個尚未建立起現代民族國家諸種制度、幅員遼闊民族眾多且存在著統治民族與被統治民族矛盾的晚清中國，「國語」作為一種舶來的在「聲音」與「國家」之間建立統一性的現代民族國家原理，並非能夠很平滑地納入當時的國家體制之內。1910 年，之所以出現江謙將「官話」正名「國語」的說帖，其背景是他作為「資政院」──清朝預備立憲時代第一屆變相的國會──的議員，成為了勞乃宣「簡字運動」厄於學部之後的主要說客之一。在《質問學部分年籌辦國語教育說帖》裏面，對於學部分年籌備事宜裏所列國語教育諸事項，即「編訂官話課本」、「所有省城師範學堂及中小學堂兼學官話」、「設立官話傳習所」、「考試均加官話一科」等等，江謙表示「官話之稱，名義無當。話屬之官，則農工商兵，非所宜習，非所以示普及之意。正統一之名，將來奏請頒布此項課本時，是否須改為國語讀本以定名稱。」〔註25〕這篇說帖實際上延續了吳汝綸當年所提出的「用合聲字」以及「國語統一」的理念，只不過在制度建設方面提出了更為具體的以京音為標準音、規定語法、編輯國語辭典、設立國語編查委員會等種種方案，而這一切都須建立在立憲政治的前提之上。在這之後，各地學界和京官等聯合起來向資政院請願，嚴復審查後主張將「簡字」正名為「音標」，由學部把這個方案推往中央教育會議，最終議決了《統一國語辦法案》。隨即武昌起義，民

〔註22〕 《學部諮外務部文》，《清末文字改革文集》，第 68 頁。

〔註23〕 參考王東杰：《「聲入心通」：清末切音字運動和「國語統一」思潮的糾結》，《近代史研究》，2010 年第 5 期。

〔註24〕 尤其是在 1903 年因為俄佔東北時清政府對外喪權辱國、對內無情鎮壓，引起知識界的「排滿」革命言論之後，以《中國白話報》為代表的白話報刊及其周圍的知識群體，如林獬、劉師培等人。參考王平：《清末民初的語言變革與現代文學雅俗觀的生成》，四川大學博士論文，2007 年，第 66～69 頁。

〔註25〕 《清末文字改革文集》，第 117 頁。

國建元,「國語」的事業也隨之在新的國家政權基礎上展開。

也就是說,只有在國家體制不得不進行現代轉型的時刻──先是憲政、後是革命,「國語」之名稱才有可能破除原有的禁忌,語言文字改革問題方能以「國語運動」的名義加入塑造新的國民精神與國家意識的現代性事業中來。

三、如何「統一」:階層性與地方性

由「官話」正名為「國語」,似乎意味著通行已久的共通語在理論上被提升至了國家標準語的層面,剩下的就只是在制度上找到恰當的「國語教育」的形式予以強制普及而已。然而實際上,該以何種聲音(京音、南音、接近「中州正韻」的武昌音)為標準,又該以何種形式(切音字、羅馬字)來表記聲音,在當時通通是未定之論。若說清末十年,由於「國語」與「國家」之間不具備內在的合法性而難以推進,那麼進入民國之後,按說已不存在國家政權的限制,反而可以搭乘著開新朝、定正朔的東風,將爭論已久的語言文字改革方案予以決斷才是,但民國二年(1913)召開的「讀音統一會」,卻使「國語」的面貌變得愈加模糊。

頗具諷刺意味的是,主持這次會議的是提倡「萬國新語」、主張廢棄漢字漢語的吳稚暉,在此種激進語言改革觀念難以付諸實踐的情況下,便想到以逐字審定的形式給漢字確定標準音,「每字就古今南北不齊的讀音中擇取一音,以法定形式公定,名之曰國音」,〔註26〕會議便以投票方式定下了 6500 餘字的「國音」,「這個國音仍是沿襲明清以來牽合古今、南北的官話讀書音,而不是當時活的北京語音」,與此同時,也造成「南北兩方皆非滿意之情形」,〔註27〕最終不歡而散。閉會以後,因政局變動,審定方案一直擱在教育部的櫃子裏無人問津,直到 1918 年才由吳稚暉、王璞、陳懋治在上海將審定之字以《康熙字典》部首排列,定名為《國音字典》出版。

由國家教育機構擬定的「標準國音」,不僅事實上並不存在於任何一個國民的日用語言中,也並非某一地域既已流通的官話讀書音,純然是一種理論上的架空之物,審定之後也並未存在強烈的國家意志對其進行普及。從清末想要傚仿泰西或步武日本的國語思潮來看,不得不說這是一種令人匪夷所思

〔註26〕 崔明海:《制定「國音」嘗試:1913 年的讀音統一會》,《歷史檔案》,2012 年第 4 期。

〔註27〕 崔明海:《制定「國音」嘗試:1913 年的讀音統一會》,《歷史檔案》,2012 年第 4 期。

的走向：為何以「言文一致」和「國語統一」為旨歸的切音字運動最後竟收束在了給漢字標注統一讀音上？「國語統一」何以變成了「國音統一」？

究其緣由，仍在於聲音與漢字的主從關係，並未因「表音主義」的國語觀念入侵而產生顛倒，這是一個頗為值得重新思量的問題。首先需要考慮的是，「國語統一」的內在要求，即「聲音如何與國家意識相連結」這一關鍵的思想課題，在清末發明切音字的實踐家那裡是如何得到闡釋的？他們自身是如何認識表音主義，又是在何種思考脈絡上接納並闡釋聲音相對於漢字的優先性呢？

毋庸置疑，「表音主義」的語言文字觀正是清末切音字運動的核心理論資源，這種觀念在 1910 年各地官員密集遞交給資政院的說帖中，其表述已臻於成熟：

> 但習國語而仍用漢字，則猶不合。蓋國語者，聲音也。簡字者，
> 國語之留聲機器也。無簡字則國語之音無所寄，有簡字而後國語之
> 音有所憑。〔註28〕

不僅如此，還建議採用「以京音為主」、悉用簡字的官話課本來「教授國語」，以達到「各行省語言可以畫一，天下文字亦歸於簡易」的目標。這種想法比之讀音統一會的操作模式，其實更接近於後來我們對「國語」與「國語教育」的認知──除了經由嚴復的審查使簡字的身份變為音標而徹底不具備「文字」地位這點以外。從說帖援引南京的簡字學堂為論證實例來看，此文作者也屬勞乃宣的說客，「簡字官話課本」的設想，也非常接近勞乃宣頻頻參照的日本小學的國語讀本形式。事實上，勞乃宣依靠兩江總督端方的勢力在南京推廣簡字學堂，又頻頻向學部上書，就是想讓簡字獲得如同假名在日本國語中的地位：「他日中國於漢字之外，別用一種主音簡易之字以為輔助」。〔註29〕勞乃宣試圖綜合自盧戇章及王照以來的地區性切音字創製成果，盡力製作出一個「全譜」，覆蓋全中國各大地域的「方音」，在既有的初等小學五年學制之前，增加一年專習簡字的學前班，前半年學習「方音」簡字，後半年學習「官音」（京音）簡字，也就是所謂「引南歸北」以求國語統一的路線。

勞乃宣的「兩步走」設想，以及作為過渡的方音簡字方案，總是頻頻招致有妨漢字、分裂語言的指責，如《中外日報》在 1906 年 2 月 28 日的社評：

〔註28〕《陳請資政院提議變通學部籌備清單官話傳習所辦法用簡字教授官話說帖》，《清末文字改革文集》，第 131 頁。

〔註29〕勞乃宣：《致唐尚書函》，《清末文字改革文集》，第 115 頁。

> 中國方言不能畫一,識者久以為憂。今改用拼音簡字,乃隨
> 地增撰字母,是深慮語文之不分裂而極力製造之,俾愈遠同文之治
> 也。〔註30〕

以「書同文」的傳統拒絕表音主義的切音字(尤其是「方音簡字」)的思維慣性,一直延續到讀音統一會乃至之後的國語運動中,並且作為一種主流看法最終淹沒了清末文字改革家們的簡字幻想。盧戇章、王照和勞乃宣等設計的那些簡字方案,也確實在音韻學和拼寫方式上有諸多值得商榷之處,然而他們的貢獻在於第一次試圖推動在近代中國普及「全民識字」的義務教育──即便是以一種簡化後的字體形式。相對於那些憂心分裂「同文之治」有礙國家統一的思考模式,他們看到的是現實中存在著的一種真正的分裂,即王照在其《官話合聲字母》原序中所言之「文人與眾人如兩世界」,〔註31〕「書同文」的想像性統一掩蓋了識字與文盲的不統一。以切音字發展而來的「簡字」面向的對象,即是那些未得文字之教、遠離書寫傳統而身處口語世界的「眾人」,對這些人來說,作為口語聲音之留聲機器的簡字(特別是拼切母語方音的簡字),當然更容易習得。

既有此易識之字,勞乃宣所設想的一年制簡字學前班,是國家強制的義務教育:

> 即可實行強迫之令,應令全國人民,凡及歲者皆入此簡字之學
> 一年,不學者,罪其家長,……乃可冀全國人民無不識字,無不得
> 受普通教育。……將來實行立憲之時,除本識漢字者外,其不識字
> 而能識此簡字者,一體準作公民。〔註32〕

勞乃宣試圖用表音的簡字,以一種最低限度的「普通教育」來彌合識字階層與文盲諸眾的分裂,從而將原本分別處於書寫世界與口語世界的「文人」與「眾人」結合為「全國人民」,特別是,還需將來的憲法承認只識簡字的人擁有同等的公民權。當時正值清廷預備立憲之際,而「立憲之義,在合天下人民之智識以共圖治理」,憲政的基礎在於地方自治。當時民政部奏擬的地方自治章程認定男子年滿二十五歲能識字者可為選民,但實際上各省鄉民常常全村都是文盲,也就無一人具備選民資格,因此「欲辦自治,必先教鄉民識

〔註30〕 《附〈中外日報〉評勞乃宣〈合聲簡字〉》,《清末文字改革文集》,第59頁。
〔註31〕 《清末文字改革文集》,第19頁。
〔註32〕 《清末文字改革文集》,第80頁。

字」，要快速成事便只能靠表音簡字。

在這樣的思考脈絡裏，啟蒙的方式不在於內容，而首先需要一種能夠接近平等原則的形式，使人人獲得讀書閱報的能力，而這種能力從現實的角度來說又只能是維持既有的階層屬性的，因而採取簡字／漢字並存的形式。因為簡字要打通的並非精英（士大夫）與普通民眾（包括識字與不識字的）之間的隔絕，而是識字與文盲的隔絕。換句話說，文盲不需要進入「高深美妙」的漢字‧漢文世界，精英也無須拉低自身階層的文化水平，正如王照在其《官話合聲字母》例言中所述：「此字母專為無力讀書、無暇讀書者而設，故務求簡易，……有力讀書、有暇讀書者，仍以十年讀漢文書為佳，勿因有此捷法，而輕視漢文。」〔註33〕

文盲與識字階層的最大差別，在於前者身處口語文化（orality）之中，而後者屬於書寫文化（literacy），正是在這一點上，在簡字運動中對「聲音」之重要性的認識被推向了前所未有的高度。以索緒爾為代表的現代語言學觀點認為文字僅僅是用可見形式對口語進行表徵而已，這也是國語運動中贊成廢除漢字、以表音文字實現「言文一致」的立論基礎。但正如媒介環境學者沃爾特‧翁所指出的，文字作為一種對語詞（聲音）的技術化，經過個人乃至群體的內化之後，會對思維模式產生革命性的影響，內化了文字的人不僅寫東西，而且說話也是文縐縐的，〔註34〕這表明既有的書寫傳統並非只是一層隨手可棄的外在裝飾。相似的看法也存在於齋藤希史對日本的書寫文化即「漢文脈」的追溯性研究中，他認為口語與文語的區分在於學習過程：文語是經由書本而習得的，是關於如何組織文章結構、使用何種語彙、什麼是適切的表達方式的體系化知識，並不是簡單的能否識字的問題。〔註35〕「仍以十年讀漢文書為佳」的判斷說明，王照並不打算以簡字全面替代漢字‧漢文傳統，而且他特別指出簡字專拼「白話」，不拼「文話」，也就是只針對口語而不涉及書寫傳統。結合上述齋藤希史對「文語」習得過程的說明就很容易理解，即便用簡化後的書寫符號去拼切出「文話」的聲音，只懂白話的人念出來，也不可能明白其意思。這就能夠解釋王照在1913年參與「讀音統一會」的活

〔註33〕 王照：《官話合聲字母》（1906年復刻版），北京：文字改革出版社，1957年，第16～18頁。
〔註34〕 〔美〕沃爾特‧翁：《口語文化與書面文化：語詞的技術化》，何道寬譯，北京：北京大學出版社，2008年，第43頁。
〔註35〕 〔日〕齋藤希史：《漢文脈と近代日本》，東京：角川文庫，2014年，第100頁。

動時，何以認為其宗旨規程「玄虛荒謬，不可殫述」，因為他製作合聲字母的本意就不是給漢字／文話注音，而是拼切白話的「聲音」來用於掃盲，將原本屬於口語文化中的「眾人」轉化為最低限度識簡字的現代意義上的「國民」，讓他們接受「普通教育」。

「普通」一詞來源於日本，王照曾作「普通字義辨」，說日本人常用普通教育、普通知識、普通學等詞彙，用於表述無論士農工商貴賤男女都必須略習的基礎知識，「上之可為學業上達之基，否則亦足以遵朝廷政令之意而不為梗礙」，〔註36〕也就是服務於「千中九百九十九」以利於國民統合的全民教育。因此，賦予原屬於口語文化的文盲以一種簡易的書寫符號，同時又不影響既有的漢字・漢文書寫傳統，是理解簡字之表音主義的關鍵。

但是，簡字與漢字畢竟屬於兩套書寫系統，無法做到「國民」的同質化，要同時維持的話，聲音的統一也即是「國語統一」就變得非常關鍵。然而在如何處理「方音」與「國語」的關係這一點上，切音字實踐家們的闡釋並不很具有說服力。比如勞乃宣認為先識方音簡字、再識官音簡字這種由地方性到普遍性的路線，恰與基於地方自治的憲政國家想像相結合——即便這很大程度上只是勞乃宣為使學部接受簡字的一種論證說辭而已，因為地方的「聲音」與國家的「聲音」之間，仍然缺乏必然的邏輯聯繫。

「聲音」的地方性，其實反倒是切音字誕生之初的原理依據。由中國人自創的切音字最早應屬福建同安人盧戇章所創的羅馬式字母，定名為「中國第一快切音新字」，共有五十五個符號，主要以廈門語音為主，也包含漳州音、泉州音及其他各處語音，在福建地區傳播甚廣。值得注意的是這種字母符號系統背後的西洋背景：一方面盧戇章本人在應試不第之後前往新加坡專習英文，回國以後幫英國傳教士馬約翰翻譯《英華字典》；另一方面在鴉片戰爭以後漳泉一帶散佈的西洋傳教士早已經開始利用羅馬字母拼切當地方言來傳播《聖經》，1875 年抵達臺灣、創辦臺南神學院的英國傳教士巴克禮走的也是這種路線。在此基礎上，西方式的「字話一律」，也就是表音主義的優越性被盧戇章認可並推崇：「當今普天之下，除中國而外，其餘大概皆用二三十個字母為切音字，……故歐美文明之國，雖窮鄉僻壤之男女，10 歲以上，無不讀書」。〔註37〕因此，盧戇章希望用切音字與漢字並列，「依其土腔鄉談」，著書立說，

〔註36〕《官話合聲字母》，第 53 頁。
〔註37〕盧戇章：《〈中國第一快切音新字〉原序》，《清末文字改革文集》，第 2 頁。

翻譯經傳，就可以使男女老少無不識字。但是，「歐美文明之國」的切音字，畢竟是在諸種方言之間選定了一種「標準語」，而非拼切境內所有方言聲音去翻譯《聖經》，即便盧戇章設想將來以南京官話「一腔為主腦」來統一全國語音，但這與製作拼切各省方言的切音字顯然不是一個層面的問題。具有諷刺意味的是，1898 年盧戇章應臺灣總督府學務部之邀赴臺北國語學校任職，因為他的切音字所拼切的廈漳泉地方性「聲音」，也正是當時臺灣使用人群最多的「臺灣語」，所以被日本人利用為推行「國語（日語）教育」的對照性工具。當時臺灣總督府學務部編纂的以日本教員為對象的閩南語入門書《臺灣十五音及字母表附八聲符號》、《臺灣十五音及字母詳解》，裏面所謂的「十五音」是在福建傳來的《彙集雅俗通十五音》基礎上重新編撰的，其源頭正是盧戇章《一目了然初階》所製之「切音新字」。〔註38〕這說明在地方性、工具性以及不具備必然的「國家意識」方面，即便後來改進為仿照假名的漢字點畫式樣，他的切音字與西洋傳教士的切音字之間，並沒有本質不同。

地方性的「聲音」與國家意識難以統合，從拼切方言土語的切音字誕生之初，直到勞乃宣以「地方自治」的「憲政國家」想像為依據為止，在理論上都沒有得到妥善解決。王照的「官話合聲字母」只拼切北方官話（京音）而不遷就方音，以「國語統一」的角度來看應是合理的選擇，然而推行之初也是依靠直隸一帶北方方言的親和性，並且同樣以地區性的普及為其特徵──畢竟當時通行的「官話」並不止京音而已。沒有徹底反對漢字、又為了使所切之音符合地方性的實際需要而難以一律，最後就導致了讀音統一會那種給漢字注音的「國音統一」的走向。

即便如此，從簡字運動到讀音統一會的轉變帶給我們的啟示在於，「國語」並非一種學理上的東西，而是製造「國民」的必需品，因此必然內在地要求「統一」，也必然與全民教育相聯繫。在這個意義上，「國語」與「國語統一」或「國語教育」，實則是同一個歷史過程的側重稍有不同的表述而已。晚清發明切音字的士大夫已經意識到，「今世各族並立競爭之道，與四千年史事毫不相似，人類智愚共處，消息盈虛，絲絲不隔，愚者常被智者剝削，猶魚禽之常供人用也」，以西歐為主導的新的世界體系，不僅是進化論式的弱肉強食，而且必須是以不分階層的全民為國家單位，「故一國之人，數百兆中能有一兆

〔註38〕〔日〕國府種武：《臺灣に於ける国語教育の展開》，臺北：第一教育社，1931年，第 90 頁。

智者焉，亦不過此一兆人不為他人之役耳，於數百兆之被他人剝削，固不能救也。」〔註39〕此種認識，與福澤諭吉在《勸學篇》中所謂「人人獨立，國家就能獨立」的啟蒙思想是一脈相承的。〔註40〕就此而言，切音字也並非單純的音韻學研究──即便下一代的語言學家羅常培在1928～1930年間所著的《國音字母演進史》中把它們都追認進「音標必須代替反切而興」的音韻學歷史，〔註41〕然而若是沒有在十九世紀末二十世紀初應對新的世界局勢下全民教育的時代需要，便不會誕生切音的「國語」。

四、「變一文體」：「漢字圈」的跨域現代性

「國語統一」變為「國音統一」，意味著在聲音與符號的關係上，表音主義優越論並未真正威脅到漢字的地位，這也預示著中國的國語運動即將走向「以文統言」的方向。也就是說，「言文一致」最終的表現形態，並不是以「變一字體」，而是以「變一文體」實現的。這似乎讓人立刻就聯想起「五四」新文學運動的白話文，畢竟我們正是通過這種「國語的文學，文學的國語」，〔註42〕進入被命名為「現代」的時期。

當然，對於這樣一種「現代」、或說以「五四」白話文作為中國現代文學的「起源」論神話，早在八十年代中期就有黃子平、陳平原、錢理群的「二十世紀中國文學」概念對其產生質疑，他們試圖打通近代、現代、當代的時段分期，把二十世紀中國文學「作為一個不可分割的有機整體來把握」。〔註43〕到

〔註39〕《官話合聲字母》，第56頁。

〔註40〕福澤諭吉在《勸學篇》中經常使用「百中九十九」的「智者」與「無知小民」的論述法：「假如有個百萬人口的國家，其中智者不過千人，其餘九十九萬多人都是無知的小民。……可是國人中便有主客的分別，主人是那一千個力能統治國家的智者，其餘都是不聞不問的客人。既是客人，自然就用不著操心，只要依從主人就行，結果對國家一定是漠不關心，不如主人愛國了。在這種情形之下，國內的事情還能勉強對付，一旦與外國發生戰事，就不行了。那時候無知的人民雖不至倒戈相向，但因自居客位，就會認為沒有犧牲性命的價值，以致多數逃跑，結果這個國家雖有百萬人口，到了需要保衛的時候，卻只剩下少數的人，要想國家獨立就很困難了。」福澤諭吉：《勸學篇》，群力譯，北京：商務印書館，2017年，第15～16頁。

〔註41〕羅常培：《國音字母演進史》，太原：山西人民出版社，2014年，第2頁。

〔註42〕胡適：《建設的文學革命論》，《新青年》第四卷第四號，1918年4月。

〔註43〕三人對這一有機整體的論述如下：所謂「二十世紀中國文學」，就是由上世紀末本世紀初開始的至今仍在繼續的一個文學進程，一個由古代中國文學向現代中國文學轉變、過渡並最終完成的進程，一個中國文學走向並匯入「世界

了世紀之交，又有海外學者王德威喊出「沒有晚清，何來五四」，考掘晚清「被壓抑的現代性」所蘊含的多種可能性，因而「晚清，而不是五四，才能代表現代中國文學興起的最重要階段」。〔註44〕無論是把二十世紀中國作為「有機整體」來把握的「重寫文學史」，或是「通過解構『晚清』與『五四』的二元對立來進一步解構『傳統』與『現代』的二元對立，並進而質疑歷史的進化論、發展論和方向感」，〔註45〕念茲在茲的仍然是「歷史」，也就是時間的連續或斷裂，在此基礎上所引發的對「傳統」與「現代」、「新」與「舊」的重估或解構。當然，這背後不可避免的有一個龐大幽暗的帝國主義西方的在場，也正是在這個意義上，非西方國家（或區域）的「現代」是對資本主義世界體系對外擴張之權力過程的一種充斥著文化痛苦的自我改造。

討論此種「現代」是在何時起源、又是以什麼方式起源之所以如此重要，是因為它是我們確認自身當下合法性的被歷史化了的「新傳統」，「言文一致」的白話文（「現代文學」）就是這種新傳統的重要一環。那麼，對它的解構當然也是基於理解當下現實的需要。但是，不管連續還是斷裂，這種對「時間」的著魔，這種「自我更新」式的歷史感，或者對此種歷史感的祛魅，難道不正是「現代」所帶給我們的精神遺產嗎？無論在什麼語境下思考「現代」，似乎都難以逃脫對「時間」的執念，汲汲於自我所屬之共同體的「前世今生」。然而，給十九世紀末二十世紀初的中國造成巨大轉變的，難道不是資本主義世界體系下所謂「東方」與「西方」的「野蠻」／「文明」對峙格局，乃至「亞洲」內部的地緣戰爭（甲午與日俄）衝突嗎？「歷史」的斷裂不是由「地理」的變革而帶來的嗎？也許真正的問題在於，建立在進化論和黑格爾式的歷史進步觀念基礎上的對「現代」的論述，如何使一種「空間」的政治實踐被替換成了「時間」的話語隱喻。

劉禾創造的「跨語際實踐」（translingual practice）概念用「翻譯中生成

文學」總體格局的進程，一個在東西方文化的大撞擊、大交流中從文學方面（與政治、道德等諸多方面一道）形成現代民族意識（包括審美意識）的進程，一個通過語言的藝術來折射並表現古老的中華民族及其靈魂在新舊嬗替的大時代中獲得新生並崛起的進程。見黃子平、陳平原、錢理群：《論「二十世紀中國文學」》，《文學評論》，1985 年 05 期。

〔註44〕王德威：《被壓抑的現代性──晚清小說新論》，宋偉傑譯，北京：北京大學出版社，2005 年，第 24 頁。

〔註45〕李楊：《「沒有晚清，何來『五四』」的兩種讀法》，《中國現代文學研究叢刊》，2006 年 01 期。

的現代性」（translated modernity）對這一命題進行了現象學的還原。她用翻譯如何「創造等值關係的喻說（trope）」，來探討在東西方相遇的空間關係下，「現代」和「西方」在中國的合法化過程，以及此過程中「中國人的能動作用的曖昧性」。〔註 46〕也就是說，她注意到了詞與詞之間「短兵相接」的時刻，正是這樣的時刻（以及對它的消化）造就了不同場域（localities）之間的歷史關聯。這種思考方式的意義在於，「現代」（modernity）不再具有絕對的、普遍性的價值，正如「原文」並非「譯文」的最終歸宿，「西方」也不再是「非西方」需要達到的「原型」。更重要的是，一種「普遍歷史」與「文化相對主義」的對立模式被打破，也就是說，「中國的現代性」既非模仿西方的產物，但也不是站在其反面去還原出所謂「中國中心觀」的「自發現代性」的歷史觀：劉禾試圖把歷史的「連續」或「斷裂」這樣一些抽象的問題還原到各個民族以及不同人群之間每一個對抗的關頭所存在的各種事件的偶然性、鬥爭以及意外的扭曲和轉折方面，也就是語言的「遭遇」所促生的「意義生成的歷史」。〔註 47〕

　　沿此思路再推進一步，「現代」在時間性的話語隱喻表象下，實質上是空間中的一系列事件（event），正是這些事件導致原有的知識結構與話語範式不再有效。對於十九世紀末二十世紀初的中國而言，這些外來的話語幾乎造成了「釜底抽薪」式的效應，清末切音字以及所謂採用「萬國新語」的語言文字改革觀正是這一空間遭遇所爆發的歷史情境：由精英階層所壟斷的漢字‧漢文書寫傳統不足以應對在西方主導的資本主義世界體系擠壓下以「民族國家」為生存和競爭單位的全民動員要求，因此必須通過「言文一致」來重組民族國家以適應世界大勢。需要注意的是，這不是中國的「現代」的特殊性，至少共享漢字‧漢文書寫傳統的日本在此刻處在了同一種鬥爭的場域，也就是面臨著同樣一種向西方同化的「現代」情境。

　　然而，在此時「跨語際」的知識旅行過程中，如果說中國與西方、日本與西方之間單向輸入式的話語權力關係顯而易見的話，那麼中國與日本之間的語言與知識關係，也不能不加以審視，然而歷史上既已形成的「同文」關係使問題顯得非常複雜。一方面，在面對「西方」這個共同的客體時，中日

〔註46〕參考劉禾：《跨語際實踐：文學，民族文化與被譯介的現代性（中國：1900～1937）》，宋偉傑等譯，北京：三聯書店，2008 年。
〔註47〕《跨語際實踐》，第 44 頁。

均產生過「廢除漢字」的思潮。但是，中國在清末的切音字運動，乃至之後的國語羅馬字運動，看似與日本的假名會、羅馬字會採取極為類似的聲音中心主義的文字改革觀念，甚至主導者也自認為在傚仿日本，然而就聲音與國家意識的統合關係而言，中日之間存在著根本差異。如前節所述，在中國，「聲音」與「漢字」的衝突主要顯現為階級問題，且「聲音」內部的方言分裂是「國語統一」所面臨的主要矛盾。另一方面，中日雙方在事實上又均未真正「廢除漢字」，採取的毋寧說都是「變一文體」的思路，也就是創造出「口語體書面語」——言文一致體。更複雜的情形在於，漢字這種本來意欲被廢除的書寫符號，卻又被明治日本拿來翻譯和承載了西方的話語概念，再返銷回清末的中國——在當時所謂的「新名詞」，也就是今天我們現代漢語中的日語藉詞。甚至就連「現代」這個詞彙本身，也是經由明治日本翻譯「modern」而來，在日語中讀作「gendai」，在漢語中則是「xiàndài」，然而在視覺呈現上卻是一致的，或可說建構了新的「同文」性。在此意義上，中國與日本再度以不同的發音對應同一個漢字詞彙，這種在視覺上的一致性甚至讓人難以感覺到「翻譯」或者「跨語際」的存在，而彷彿是一種透明的借用關係。但是，新名詞在清末湧入中國，的確是一個關鍵的「事件」。如果說「變一字體」的切音字運動看似以激進的態度對待漢字，但「只拼白話、不拼文言」的原則實際上並未打破文／白的分野；那麼看起來激進程度不如「廢漢字」的新名詞以及隨之而來的「東瀛文體」的入侵，卻實實在在地動搖了「文」的根基，在「變一文體」這一路徑上，成為催生「現代」白話文的關鍵要素。釐清這一點，對於我們理解「現代」的空間性，至關重要。

此處有必要區分清末的白話文、新文體以及它們與五四「現代」白話文的關係。清末的白話文運動，被認為是與切音字運動一體兩面實踐「言文一致」目標的國語思潮的一部分，主要實踐方式是大量出版白話報刊，它們的目標讀者與切音字一樣是下層民眾，但並未刻意區分文盲與粗識文墨的人。如果說切音字的目標是將處於口語文化（orality）中的文盲轉化到書寫文化（literacy）的世界裏來，那麼白話文運動則是在既有的書寫文化世界裏，打通雅與俗的分野，有意識地去吸收和利用白話的「口語化」要素，創造一種近「言」的「文」。然而，與切音字「只拼白話、不拼文言」的立場類似，即便白話文運動的急先鋒裘廷梁喊出「崇白話而廢文言」的激進口號，「絕大多數清末知識群體並未像五四激進的新文化精英們那樣將二者定位為你死我

活、非此即彼的對立關係，而是堅持兩條腿走路，主張『言文合一』而不廢古文，讓白話與文言和平共處」。〔註48〕之所以採取二者並存的態度，原因仍在於白話文是面向下層民眾的啟蒙文體。不僅其內容主要是破除迷信、勸誡鴉片、勸誡婦女纏足，以及一些勸善懲惡的道德文字，或是介紹新知或抨擊時事的作品；而且與白話報的發行相伴隨的閱報處和講報者，也是使這些說教能夠傳達到那些無錢買報或不能識字的社會底層的不可或缺的媒介。〔註49〕與之相對照的是，那些號召「崇白話」「用俗語」的論說文章，如裘廷梁開風氣之先的《論白話為維新之本》，〔註50〕卻都是用文言寫就的，因為面向的讀者不是下層人而是士大夫。從此種雙軌並行的實踐方式來看，清末的知識群體大多認為可以在雅／俗、文／白這種中國語言文字及文體演變的「內部」歷史規律中去尋求「開民智」的辦法。最具代表性的，是劉師培將「由文趨質，由深趨淺」視作文學進化的規律，進而斷言「中國自近代以來，必經俗語入文之一級」，但不應偏廢「古代文詞」。他的解決辦法是將「近日文詞」分為兩派，「一修俗語，以啟淪齊民；一用古文，以保存國學」。〔註51〕

但是，倡導白話文的劉師培，卻非常反對新文體，他認為東瀛文體的盛行影響了中國的文風：「其始也，譯書撰報，據文直譯，以存其真。後生小子，厭故喜新，競相效法」，然而「東籍之文，冗蕪空衍，無文法之可言。乃時勢所趨，相習成風，而前賢之文派無復識其源流」，實為「中國文學之阨」。〔註52〕1902 科舉改試策論時即可見滿紙新名詞的現象，因為不少青年士子都以梁啟超的新文體為模仿對象。戊戌變法失敗後，梁啟超赴日，受到德富蘇峰的文風影響：「其文雄放雋快，善以歐西文思入日本文，實為文界別開一生面者。余甚愛之。中國若有文界革命，當亦不可不起點於是也」。〔註53〕「文界革命」

〔註48〕胡全章：《清末白話文運動》，北京：中國社會科學出版社，2015 年，第 220 頁。

〔註49〕李孝悌：《清末的下層社會啟蒙運動：1901～1911》，石家莊：河北教育出版社，2001 年，第 263～265 頁。

〔註50〕這部分論說文章可參考蕭成文：《清末白話文運動資料》，《近代史資料》，1963 年第 2 期。

〔註51〕劉師培：《論文雜記》，《國粹學報》第 1 期，1905 年 2 月，轉引自《清末白話文運動》，第 14～15 頁。

〔註52〕劉師培：《論近世文學之變遷》，《國粹學報》第 3 年 1 期。轉引自羅志田：《國家與學術》，北京：三聯書店，2003 年，第 155 頁。

〔註53〕梁啟超：《夏威夷遊記》，《飲冰室合集》第 2 冊，北京：中華書局，1989 年，第 191 頁。

的宗旨即以「俗語文體」寫「歐西文思」，但需要注意的是，新文體所用的語體並非白話，而是淺近文言。〔註54〕

可見，劉師培提倡白話文，是為了下層啟蒙的同時不偏廢「國學」；反對新文體，是因為它已經影響到「文」也就是上層精英文化的根基。與白話文可在中國文學演變內部尋找淵源不同，新文體主要是西學東漸（也就是「跨語際」）的結果，並且經歷了從偏重西文到偏重日文的轉變，轉變的關鍵節點便是甲午戰爭。因此可以說，清末白話文與新文體的興起近乎同時，並且都以救亡圖存為目的而進行啟蒙說教，但是面向的群體階層以及借用的語言資源卻是全然不相似的。所謂「國學」或「國粹」在五四時期與白話文勢不兩立，然而在此階段，保存國粹與以「歐西文思」入文而破壞古文軌範的新文體之間存在著衝突，但與吸收口語文化、致力於下層啟蒙的白話文則兩不相妨。

到了「五四」，情況為之一變，因為五四白話文恰是上述兩種文體合流而誕生的：「傳統的文言與白話不可能創造出具有現代思想的文學作品，這一點已無疑義，於是，輸入過大量新名詞的新文體，便因為可以滿足五四白話文學的特殊需要，也成為它汲飲的一個源泉。……新名詞既然不可能從中國固有文化中產生，而又為現代社會所需，新文體從域外引進新名詞以補中國語言之不足，並使之普及，進入口語，便是梁啟超倡導的『文界革命』的絕大功勞」。〔註55〕這段論述裏有一個關鍵點，那就是從晚清白話文到五四白話文的進程中，新名詞和新文體的融入是一個關鍵的要素，這意味著，「現代」的契機來自於外部，而不是一個通過內部的「聲音中心主義」的轉變或吸收「口語文化」的要素就能直接產生的東西。也即是說，在中國，「俗語」本身並不能承擔「現代」的任務，「現代」之所以基於俗語文體，來自於其內在的「大眾化」要求，更明確一點，就是為民族國家發明「國民」的需要，白話文在這方面的有效性已被清末的白話報刊實踐所證實。無論劉師培或胡適，都強調白話文學已有一千多年的歷史，但恰恰是他們的這些論述使我們意識到白話文的價值在當時並非自明之物。從晚清至五四，精英階層對聲音、俗語、

〔註54〕 參考夏曉紅：《五四白話文學的歷史淵源》，《中國現代文學研究叢刊》，1985年第 3 期。

〔註55〕 參考夏曉紅：《五四白話文學的歷史淵源》，《中國現代文學研究叢刊》，1985年第 3 期。

白話文等歷史傳統的重新發現，正是來自於「外部現代」的擠壓。就此而言，「現代」的空間性是雙重意義上的：一方面是新名詞、新文體通過「跨語際」（實質上是空間移動）的方式引入了「現代」的要素；另一方面則是為了應對「現代」資本主義世界體系的需要而重組內部的精英文化與下層文化的社會區隔，去塑造一個具備同質化的、有清晰邊界的國民和國家想像──也就是「國語的文學，文學的國語」之旨歸所在。

被五四白話文所排斥的「文言文」，以及與之相關的國粹或國學，即後來稱之為「傳統」的東西，實質上也是這兩種空間性擠壓下的產物，正如李零所言，國學就是「國將不國之學」，是被西學逼出來打出來的學問，〔註56〕如果放寬到「漢字圈」的視野來看，也是失去了普遍價值的曾經的「世界性」知識。在這個意義上，五四中國的「文言文」，與明治日本的「漢學」，是同一種歷史遺留物的現代形態，它們作為知識範疇的出現代表了漢文及其文化在（全球）空間上下降為地方性知識，與此同時在（進化論）時間上下降為古代文化。在此意義上，「現代」或「傳統」都並非實體，也不具備什麼「本質」，它們產生於「跨語際」也就是「被譯介」的時刻。正如古時候日本以「漢文訓讀法」來翻譯漢字・漢文，不僅獲得書寫和闡釋話語的能力，也引入一系列文物制度，造就了「同文同教」的歷史；那麼在十九世紀末二十世紀初的中國，梁啟超用「和文漢讀法」對這種翻譯進行了逆向翻譯，以「新名詞」和「東瀛文體」為中介吸收新的空間關係下的「世界性」知識，在此之上，五四白話文和「國語的文學」再使這種「被譯介的現代性」獲得了精英文化的正統地位以及大眾化的群眾基礎，「現代」的時間感覺，即「新」與「舊」的分野於焉產生。

認識「現代」的空間性有何意義？正如薩義德所指出的，帝國主義在最基本的層次上是一種「地理暴力」，「意味著對不屬於你的、遙遠的、被別人居住了和佔有了的土地的謀劃、佔領和控制」，〔註57〕帝國主義在文化上通過「敘事」來確認一種「感覺結構」，來爭奪土地的所有權和規劃未來的權力，「敘事，或者阻止他人敘事的形成，對文化和帝國主義的概念是非常重要的」；與此同時對於遭遇帝國主義的被壓迫、被殖民的區域來說，「關於解放

〔註56〕 李零：《同一個中國，不同的夢想──我對法國漢學、美國中國學和所謂國學的點滴印象》，《大刀闊斧繡花針》，北京：中信出版社，2015年，第178頁。

〔註57〕 〔美〕薩義德：《文化與帝國主義》，李琨譯，北京：三聯書店，2003年，第6頁。

和啟蒙的敘述動員了人民奮起擺脫帝國主義的統治」。〔註58〕十九世紀末二十
世紀初也是中國面臨西方帝國主義瓜分狂潮的危急時刻，一切文化上的自我
更新的努力，都不可能脫離這一歷史情境而言，這種相互遭遇的時刻從來就
不可能是中性的。那麼，甲午戰爭以後，中國向日本取法「國語」的經驗、
改革近代教育制度，以及通過新名詞建立起來的新的「同文」情境，其中的
話語權力關係也必須被重新審視。尤其是，在這一過程中，因為同屬於在「世
界歷史」上落後於近代歐洲的老舊「亞洲」，日本對近鄰中國的侵略擴張並不
能單純訴諸歷史進步的時間觀念，而不得不顯現為重新規劃地理範疇的歷史
敘事行為。

─────────────

〔註58〕〔美〕薩義德：《文化與帝國主義》，李琨譯，北京：三聯書店，2003 年，第
　　　　3 頁。

第四章　「同文」與「東亞」──清末言文轉換與學制改革中的中日博弈

一、壬寅‧癸卯學制後的「國文」、「國語」教科書

以切音字和白話文為表徵的國語思潮，試圖在聲音、符號與文體三方面的關係上重新組合「言」與「文」的秩序，它並不只是一個文化運動，在庚子以後，也構成了清末新政在教育改革上的一環。若是沒有廢除科舉以及近代學校體制的支持，「國語」便是無源之水，無本之木，在此意義上，「國語」與「國語統一」或「國語教育」，實則是同一個歷史過程的側重稍有不同的表述而已，即我們必須認識到「國語」內在地要求全民普及和義務教育，即便這在清末難以達到，但始終是國語運動的終極目標。

在 1920 年代真正確定以語體文（五四白話文）為重心的「國語」科以前，中小學裏通行的「國文」科，實際上繼承自清末新政兩次學制改革的成果。1902 年的壬寅學制，在蒙學堂課程設「字課」、「習字」、「讀經」，小學堂課程在此基礎上增添「作文」，中學以上至大學堂設「詞章學」；1903 年的癸卯學制，則改稱「中國文字」、「中國文學」，但很快便被略縮為「國文」，並且要求內附「官話」一門。〔註 1〕可以看出，在標準語尚未確立、切音字也不得學

〔註 1〕璩鑫圭、唐良炎編：《中國近代教育史資料彙編‧學制演變》，上海：上海教育出版社，2007 年，第 273、280、291、303、327 頁。

部認可的時代，「國語」在聲音層面的統一，從教學技術來看其實是難以實現的，因而「官話」一門該如何講授，在當時並無定論。「國文」的命名正如字面所見，乃是以「文」也就是以傳統的漢字‧漢文為中心──初等教育以習字作文為主，中高等教育仍是經史詞章。已有學者指出，癸卯學制背後張之洞及其幕僚起著主導作用：實際起草者陳毅、胡鈞等人，在 1901 年曾跟隨羅振玉在日本進行教育考察，這份任務正是由總攬清末新政事宜的劉坤一和張之洞指派的，對癸卯學制的形成產生了重要影響。他們雖然傾向於照搬現成的日本學制，但學科名都刻意規避了日式名稱，尤其在文學部分，其立學宗旨強調「宜讀經以存聖教」、「不得廢棄中國文辭」、「戒襲用外國無謂名詞，以存國文、端士風」，因而「國文」可說是在清末梁啟超一派新名詞與新文體日益泛濫的情勢下，張之洞方面另行發明的「防禦性概念」。〔註 2〕在清末新政所擬定的官方教育政策中「國文」概念的保守性，或可從這一背景中得到解釋。

　　不過，官方政策落實到教育現場，也並非鐵板一塊。當時的教科書採用的是「國定制」與「審定制」並行的制度，相對於「國定本」的編寫緩慢與質量不佳，〔註 3〕民營出版社最得風氣之先，尤其是商務印書館在學制頒布期間由維新黨人張元濟主導編寫的《最新教科書》基本具備了各科完備的教科書體系，是近代以來中國第一套分學科系統教材。其中，《最新國文教科書》第一冊在 1904 年 12 月甫一出版，「不及兩週，銷出五千餘冊」，「未及數月，行銷至十餘萬冊」，1906 年晚清學部第一次審定初等小學教科書書目時，由商務印書館出版發行的教材佔據了半壁江山。〔註 4〕雖然在編寫內容上淘汰了傳統蒙學的《三字經》、《千字文》等，多採用寓言以明智，重視兒童心理與人格健全，不過《最新國文教科書》裏的「國文」採用的仍然是文言文，甚至有些地方不免用字過深，道理也比較深奧，比如初小第三冊第四十五課《野彘》：

〔註 2〕參考陸胤：《從「同文」到「國文」──戊戌前後張之洞系統對日本經驗的迎拒》，《史林》，2012 年 06 期。

〔註 3〕1906 年學部下設圖書局，組織人員編寫教科書，其中《初等小學國文教科書》第一冊剛推向社會就引起爭議，陸費逵在《南方報》上撰文批評學部國文教科書加入許多不合兒童心理的古董材料。見《中國近代教育史資料彙編‧普通教育》，上海教育出版社，1995 年，第 188 頁。

〔註 4〕參考宋軍令：《略論商務印書館對近代中國教科書出版的貢獻》，《樂山師範學院學報》，2003 年 12 月，第 18 卷第 8 期。

　　野彘休於林中，以牙礪樹根，勤勤不息。狐過之，問曰：「今無獵人與狗足以害君者，奚自礪其牙為？」野彘曰：「凡事當防未然，臨敵而礪，晚矣。」〔註5〕

　　以行文用字來看，這樣的課文可以說完全是自古以來的「中國文辭」，寓意也屬「舊識」，但並不是說課本裏全無「新知」，例如初小第四冊第一課《太陽》：

　　太陽居空中，其體最熱，故能發光以射於地上。有生之物，皆藉太陽之光與熱，以生以長。故常居室內之人，面色多淡白，草木之生於陰地者，往往不能茂盛，皆因其少見太陽也。〔註6〕

　　像這樣的自然常識及地理知識等，在國文課本中其實佔據了不小比重，但遣詞用句都比較精練雅致，與學部所要求之「國文」不相違背。然而商務印書館在當時其實還出版過一套《國語教科書》，由留日的革命黨人黃展雲、林獬、王永炘所編撰，於1907年8月出版全4冊，供初等小學堂第三、四年使用，這也是近代中國第一套以「國語」命名的教科書，大大早於1920年教育部發布通告將「國民學校國文科改為國語科」、「改國文為語體文，以期收言文一致之效」的規定。〔註7〕《國語教科書》的編者在編撰大意中寫道，「本書之著，以國語為統一國家之基，又特注意於之為國語科，蓋因三者有相互之關係，而讀方一門，編撰之法，又含二種，即文言與白話相間是也。今吾國讀方，只有國文而缺白話，其為國語科莫大之缺點」。〔註8〕所謂「讀方」就是日本在小學校改正令將「讀書、作文、習字」三者整合為「國語」科（1900）之前、也是殖民地臺灣公學校教育裏「國語」和「漢文」對立（1904）之前的「讀書」科，而「國文」指的是文言，「白話」則是「言文一致」的語體文。顯而易見，這本以「國語」命名的教科書，其理念深受日本影響，不僅語文觀念、學科範式和教授內容均仿照日本小學的「國語」科，而且十分重視「國語」的政治功能，「明治以來，頒布學制，注意國語教授，言語始歸一致。而

〔註5〕蔣維喬、莊俞編：《最新國文教科書》初小第三冊，商務印書館，1906年，第37頁。
〔註6〕《最新國文教科書》初小第四冊，商務印書館，第1～2頁。
〔註7〕黎錦熙：《國語運動史綱》，北京：商務印書館，2011年，第163頁。
〔註8〕黃展雲、林萬里、王永炘：《國語教科書（第1冊）》，上海：商務印書館，1907年初版，轉引自吳小鷗：《中國第一套「國語」教科書──1907年黃展雲、林萬里、王永炘編纂〈國語教科書〉》，《福建師範大學學報》，2012年第5期。

人心趨同，亦遂不歧。吾國政治革新，正在著手，欲求風俗齊一，泯省界之見，行政機關，臻於靈活，皆須注意於此。本書之著，即欲以統一言語為革新政治之助。」〔註9〕

　　林獬在 1901 年時曾主筆《杭州白話報》，1903 年赴日留學，創辦《中國白話報》，鼓吹排滿革命，是清末白話文運動的一員健將，接納和闡釋上述「國語」觀念並不奇怪，可想而知這裡面的課文正是以淺俗的白話文編寫的。但是，若是說《國語教科書》比《最新國文教科書》更為「進步」，倒也未必如此。例如在培養孩子們的憂國意識上，國語課本在描寫上海時以白話講道：「現在有外國的租界很大，差不都變成萬國公地了」，國文課本也寫到上海，用語是「（租借）管理地方之權，皆操之外人」，寫到天津時語調更為憤慨激昂：「自庚子之役，八國聯軍，首居其地，及議和時，反我侵地，然炮臺城垣，悉已毀壞，且訂約不得修築，殊可恥也」。〔註10〕表達的意思相差不遠，但國文課本的遣詞造句顯然更為典麗。在講授自然知識的課文裏，白話的國語課本竟不免沾上劉師培所詬病的東文「冗蕪空衍」的毛病，如第四冊第一課《七夕》：

　　　　舊曆七月初七日，有的人家，仍然預備瓜果，排天井。說是牽牛星同織女星，今天渡過天河相會。這種話實在可笑得很。我們由地上看去，天空中間，一顆一顆的星，為什麼會走來走去。今月在這裡，明月又在那裡呢？這是很奇怪可疑的。然而實在這種事情，並沒有什麼奇怪。你們不曉得天文學，這也難怪。……〔註11〕

　　這裡面夾雜的「東文」語感，甚至有些接近殖民地臺灣國語教科書裏的「教育漢文體」，〔註12〕同樣是科學啟蒙的文章，前引國文課本裏的《太陽》就顯得行文工整，不枝不蔓。當然，這並不是說文言一定優於白話，只是那種通過「五四」建立起來的白話優於文言的歷史幻覺並不適用於清末的實際情形，從癸卯學制之後相差不過三年間出現的「國文」與「國語」教科書之中，可以窺見在「變一文體」的嘗試期所呈現出的白話在書寫的文學性和語

〔註9〕　黃展雲、林萬里、王永炘：《國語教科書（第1冊）》，上海：商務印書館，1907年初版，轉引自吳小鷗：《中國第一套「國語」教科書──1907年黃展雲、林萬里、王永炘編纂〈國語教科書〉》，《福建師範大學學報》，2012年第5期。

〔註10〕　《最新國文教科書》初小第五冊、第六冊，轉引自秦玉清：《中國最早的新式課本〈最新國文教科書〉研究》，《教育史研究》，2017年03期。

〔註11〕　吳小鷗：《中國第一套「國語」教科書──1907年黃展雲、林萬里、王永炘編纂〈國語教科書〉》，《福建師範大學學報》，2012年第5期。

〔註12〕　關於「教育漢文體」，參照本書第二章第二節。

法的規範性方面，都尚未立典的瞬間。而這一時期日本的「在場」，不僅僅表現為新名詞和東瀛文體的入侵、乃至「國語」觀念的傳入或國語課本編寫理念的仿製。在語文變革與教科書編寫的實際工作上，也有日本人和他們的「興亞組織」直接參與其中的身影。下文要論及的，就是前述設計了殖民地臺灣早期國語教育、與清末教育改革赴日考察官員吳汝綸、羅振玉等會面的伊澤修二在離臺之後的二十世紀初，如何以「漢字統一會」、「泰東同文局」和「東亞同文會」為背景，介入到清末新政的學制改革與近代中國語言文字變革的進程之中，以此探討所謂「同文」的亞洲主義的一種具體實踐形式，以及清末士大夫對此的回應。

二、國界與種界：「漢字統一會」的迎拒之間

（一）「漢字統一會」的背景

對於 1907 年成立的「漢字統一會」，既有研究通常是通過章太炎刊登在東京《民報》上的《漢字統一會之荒陋》一文來加以認識的，也都引用章太炎的原文認為這個組織「反對羅甸字母，且欲聯合亞東三國，遵循舊文」。〔註13〕但對此會背景並不多深究，或稱之為「大概即今時髦所稱『漢字文化圈』第一次共同的文化行動」；〔註14〕或推論「此『漢字統一』主張應為日本國粹派學人所倡」，因而「章太炎對『漢字統一會』之批判，正是中日兩國在國粹問題上各有所執的例證」，〔註15〕恐怕都與實際情形存在著不小偏差。

「國粹」一詞也是來自日本的新名詞。引入晚清中國是由黃節在《國粹學社發起辭》中說：「國粹，日本之名辭也。吾國言之，其名辭已非國粹也」。〔註16〕在此先不論中日國粹派與國粹思潮的關聯和差異，筆者認為關鍵的一點在於，倡導「漢字統一」並不必然指向「保存國粹」。從「漢字統一會」的創立者和其他日方人員構成來看，他們並非「日本國粹派」，〔註17〕甚至也不

〔註13〕章太炎：《漢字統一會之荒陋》，《民報》第十七號，1907 年 10 月 25 日。

〔註14〕王風：《世運推移與文章興替──中國近代文學論集》，北京：北京大學出版社，2015 年，第 27 頁。

〔註15〕彭春凌：《以「一返方言」抵抗「漢字統一」與「萬國新語」──章太炎關於語言文字問題的論爭（1906～1911）》，《近代史研究》，2008 年 02 期。

〔註16〕《政藝通報》1904 年第 1 號，轉引自鄭師渠：《晚清國粹派──文化思想研究》，北京：北京師範大學出版社，1993 年，第 1 頁。

〔註17〕所謂「日本國粹派」，其基本陣營是 1888 年由三宅雪嶺、志賀重昂、井上円了等人發起成立的「政教社」，此社統合了「哲學館」與「東京英語學校」兩

是廣義上反對「歐化主義」而持有國粹思潮的文化保守主義者。那麼，「漢字統一會」究竟是一個什麼性質的組織？

據日本《教育時論》記載，該會於 1907 年 4 月創立，總裁伊藤博文，會長金子堅太郎、張之洞、朴齊純，副會長端方、嚴修、楊樞、伊澤修二、村井吉兵衛，幹事古城貞吉、木下邦昌、杉山文悟等。〔註 18〕從日方人員的構成來看，伊澤修二顯然是「漢字統一會」實質上的創辦人和運營者，因為木下邦昌、杉山文悟都是伊澤擔任臺灣總督府民政局學務部長時期的舊下屬，共同編寫過開拓期的殖民地「國語」教科書；而會長金子堅太郎與伊澤修二是留美期間的舊識，1877 年伊澤前往哈佛大學理學部進修時，金子堅太郎是法學院留學生，由於伊澤當時正向貝爾學習「視話法」，他們也碰巧成了最早使用電話交流的日本人，歸國以後一直保持著聯繫，後雖同為貴族院議員，但仕途顯然不可同日而語。1885 年金子堅太郎就擔任了第一任首相伊藤博文的秘書，受其委託與井上毅等共同起草明治憲法，其後多次擔任伊藤內閣重要官員，更因日俄戰爭之際為日本爭取到美國援助而大獲功勳，成為在當時具有極大影響力的政治家，請他掛名「漢字統一會」會長自然是方便造勢。還有一個證據可以說明伊澤修二為該會實際創立者，就是在 1906 年中國的《教育世界》雜誌上刊載有署名伊澤修二的文章《呈中國諸提學使意見書：論中國語言及中日韓三國文字之宜統一》，可見伊澤早有此志。

至於另一名日方副會長村井吉兵衛（1864～1926），是明治日本著名實業家，素有「煙草王」之稱，1904 年明治政府為了應對日俄戰爭的財政需要實施煙草專賣法，村井獲得大筆償金，在此基礎上成立村井銀行，在日俄戰爭期間積極向海外拓展業務，應是為「漢字統一會」提供經濟支持。古城貞吉（1866～1949）是日本著名漢學家，歷任東洋大學教授、東方文化學院研究所評議員，所著《支那文學史》為「近代最早的中國文學史」。他在中國比較為人所知，主要還是因為他主持過《時務報》「東文報譯」欄目，翻譯了大量日文報章，與「新名詞」的傳入息息相關。〔註 19〕上述眾人與「政教社」團

個學人團體，刊行《日本人》雜誌，倡言「國粹保存」。對國粹派的意義界定，本義上即以政教社為陣營的思想群體，廣義上也可包括明治二十年代前後所有的文化保守主義者，但通常還是指政教社群體。參考盛邦和：《中日國粹主義試論》，《日本學刊》，2003 年 04 期。

〔註 18〕〈漢字統一会総会〉，《教育時論》第 793 號，1907 年 4 月，第 30 頁。

〔註 19〕關於古城貞吉，參考陳一容：《古城貞吉與〈時務報〉「東文報譯」論略》，《歷史研究》，2010 年 01 期。

體均無相似背景或直接關係，難以稱之為「國粹派」，如果再考慮到此時伊藤博文正在朝鮮擔任「統監」，逼迫高宗退位，強迫朝鮮簽訂新的「日韓條約」，使之淪為實質上的日本殖民地，就不難辨認出創辦和參與這個組織的日本人均與日俄戰爭及日本的海外殖民地擴張（臺灣、朝鮮）有密切關係。也就是說，以伊澤修二為中心的「漢字統一會」，其目的不是為了「保存國粹」，而是作為日本向朝鮮及中國大陸持續擴張其勢力的文化輔翼機構，他們的身份不是文化保守主義者，毋寧說是東亞擴張主義者。

（二）《同文新字典》與「東亞比較音韻學」

「漢字統一會」的業績，至今可考的只有一部《同文新字典》，監修者伊澤修二，1909 年由泰東同文局出版，這也是伊澤主導的一個主要面向中國大陸發行教科書的出版機構，後面筆者將專門探討，此處先集中於這部《同文新字典》，考察其如何踐行「漢字統一」的理念。

字典收錄了約六千個漢字，包括從《康熙字典》、《玉篇》等字書裏取出的五千漢字，「以是認為日清韓三國共通文字可也」，另有不載於字典而通行於晚清社會的新字、俗字，以及日本所作「和字」和少許韓國所作新字，「是實現今交通日清韓三國，關教育經濟政治實業等之思想，最必須不可缺之實用文字」。〔註 20〕排列方式按筆劃總數索引，每一筆劃數下再分列部首順次編排，這種檢索法意味著，它預設了使用者是從已知的漢字字形去檢索讀音和釋義。每一漢字下首先用平假名標注日語的音讀和訓讀；隨之是漢語的官話音（京音），用伊澤修二自製的「新音字」表記；再是韓國的表音諺文；漢語音和韓語音還分別注有片假名發音。隨後則是非常簡略的文言的漢字釋義，最後附有威氏拼音（Wade-Giles romanization system）。從此種收錄和編排形式可見，《同文新字典》正如其名稱所言，主要是建立在三國「同文」的歷史基礎上、對共通的書寫符號「漢字」的不同發音進行表記和互譯的一本工具書。這種情形非常類似於伊澤修二在臺灣推行「國語」教育時所使用的「對譯法」──一種以漢字為中介的日臺語音之間的互譯教學方式，那是在「言文一致」的「國語」（日語）尚未成立的時刻，漢字‧漢文並不與作為聲音的日語對立，甚至反而成了溝通「日語」與「臺灣語」兩種不同的「言」

〔註20〕〔日〕漢字統一會撰：《同文新字典》序，東京：泰東同文局，1909 年，第 7 頁。

所共同的「文」。〔註21〕到了《同文新字典》，此種「對譯法」擴展到了中國的官話音、韓語音和日語音之間，而且認為「三國音韻有互相密接關係」，甚至試圖以此建立「東亞比較音韻學」。〔註22〕

可以看到，這裡面並不存在所謂翻譯現代性意義上的「跨語際」的概念旅行問題。《同文新字典》收錄的基本都是單字，且釋義從古，沒有納入任何的「新名詞」，所收日本製作之「和字」，也是自漢字傳入日本以後從古至今所造並於明治時期流通甚廣的一部分，比如四畫刀部下「匂」，釋義為「日字香馥也」，又如六畫手部下「扨」，釋義為「日俗用發語近乎然字又用偖字」等等。〔註23〕也就是說，《同文新字典》並不創造「現代」概念，只在現有漢字及其既存釋義基礎上進行語音的「對讀」。就此而言，這並不是現代語言學意義上的不同語言之間的「翻譯」，而是共享一套書寫符號的中日韓之間不同的「言」的溝通。伊澤修二相信，通過並置對讀中日韓目前的讀音，可以從中找到一套對應規律，是為「彼我音韻變化之理法」，〔註24〕從而便於三方互相學習語言，建立起一種具有整體性的「東亞」圖景。

這種「東亞比較音韻學」是在什麼意義上得以成立的？與「漢字統一」的關係為何？筆者認為，「比較」意味著，歷史上漢字漢語對周邊地區的單向輸出，變成了被置於同一平臺上的相互比較；而《同文新字典》以「音韻」為主則意味著，視覺上的「同文」已經不再足夠，此時的「聲音」被抬升至了至少不遜於「書寫」的重要地位。「同文」也因而從一種以中國為文化母體的歷史遺產，被轉化為甲午至日俄戰爭前後以日本為主導的用於「經營東亞」的文化工具。在此意義上，「漢字統一」是在清末中日實力逆轉的境況下，日本方面以「比較音韻學」為介質的對「同文」關係的顛覆和重構。

眾所周知，「同文」的關係源起於中華帝國〔註25〕周邊的其他語言對漢字的借用，然而，這種借用並不是只將漢字作為其語音的書寫符號而已。就日語的情況來說，「日語書寫語言的成立，並非意味著固有語言『大和言葉』單純通過漢字這一表記手段而書寫化了。書寫語言日語的成立，意味著將漢字

〔註21〕 關於「對譯法」的詳細情況，參照第二章第二節。

〔註22〕 《同文新字典》凡例，第 9 頁。

〔註23〕 《同文新字典》，第 7、22 頁。

〔註24〕 《同文新字典》序，第 9 頁。

〔註25〕 關於此處「帝國」的定義，以及「帝國」與「帝國主義」的區分，參考第二章第一節。

視為不可避免的他者而日語和日本文化才逐漸在實質上確立起來。對於日語來說，漢字並非附屬的、為書寫化而存在的單純技術性的前提。」〔註26〕在此基礎上，「接受漢字本來是對成就了中國文明的漢字文化之接受。漢字文化不單單是語言學的，它更是一種政治的、社會的、乃至倫理、宗教的文化體系。」〔註27〕作為書寫語言（Écriture）的漢字可以說是中華帝國影響範圍內的「世界語言」（lingua franca），它代表了以儒教和佛教為「世界宗教」、以「朝貢體系」為「自然法」的文化秩序。在引入漢字・漢文作為自身的書寫體系之後，日韓在歷史上又分別發明了各自的表音符號——諺文和假名，但長期作為一種通俗的或非正式的書寫符號，與精英階層所使用的「世界語言」——漢字・漢文體系共存。

相對於韓語的諺文和日語的假名，作為漢字文化的母體，漢語過去並不存在也不甚需要額外的、與漢字並存的表音符號。但是在晚清尤其是甲午戰爭以後，卻產生了種種發明表音的「切音字」、「簡字」、「羅馬字」等文字改革的理論和實踐，其中不少都以日語的假名作為改革的參照對象。在根源上，這種「表音主義」優勢論來自於西方帝國主義的衝擊，日本比中國更早地接納了此種源於歐洲現代民族國家經驗的「言文一致」觀念，因為這種現代語言學的對「聲音」的推崇、將文字單純作為表記符號來加以抽象的知識方式，與18世紀以本居宣長為代表的試圖從《古事記》的漢字表記中去恢復「大和言葉」的態度極其相似，「這曾經是國學式的意識形態，如今則是站在語言、民族之同一性理念上的近（現）代語言學意識形態。」〔註28〕現代語言學與「國學」意識形態的暗合，使日本得以快速接受「言文一致」乃至發明近乎神學式的「國語」理念，從而試圖割裂並顛覆與中華帝國之間原有的文化權力位階。這種以日本國語學之父上田萬年為代表的、聚焦在「漢字廢止論」上面的「言文一致」的「國語」，無論是作為「制度」的歷史進程或作為「思潮」的意識形態，都可以稱之為「漢字圈」近代的「語言國族主義」。

「語言國族主義」（linguistic nationalism）通常被翻譯為「語言民族主義」，

〔註26〕〔日〕子安宣邦：《東亞論：日本現代思想批判》，趙京華編譯，長春：吉林人民出版社，2004年，第284頁。
〔註27〕〔日〕子安宣邦：《東亞論：日本現代思想批判》，趙京華編譯，長春：吉林人民出版社，2004年，第293頁。
〔註28〕〔日〕子安宣邦：《東亞論：日本現代思想批判》，趙京華編譯，長春：吉林人民出版社，2004年，第294頁。

它起源於 18 世紀下半葉至 19 世紀上半葉的德國，是特定歷史時期和政治環境——法國大革命和拿破崙戰爭所激起的受到傷害的德意志的民族感情——的產物。面對強鄰的威脅和開拓海外殖民地的需要，原本分崩離析的城邦亟需建立起一個統一的德意志民族國家，為此，當時的知識分子選擇了「語言」作為凝聚民族主義的基礎。赫爾德（1744～1803）在 1772 年發表的《論語言的起源》認為，人們世世代代的思想、感情、偏見等等都表現在語言裏，說同一種語言的人正是通過語言的傳承而具備相同的歷史傳統和心理特徵，以共同的語言為基礎組成民族是人類最自然最系統的組合方式，而語言就是各個民族最神聖的屬性，也是它們彼此之間最重要的區別性特徵。〔註29〕這樣一種具備對內的共同性、對外的排他性，同時又是「自然」和「神聖」的語言觀，就是建立統一的民族國家最需要以及最有效的意識形態，因此所謂「語言民族主義」的核心內容就是以語言定義民族、以民族組成國家。然而，這種並無太多學理支撐的理論影響卻極大，成為當時以及後來眾多民族國家獨立建國的慣例，「選定某種語言和方言作為國語，制定口語和書面語規範並在國民中大力普及和推廣，使用本民族的語言寫作與出版——這些都是近代以來民族國家立國強國進程的主要內容之一」。〔註30〕

選定「國語」、制定「規範」，意味著「語言民族主義」所信奉的「民族語言」並非自然形成、而是人工造物。所謂「言文一致」，也並不是「記錄」當時的口語，正如但丁用托斯卡納方言寫作《神曲》，實際上卻是通過模仿拉丁文而製作出一門新的「口語體書面語」，從而又反過來規範了當時的俗語，最終形成「意大利語」。這種「言文一致」的標準書寫語言在索緒爾的《普通語言學教程》裏被他稱為「文學語言」，其實質就是一種方言被提升為民族共同體的正式的和共同的語言。作為「與整個民族有關的一切事物的傳達工具」，〔註31〕獲得了特權地位的「文學語言」必然會排斥甚至扼殺其他方言，因此在認識「語言民族主義」對內統合國民的效用時，也不能忽視它在統合過程中暗含的肅清異己的暴力性與專制主義特徵。

〔註29〕 參考陳平：《語言民族主義：歐洲與中國》，《外語教學與研究》，2008 年 01 期。

〔註30〕 參考陳平：《語言民族主義：歐洲與中國》，《外語教學與研究》，2008 年 01 期。

〔註31〕 〔瑞士〕費爾迪南·德·索緒爾：《普通語言學教程》，高明凱譯，北京：商務印書館，1980 年，第 272 頁。

　　有鑒於其中明確的「建立統一的民族國家」的政治訴求，而且通常與本尼迪克特・安德森所說的「官方民族主義」的自上而下的國民統合形式相結合，筆者認為將 linguistic nationalism 譯為「語言國族主義」或許更為合適，尤其是當這一理念滲透到「漢字圈」——過去採用漢字・漢文書寫體系作為「世界語言」的國家和區域，這種語言和民族國家之間「自然」而「神聖」的同一性構造過程就愈發明顯。上田萬年在《國語與國家》（1894.10.8）演講中提出的「日本語是日本人的精神血液，日本的國體主要由此種精神血液維持，日本的人種也因此種最堅實最應永久保存的鎖鏈而不致散亂」，〔註32〕可以說是「漢字圈」範圍內對德意志的「語言國族主義」理論原型的最忠實還原，在此意義上，明治日本以「標準聲音」為中心的「國語」和「國語學」，就是「語言國族主義」的同義詞。

　　如前所述，語言國族主義起於聲音但又不止於聲音，除了「標準口語」以外，「標準書面語」的建立或者說「文學語言」的興起才是安德森所謂「想像的共同體」成立的關鍵因素，那麼過去的傳統書寫形式就會被認為是不合於「標準口語」而需要改造，於是「言文一致」也就成為了近代「漢字圈」文字改革的口號。與此同時，「拼音文字進步、象形文字落後」這一西方舶來的帶著帝國主義色彩的語言文字觀在 19 世紀末也被「漢字圈」的眾多知識分子所接受，因而「漢字圈」的語言國族主義思潮或運動，幾乎必然都產生過「廢除漢字論」。〔註33〕

　　乍看之下，倡導「漢字統一」的《同文新字典》似乎是對此種「語言國

〔註32〕〔日〕上田萬年：〈国語と国家と〉，1894 年 10 月 8 日，上田萬年著、安田敏朗校注：《国語のため》，東京：平凡社，2011 年，第 17 頁。

〔註33〕此處僅是對「漢字圈」各國創製「言文一致的民族國家標準書面語」之過程中「廢除漢字」的慣用邏輯的表述，事實上情況要複雜得多。比如越南的「國語」是由法國殖民者在 1862 年幫忙建立的拼音文字系統，目的是割斷其與「漢字圈」文化傳統也是與「中華帝國」權力秩序的聯繫，這種由西方殖民者主導的、被動的廢漢字，與明治日本主動追求「國語」、排斥漢字的情形不可同日而語。朝鮮 1894 年以來頒令公文使用漢字朝鮮語混用文記載，稱之為「國文」，正式的言文一致運動則開始於 1910 年。另外，朝鮮半島的「國語」進程，也需要考慮近代以來日本對其進行殖民統治的歷史經驗，與臺灣的「國語」（日語）教育相似，存在著「同文」的東亞內部殖民主義的複雜性。也就是說，「漢字圈」的「廢除漢字」，在現象上雖然趨於一致，但內裏卻存在著多方的、多層次的權力關係，並不單純只是出於各國知識分子掙脫漢字束縛、建立民族國家標準語的考量。參考〔日〕村田雄二郎、Christine Lamarre 編：《漢字圈の近代》，東京大學出版社，2005 年。

族主義」的反動，因為從伊澤所作該字典序文來看，他不僅不要求廢除漢字、各用音字，還特別強調「夫漢字者，於交通東亞五萬萬生民之思想，不可缺之利器也」。〔註34〕與此同時，也正視漢字文化在東亞世界裏傳播和流佈的歷史：「我國（按：日本）應神帝時，百濟人始傳漢籍，自是厥後通經學古之士，致心於漢字讀法者，日益多。……邦人所創作新字之漸加，……於是可見和化漢字，而增作和字之事實焉。」〔註35〕不同於18世紀「國學家」斥之為「漢意」、或近代「國語學家」視其為支那語・支那文，伊澤修二並不把漢字看作污染民族語言純潔性的外來入侵之物，而是承認它屬於內在性的歷史，甚至將明治以來翻譯西學而誕生的「新名詞」也納入漢字「孳乳」的過程：「迄近世我國輸入泰西文化，不獨醫學、兵學、文學、法學，於世間日用必須，增加若干漢字，或附加新字義，是理勢之所使然，而亦孳乳之義宜如是也。」〔註36〕這一條漢字在東亞世界生滅代謝、推陳出新的文字符號史脈絡，與前述聲音中心的「語言國族主義」的思考方式非常不同。

但是，這並不意味著復歸到舊有的書寫中心的「同文」關係上。因為過去作為「文」的漢字，其實不需要「言」的溝通，無論韓國還是日本，都使用或音讀或訓讀的方式學習漢字・漢文。對於共享漢文傳統的精英階層來說，即便語言不通，也不妨礙與他國人相互筆談；若是目不識丁的下層民眾，就算是同屬一國也可能因為方言差異而無法用口語溝通。也就是說，過去的「同文」是一種能夠穿透國界的精英文化，如今的「同文」則是以國語統一為前提的漢字的共享。如前所述，《同文新字典》幾乎是一本中日韓之間的「讀音對照工具書」，它不止於「識字」，還要求知道同一個漢字在別國的「標準語」中該怎麼讀。那麼，這種「比較音韻學」建立的前提就是語言國族主義所促生的「標準語」和「國語」觀念。因此，它以一種看似復歸「同文」歷史的方式，其實凸顯了「聲音」在這一時代被推上了前臺，也因而並不對立於「語言國族主義」，反而恰恰是建立在這種現代的語言學認識論之上。

（三）伊澤修二的「新音字」與王照的「官話合聲字母」

既然日語和韓語已經有了表音的假名或諺文，那麼伊澤修二在《同文新字典》裏的主要任務就是給漢字注上漢語標準音。這聽起來似乎接近1913年

〔註34〕《同文新字典》序，第1頁。
〔註35〕《同文新字典》序，第3～5頁。
〔註36〕《同文新字典》序，第3～5頁。

「讀音統一會」的工作，但是與讀音統一會「每字就古今南北不齊的讀音中擇取一音」來定為「國音」的路徑不同，他一開始就認定了「北京官話」為「標準音」，這背後顯然具有非常明確的「國語」意識。不僅在 1902 年與吳汝綸的會面談話中提出以「國語統一」來培養國民之愛國心，伊澤修二更在 1906 年清政府派遣提學使東遊日本時就其「中國文字太深、語言不一」之發問，明確建議將「北京官話」作為「標準語」來實現國語統一，並詳細說明北京官話如何符合標準語須具有的「簡賅明瞭」、「威嚴足以服人」、「國人多數通曉」之三大特徵。〔註37〕因此，在中國的「國語」標準成立之前，《同文新字典》就已先選定了北京官話來分析聲韻、製作音字。

　　當然，這並不是他第一次介入漢語音韻研究。從1890年前後學習北京官話、1895年寫下《日清字音鑑》以來，伊澤修二始終以留美期間所習得的「視話法」來進行漢語研究，尤其是在卸下臺灣總督府學務部長職務之後，研究的重點從臺灣語又回到了北京官話。1904年相繼出版的著作《視話應用清國官話韻鏡》與《視話應用清國官話音字解說書》，用「視話文字」（一種標記口型與舌位高低的字母）對照一種表記北京官話音的「新音字」，而不再使用《日清字音鑑》裏面用日語假名表記的簡便做法，也就更為精確地分解了北京官話的聲韻。不過，因為大範圍地沿用王照所製之「官話合聲字母」，伊澤的此種「新音字」曾經惹得王照十分惱怒。在其 1906 年再版的《官話合聲字母》例言中，王照強調「清輕重濁、開口合口」或隨喉音（韻母），或隨音母（聲母），直斥「日本伊澤修二不明此理，剽竊此本妄加增改，謬矣」。〔註38〕的確，這兩份切音方案可說十分相似，根據羅常培《國音字母演進史》之分析，王照的「合聲字母」有「字母」（聲母）五十、「喉音」（韻母）十二，「至其所以聲多韻少者，則由王氏以介音（i）（u）（y）屬於聲母故也」；伊澤的「新音字」有「子音」（聲母）五十五、「母韻及韻尾」（韻母）三十，「以『衣，烏，迂』三介音拼入子音與官話字母同，形體亦大致相近」。〔註39〕王照認為「妄加增改」的部分，其實是伊澤把拼入聲母的三介音（i）（u）（y）及其前

〔註37〕〔日〕伊澤修二：《呈中國諸提學使意見書：論中國語言及中日韓三國文字之宜統一》，《教育世界》第 134 期，1906 年。

〔註38〕王照：《官話合聲字母》（1906 年復刻版），北京：文字改革出版社，1957 年，第 13～14 頁。

〔註39〕羅常培：《國音字母演進史》（1934 年復刻版），太原：山西人民出版社，2014 年，第 42、53 頁。

鼻韻母、後鼻韻母又再次放入了韻母表。當然，從聲韻分切的角度來說，伊澤修二的韻母系統顯然更為完備，但由於聲母跟王照一樣聲韻劃分不徹底，反而導致體系繁雜。而且，王照也不是沒分清（i）（u）（y）三介音同時也是韻母，只不過他一方面為了壓縮韻母的數量，另一方面又考慮到如果採用聲—介—韻的「三拼法」的話，切音字數量雖然可以更少些，但比起「兩拼法」來說拼切規則更為複雜、學習起來更費腦力，幾番修改之後才定下了如上格制。

　　從伊澤「新音字」對王照「合聲字母」之借鑒和二人音韻理念之分歧，其實可以一窺中日知識官僚在清末的語言文字變革和教育體制改革的互動中，各自攜帶的不同背景與動機。王照的「合聲字母」為避戊戌黨禍逃亡日本時所得靈感，在庚子年他又潛回天津閉戶造字、創辦「字母義塾」從事下層階級啟蒙教育，在日期間二人並無直接接觸，但從後來各自的著作序文中可見都相互瞭解到對方的工作。對於伊澤修二從何處知曉王照的「合聲字母」，現行研究持有二說：一為從吳汝綸處得知；〔註40〕二為從直隸學政官員嚴修處得知。〔註41〕從各自交遊的密切程度來說，吳汝綸是在東遊日本時才知道王照的合聲字母，與伊澤見面也僅兩次。而王照潛伏天津創制官話字母時，嚴修就曾捎帶清聖祖康熙命李光地所作「國書合聲之法」《音韻闡微》給他作參考，後為避免暴露王照身份，只說此套方案是從嚴修家傳出，嚴修的家眷僕役也都學習了這套合聲字母。另外，1902～1904 年間，嚴修也曾兩次東渡日本考察學務，與伊澤修二在教育行政、泰東同文局在中國的事業開展、教科書編撰、音樂教育等等方面有密切交流，1907 年還擔任了「漢字統一會」的副會長之職。在私人層面上，伊澤也曾協助嚴修之子入讀東京師範學校。如此可見，與二人都有較多交往、並且更為瞭解「合聲字母」創製過程的嚴修，更有可能是「合生字母」與「新音字」之間的中介人。

　　雖然同是為「北京官話」分析音韻、製造「音字」，同樣都認可現代民族國家的「國語統一」理念，也都堅持要保留漢字書寫傳統，伊澤與王照二人之間的攻防姿態卻顯而易見。

〔註40〕　參考〔日〕長尾景義：《王照と伊澤修二——清末文字改革家の日本との交涉》，《集刊東洋学》43，1980 年 05 月。
〔註41〕　參考朱鵬：《伊沢修二の漢語研究（下）》，《天理大学学報》53 卷 1 號，2001 年 10 月。

正如王照在 1913 年參與「讀音統一會」時，尚且認為其宗旨規程「玄虛荒謬，不可殫述」，因為他製作合聲字母的本意就不是給漢字／文話注音，而是拼切白話的「聲音」來用於掃盲，改變「文人與眾人如兩世界」〔註 42〕的精英與大眾之分裂現狀，將原本屬於口語文化中的「眾人」轉化為最低限度識簡字的現代意義上的「國民」，讓他們接受「普通教育」。無論是壓縮韻母數量或是堅持「兩拼法」原則，王照的合聲字母從其誕生到其格制，都是為無力讀書、無暇讀書的大眾所設。伊澤修二在同一時期介入漢語音韻研究，一方面在語言國族主義的前提下強調「標準音」的必要性，另一方面利用「視話法」精確模擬北京官話音的口型與舌位，既是為了日本人學漢語之用，也是為了以中日韓之間的「比較音韻學」為中介重新構造「東亞」的同文關係，這就是「漢字統一會」的實踐目標。「伊澤的漢語研究是在明治日本這一近代國家的構造內，在國語改革、臺灣統治、對大陸的利權擴大過程中被賦予了意義，也是他參與國內、國際政治的武器之一；與之相對，瀕臨被列強瓜分的亡國危機，19 世紀末的中國為了救國強國，通過啟蒙運動徹底改造傳統文化、摸索新社會的運動，不僅是康有為、梁啟超等在野維新派也包括了清廷一部分官僚的行動，王照的官話合聲字母正是在這樣的背景中誕生的。」〔註 43〕

更進一步說，王照以「口語」（Orality）改造「書寫」（Écriture），將曾經的「世界語言」（lingua franca）收縮轉換為民族國家語言，尚屬一種自顧不暇的防禦型姿態；而伊澤則是在「日語」以語言國族主義的方式要求脫離「漢字圈」時，在承認各自「國語」的「東亞比較音韻學」基礎之上，將漢字重新召喚回來並擴大重構為「東亞」的新的共同文化，已是一種進攻型態度。漢字本非日本所創，但伊澤修二表示編撰《同文新字典》是「為裨益東亞文明之一端」，〔註 44〕「余素不以漢學者自任，不過經歷如此，於新文明所要之漢字，略窺梗概而已」。〔註 45〕

「漢字統一會」之行動表明，通過「規仿泰西」而佔據了「文明」高地的明治日本，經歷甲午與日俄兩次戰爭勝利後，亟欲將中韓納入自己的勢力

〔註 42〕 《清末文字改革文集》，北京：文字改革出版社，1958 年，第 19 頁。
〔註 43〕 朱鵬：《伊沢修二の漢語研究（下）》，《天理大學學報》53 卷 1 號，2001 年 10 月。
〔註 44〕 《同文新字典》序，第 6 頁。
〔註 45〕 《呈中國諸提學使意見書：論中國語言及中日韓三國文字之宜統一》。

範圍之內，漢字就成為了最便捷的文化工具，以製造所謂「同文同種」的東亞連帶意識。如其會長金子堅太郎所言：「今後我邦之應靠羅馬字益輸入歐美文化，固不待論。但能咀嚼消化之，再恃漢字以輸出諸亞東大陸，以輔清韓兩國之文化之不足，捨我邦其誰哉！雖世界各國之多，且歐美文化之為最先進之國，此後將東西兩球之文化，薈萃一處，陶冶一爐，別造出東洋一新文化之要素者，恐除我邦之外，不知復有何國在焉。」〔註46〕言談之間的優越感，自不待言。值得注意的是，「漢字統一會」並不反對「羅甸字母」，「靠羅馬字輸入歐美文化」與「再恃漢字以輸出諸亞東大陸」可說是辯證統一的。「漢字統一」也因而是一種披著「同文同種」外衣、實質上三國地位並不平等的文化擴張主義：自詡「先進文明」又佔據「同文之便」的明治日本，已然將中韓劃作自己的囊中之物，意圖造就所謂「東洋文化」而自身便是「當仁不讓」的執牛耳者，從而與其他在東亞擴張勢力的西方列強抗衡。

（四）「用國粹激蕩種姓」：章太炎論「漢字統一會」之荒陋

「漢字統一會」與其說是「漢字文化圈」共同的文化行動，實際上恐怕只是日本單方面甚至是伊澤修二本人的一廂情願。

1907 年 10 月 25 日，當時在日本的章太炎於《民報》上發表《漢字統一會之荒陋》一文，質問張之洞「蓋略知小學者也，亦含糊與此會，何哉」？〔註47〕但據學者考證，張之洞直到漢字統一會成立的第二年才獲知入會訊息，實則也並未參與會務事宜，表明他已無心再回復至戊戌至辛丑期間對「日本渠道」的信任態度，他對「漢字統一會」的認識也僅停留在「維持漢學」的表面而已，並不知該會以「東洋文化」之引領者自居而意圖擴張的實際性質，「而且親歷了日俄戰爭的現實，張之洞等中國士大夫業已完全拋棄了『人種同盟』的幻象，對近代外交中的國家利益亦有更為深刻的理解」。〔註48〕說到底，張之洞、端方等人，不過都是被日方拉去掛名而已，與伊澤修二有直接接觸的，事實上只有嚴修，也僅是基於同為近代教育開拓者的相似背景。在「漢字統一會」成立後，伊澤修二開始中國大陸之行，在天津特別去考察了嚴修的南

〔註46〕《同文新字典》序，第 13～14 頁。
〔註47〕章太炎：《漢字統一會之荒陋》，《民報》1907 年 10 月 25 日，收入《太炎別錄卷二》時，改名為《論漢字統一會》，內容不變。此處引文見《章太炎全集》第四冊，上海：上海人民出版社，1985 年，第 319 頁。
〔註48〕參考陸胤：《從「同文」到「國文」──戊戌前後張之洞系統對日本經驗的迎拒》，《史林》，2012 年 06 期。

開中學堂，1908 年返回日本以後在東亞同文會的例會上還誇讚其制度設施較之日本更為完備。然而從嚴修的書信、日記來看，涉及伊澤修二的記述也並不多見，在辛亥革命尤其是「二十一條」後，嚴修毋寧說斷絕了與日本人士的來往。〔註 49〕另外，在當時除日本外務省在華所辦之《順天時報》外，中國境內並未有其他報刊或團體介紹宣傳「漢字統一會」，更遑論有任何實際的組織或行動。

然而無論是張之洞並未與會、亦或是漢字統一會並無多大實際成效，都屬後見之明，關鍵在於它確實在一個微妙的時間點——清末文字改革尤其是切音字運動達到高潮期間出現，同時又試圖攀附於晚清新政學制改革與近代教育轉型進程中的重要人物來擴大其影響。漢字統一會的此種積極「介入」，秉持的是所謂「同文」傳統，打的則是「漢字」的旗號，這就觸碰到了章太炎最為敏感的神經，自然要針對此番「以賣餅家而製大官之羹劑」的不自量行為，譏之以「日本之規設此會者，皆素不識字者也」。〔註 50〕

章太炎對漢字統一會的不滿，歷來論者多偏重於討論該方案「選擇常用之字以為程限」，而章太炎認為這將會阻塞漢字革新之路，為了抵抗「漢字統一」則需要「一返方言」，順此路徑即進入《新方言》的「語言文字之學」，體認他不同於常俗的獨特的「言文合一」方案。〔註 51〕的確，這篇短文的大半篇幅，都在陳述他的近作《新方言》的治學理路，對於日本人要如何限制漢字，章太炎是不在意的，他的對話對象毋寧說是當時國內沸沸揚揚的各類文字改革方案——改革文體的白話文、製作方言拼音的切音字，尤其是針對漢字「繁難」的種種詬病。這些主流的看法無非是要求用簡易的字體或文體替代繁難的漢字或古文，以合於當下的語言，從而創製出「言文一致」的民族國家共同語，多多少少都帶有「語言國族主義」的趨向，尤其是以拼切官話而臻至「國語統一」的方案更是如此。在他們看來，漢字已經不適用於當下形勢，無論是從統合國民的效果還是從引入西學的效率來看，漢字業已成為救國的障礙。章太炎駁斥的，正是此種將漢字視為可隨手棄擲的形下之器

〔註49〕 朱鵬：《伊沢修二の漢語研究（下）》，《天理大学学報》53 卷 1 號，2001 年 10 月。

〔註50〕 《章太炎全集》第四冊，第 322 頁。

〔註51〕 對「一返方言」的充分論述，參考彭春凌：《以「一返方言」抵抗「漢字統一」與「萬國新語」——章太炎關於語言文字問題的論爭（1906～1911）》，《近代史研究》，2008 年 02 期。

的「言文一致」觀，相形之下，竟是日本人要求保留漢字，「遵循舊文，勿令墜地」，倒能「微顯闡幽之義」，不得不說是對國內廢漢字趨勢的一種警示。

筆者認為，章太炎借駁斥「漢字統一」之「荒陋」而陳述「一返方言」之理想，至少有兩個層面的問題值得我們思考。一是漢字的「世界性」和「民族性」問題：它是「器具」還是「文明」，是「東亞」還是「中國」甚或是「漢種」的文化傳統？是「進步」還是「落後」，該「廢除」還是「保存」，若要保存又該由何種主體、以什麼方式來保存？當然，這在過去其實都不成其為「問題」，正是清末的「世變之亟」促生了上述種種思維分歧乃至誕生了新的知識範式。二是章太炎「一返方言」的「言文合一」，針對當時白話文、切音字方案在語言和文字關係方面的認識有何獨到之處？他的文化民族主義式的「語言文字之學」與漢字圈的「語言國族主義」在構造民族國家想像的方式上又存在著什麼異同？

對於章太炎來說，漢字無疑是民族性的、「漢種」的「文明」，他的「語言文字之學」就是要保存「國粹」，而他的目的與白話文和切音字運動的號召者其實是一致的，都是試圖以改造語言文字來再造新的民族文化，只不過他的路徑不是「委心遠西」，而是「光復舊物」。1906 年 7 月 15 日，「蘇報案」出獄後第三度赴日的章太炎在東京留學生歡迎會上提出：「為甚提倡國粹，不是要人尊信孔教，只是要人愛惜我們漢種的歷史。這個歷史，是就廣義的說，其中可以分為三項：一是語言文字，二是典章制度，三是人物事蹟。」〔註52〕至 1911 年 11 月回國為止，在日期間他「提獎光復，不廢講學」，所授「國學」在結構上基本「分小學、文學、諸子學三類」，而「語言文字」最是「國故之本」。〔註53〕與此同時，1907 年 10 月，章太炎開始在《國粹學報》上連載《新方言》，1909 年增改後成書出版，自詡為「懸諸日月不刊之書」，〔註54〕可見此時期他對建立「語言文字之學」與「國粹」之間聯繫所傾注的心力實非一般。

當時無論提倡「白話文」或「切音字」，甚或贊成「新名詞」的知識分子，多少都存在著語言文字工具論的傾向，就連其中最是規仿泰西、步武日本的拼音化思潮，也從未產生將「聲音」視作民族本源的思維方式，也就是說前

〔註52〕 章太炎：《東京留學生歡迎會演講錄》，《民報》第六號，1906 年 7 月 25 日。
〔註53〕 參考王風：《章太炎語言文字論說體系中的歷史民族》，《世運推移與文章興替——中國近代文學論集》，北京：北京大學出版社，2015 年，第 20～22 頁。
〔註54〕 章太炎：《論漢字統一會》，《章太炎全集》第 4 冊，第 320 頁。

述王照、勞乃宣式的模仿語言國族主義設計的「國語統一」方案，卻並不具備原版的「自然性」和「神聖性」，那麼「聲音」與「國家意識」之間就缺乏必然的邏輯鏈條，甚至種種拼切方言的方案還有可能抬升地方性的「聲音」而有損「國家」的權威。而且，由於切音字的製作者基本都不要求廢除漢字，大多也承認漢字是「國粹」的代表，這就挑明了切音字是比漢字‧漢文書寫系統要「低一等」的實用主義的「普通教育」，那麼接受並使用切音字作為讀寫工具的「下層民眾」，實質上始終只能是被啟蒙的客體，而非理論上的民族國家的主體。這種「聲音」與「國粹」（漢字）的脫節，也就是有論者指出的「一國兩文」無法解決當時「國民」與「國粹」之間的緊張關係：「若切音字無法寄託民族精神，則塑造國民的任務仍需由漢字擔任；然雙軌制方案把『保存國粹』這樣的任務交付『上流社會』，又無異於認可『下流社會』可以無須此『精神』，則『國民』二字有何著落？且若『國粹』只對『少數人』有意義，則又有何資格言『國』？」〔註55〕這其實就是語言國族主義或說「國語統一」所缺一不可的「國民統合」和「民族文化」之間無法調和的問題。而清末白話文所設想的也是這樣一種雙軌並行的方案：「一修俗語，以啟淪齊民；一用古文，以保存國學」，〔註56〕同樣無法處理「國民」與「國粹」的矛盾，直到「五四白話文」以一種部分犧牲「國粹」（保留漢字、廢除古文）的方式造就了統一的「言文一致體」，暫時（但並未徹底）解決「國民統合」的難題。

章太炎的「語言文字之學」，正是在學理上抓住了清末「國語統一」與「言文一致」諸種爭議的命門，以釜底抽薪的方式重新闡釋「言文合一」，從而化解「國民」與「國粹」之間的衝突。他認為當時白話文運動倡導的所謂「言文一致」，文法近於小說演義，用詞多為唐宋文人所造，「何若一返方言，本無言文歧異之徵，而又深契古義」。〔註57〕很多今日已難以書寫的方言詞並不是「有音無字」，只不過長久以來被遺忘了，它們身上蘊含著上古、中古漢語的音義血緣，而《新方言》就是一本為今日方言尋找古老本字的譜系圖。值得注意的是，章太炎並不認可漢字形體具有獨立的價值，他繼承的是乾嘉樸學「因聲求義」的小學傳統，「形」的重要性在於它是「聲」和「義」寄寓的

〔註55〕 王東杰：《一國兩文：清季切音字運動中「國民」與「國粹」的緊張（下）》，《學術月刊》，2010年9月。

〔註56〕 劉師培：《論文雜記》，《國粹學報》第1期，1905年2月。轉引自胡全章：《清末白話文運動》，北京：中國社會科學出版社，2015年，第14～15頁。

〔註57〕 《章太炎全集》第四冊，第320頁。

場所，正所謂「形為字之官體，聲義為字之精神」，〔註58〕從字形追根溯源，便能求得「本義」。但是，相較於排斥「義理」的乾嘉樸學，他又在面臨清末的時代問題時，召喚回了被清儒所封閉的實踐主體，讓「因聲求義」不再是技術性的「小學」，而成其為恢復古文經學乃至先秦諸子學之精神與義理的「語言文字之學」。〔註59〕在此意義上，「言文一致」脫去了西學和工具論的色彩，在民族的語言（文字）歷史中找到了形而上的精神支撐──承載「國粹」的漢字不是俗士認為的「死文字」，而是「民族語言」的遺跡，又能夠從各地方言現存的「活語言」中再度復活其「古義」，即「簡稽古語，以審今言，如執左券，以合右方之契，雖更千載，而豪忽未嘗相左」，〔註60〕於是「聲音」與「民族國家」的神聖關聯便無須「生造」，只須「識字」。

「一返方言」的「言文合一」試圖以一種追本溯源的方式解決「精英與民眾」、「國家與地方」的分裂，這恰是清末的白話文與切音字運動孜孜以求卻又難以解決的困境。在這個完美的藍圖裏，「識字」就是將自己的方言與漢字的形體以及上古聲義相結合，「言文一致」也就不是一個自上而下的「國語統一」式的「國」凌駕於「民」之上的壓抑機制，而是通過漢字的解碼來自主追求內在的民族精神，「愛惜我們漢種的歷史」。不同於「被啟蒙的客體」，由「識字」構建的「文化主體」即便不能抵禦「亡國」，至少也能抵禦「亡天下」──對於章太炎來說，那才是真正的民族絕境。

「識字」並不是固守漢字的形體，而是辨其聲義、知其精神，這就是章太炎斥「漢字統一會」為「荒陋」的理由，因為他們「欲效秦皇同一文字」，也就是將漢字封禁在了有限的死亡的形體裏。而且「日本與中國名為同文，其源流固絕異」，〔註61〕章太炎不止一次指出漢語、日語與漢字的關係存在著本質差異：「日本語言故與漢語有別，強用其文以為表識。稱名既異，其發聲又財及漢音之半，由是音讀訓讀，所在紛猱。」〔註62〕所謂「音讀」是直接引入當時的漢語音，隨時間流逝也產生了一定變化；而「訓讀」實質上是翻譯，把漢字的意思翻譯為「大和語」中原有的詞（有音無字）。因此，在聲音

〔註58〕章太炎：《國學略說》，臺北：河洛圖書出版社，1974年，第6頁。

〔註59〕參考黃錦樹：《章太炎語言文字之學的知識（精神）系譜》第三、四章，新北市：花木蘭文化出版社，2012年。

〔註60〕《章太炎全集》第四冊，第322頁。

〔註61〕《章太炎全集》第四冊，第319頁。

〔註62〕章炳麟：《駁中國用萬國新語說》，《清末文字改革文集》，第91頁。

與符號的關係上，日語自有書寫以來，始終是「言文不一致」的。更複雜的情況在於，假名也不一定就「言文一致」了，因為它產生於漢字傳入之後，既可表記「訓讀」的詞也可表記「音讀」的詞，也就是說既有民族語言，也有漢語外來語。就如《同文新字典》中的漢字的日語讀法常常有兩種甚至多種假名表記，這的確可說是「凌雜無紀」、「所在紛猱」。但是漢語與漢字因為「語言文字出於一本」，所以是「稱名合一」的，也就是說在聲音與符號關係上，漢語和漢字本不存在「言文分離」的情況，自然也就不應傚仿日本經驗的造音字、廢漢字思路。因此，所謂「同文」只是表象，是「不識字」之謬論，在章太炎的語言文字譜系學裏，漢字始終是民族性的符號，連結著上古聲義與民族本源性的想像。

然而這似乎非常近似於以語言定義民族、以民族組成國家的語言國族主義的思維方式，那麼應如何去認識這其中的異同？首先須指出的是，章太炎的語言文字之學既是通過追古溯源來凝聚國民認同，那麼無疑具有文化上的本質主義立場。當然，這種文化本質主義的漢字觀既源於時代的焦慮，也代表著章太炎個人的、特殊的學術取向與精神寄寓。從建構現代民族國家的意圖來說，他的語言文字觀的確與語言國族主義在目標上趨於一致，但是，他從當代的各地方言去勾連漢語上古聲義系譜的做法，顯然與語言國族主義選定某地（通常為政治中心）的方言再將其提升為「國語」的方式非常不同，這種「不齊而齊」的文化主張有利於維持差異的平等，抵禦國家主義專制權力對民族文化多元性的壓抑。〔註63〕其次，章太炎的語言文字之學與舶來的語言國族主義同樣重視「聲音」。只不過，模仿語言國族主義的「因聲造字」只看當下、不問源流，自然認為漢字與漢語已經言文分離，而章太炎則通過「因聲求義」以史鑒今、追源溯流，證實「本無言文歧異」，從而指出「聲音中心」與「廢除漢字」之間不僅沒有必然的聯繫，反倒是因為漢語漢字本就言文合一才需要保存漢字。然而「漢土自中唐以降，小學日微，其茫昧幾與日本等」，〔註64〕清末士大夫也如漢字統一會的日本人一般「不識字」了，在涉及民族文化本源的問題上竟也「事事崇信日本」，不僅有效假名而造音字者，也有吸收日本人所造漢字「新名詞」者，漢字的民族性愈發模糊。

〔註63〕「不齊而齊」的闡發集中於章太炎以佛解莊的著作《齊物論釋》，上海：右文社，1900年。

〔註64〕《章太炎全集》第四冊，第321頁。

　　問題的複雜性也就在這裡。畢竟，漢字・漢文在歷史上的確影響了周邊各國，或說在華夷秩序中被認為是「夷」的民族，不管漢字與其各自語言的關係如何，「同文」仍是一種歷史事實，也是受過漢學教育的日本人能夠發起「漢字統一會」的知識前提。但如前所述，「漢字統一」不能認為是日本的國粹主義，因為假名才是連結了聲音和民族本源想像的載體，在此基礎上成立的日本的「國學」本就有排斥漢字的內在要求，因而「漢字統一會」的宗旨實為利用和改造「同文」傳統來為日本謀求大陸利益。而且，「新名詞」的風靡說明了漢字作為視覺性符號仍然具有穿透民族語言和國家邊界的能力，這是「形」對「聲義」的超越，雖然從章太炎由「小學」發展而來的「語言文字之學」來看非常不可取，但畢竟成了時代的主流。就此而言，《同文新字典》的序文大談「今後我邦之應靠羅馬字益輸入歐美文化，固不待論。但能咀嚼消化之，再恃漢字以輸出諸亞東大陸，以輔清韓兩國之文化之不足，捨我邦其誰哉」〔註65〕的豪言壯語，對照現實情況來看也並非沒有底氣。

　　如此便不難理解，當時《國粹學報》創刊號序文裏表露出的對「同文異種」的焦慮：

> 則其始慕泰西。甲午創後，駭於日本，復以其同文地邇，情洽而收效為速也，日本遂奪泰西之席，而為吾之師，則其繼尤慕日本。嗚呼！亡吾國學者，不在泰西而在日本乎！何也？日本與吾同文而易殽也。譬之生物焉，異種者，雖有複雜，無害競爭；惟同種而異類者，則雖有競爭，而往往為其所同化。泰西與吾異種者也，日本與吾同種而異類者也。是故不別日本，則不足以別泰西。〔註66〕

　　面臨漢種被異類者「同化」的民族危機，因而產生了對漢字的「潔癖」和民族性的指認。當然，以章太炎為代表的清末國粹派面對的壓力並不直接來自於日本影響甚微的「漢字統一」，更多其實是源於自己民族內部革新進程裏主動同化於西學和東學的風潮，在他們看來，「國學」不存，則「國界」和「種界」必不能守。但不能忽視的是，上述引文緊接著將「外族專制之朝廷」也劃入了「同種異類」的範圍，與日本相似，皆為「亡吾國吾學者也」，足可見「國學」在當時具有排滿革命論的性質。

〔註65〕《同文新字典》序，第13～14頁。
〔註66〕黃節：《國粹學報敘》，《國粹學報》第1期，1905年2月。

　　最後，章太炎的語言文字之學沒有語言國族主義所蘊含的國家主義色彩。除了前述以「不齊而齊」維繫地方差異性來反對專制主義的方言觀以外，如果我們注意到與《漢字統一會之荒陋》同期出現在《民報》第十七號上的《國家論》一文，就會更清晰地認識到章太炎對「國家」本身的揚棄。在《國家論》中，章太炎寫道：

　　　　一、國家之自性，是假有者，非實有者；二、國家之作用，是勢不得已而設之者，非理所當然而設之者；三、國家之事業，是最鄙賤者，非最神聖者。此義云何？第一義者：凡云自性，惟不可分析、絕無變異之物有之；眾相組合，即各各有其自性，非於此組合上別有自性。……要之，個體為真，團體為幻，一切皆然，其例不可以僂指數也。〔註67〕

　　「個體為真、團體為幻」拒絕將「各各有其自性」的個人消解於集團性的「國家」裏面，這與語言國族主義以「標準語」製造同質性的國民從而組成民族國家的路徑完全不同。也可以說，章太炎以「一返方言」而追古溯源建構起來的民族文化與民族主義共同體，是保留異質性的個體所組合的集體，也是不被現代民族國家意義上的「國家」概念所能夠收編的民族主義。〔註68〕

　　「用國粹激蕩種姓」拒絕「同文」傳統，重造漢字的民族性，是在清末革命與日本向大陸擴張的態勢中，所形成的一種防守型的文化民族主義，同時又兼有革命的意識形態，不能以「保守」視之。然而，將漢字‧漢文收縮為漢種的精神本源，在取向上也暗合了在日本倡導「國語」、將漢字‧漢文排斥為「支那文」的語言國族主義的論調，反倒是否定了看似「維持漢學」、「遵循舊文」的「漢字統一」。由上述十九世紀末二十世紀初種種涉及語言文字改革的複雜交集可見，當我們從「漢字圈的解體與重構」這一整體性的框架來審視清末的國語思潮時，就無法再使用保守／革新、國粹／西化這種簡單的二元對立圖式去解釋在漢字存廢問題上的分歧，在國族想像與國家建構進程中存在著多極的意識形態光譜，只有還原到歷史現場才能辨其細微差異所在。

〔註67〕《章太炎全集》第 4 冊，第 457～458 頁。

〔註68〕關於章太炎的《國家論》對黑格爾國家理論的批判性，參考林少陽：《鼎革以文：清季革命與章太炎「復古」的新文化運動》第二編第五章「否定國家的立國者——章太炎的國家理論及其黑格爾批判」，上海：上海人民出版社，2018年。

三、清末新政中日合編「國定本」教材裏的「東亞」圖景

（一）《東亞普通讀本》與「同文同教」論

　　在 1902～1903 年的壬寅・癸卯學制改革以後，清末的教育界掀起了近代教科書翻譯、編輯、出版的高潮，其中《東亞普通讀本》（1905）是一本較為罕見和特殊的教科書。據考證，它的特別之處在於，既是一部「中日合編」的教本，也是目前所知最早的「國定本」教科書。〔註 69〕當時新式教科書實際採用「國定制」與「審定制」並行的編審制度，事實上民間出版社如商務印書館等編撰的「審定本」佔據了絕對的主導份額，而「國定本」一般指的是從 1905 年學部成立至清廷覆滅前，由學部編譯圖書局編纂出版的教科書。如此一來，《東亞普通讀本》的定位實在有些尷尬：一方面它出版發行在學部成立之前，與通常所說的「國定本」不屬於同一體系之下；另一方面它看似「中日合編」，實際上完全脫胎於明治天皇的「帝師」元田永孚在 1882 年編寫的修身教科書《幼學綱要》──這一點似乎未被國內研究者所注意，但卻是理解這部修身教科書乃至其中「東亞」意味的關鍵所在。〔註 70〕

　　由現存藏本可見，《東亞普通讀本》分為六卷，著者伊澤修二，校補者為京師大學堂教官江紹銓，另由直隸學務處督辦、翰林院編修嚴修審閱，1905 年 5 月印刷於東京，由泰東同文局發行。泰東同文局是伊澤修二在 1899 年發起成立的一家面向清末新政所需之新式教科書編撰出版的機構，在此前後，伊澤修二與東渡日本考察學務的吳汝綸、羅振玉、嚴修等主導清末教育改革的學務官員和教育家都積極接觸，最廣為人知的便是向吳汝綸傳遞「國語」觀念，可說是清末「國語思潮」裏的一個重要「事件」。以往通常從中國向日本取經的視角來探討庚子後的中日教育文化交流活動，但事實上，謀求泰東同文局在中國的事業開展也是伊澤修二在此時期積極接觸中國學務官員的動力，因此可說是一個「雙向」的、各有意圖的互動過程。審閱《東亞普通讀本》的嚴修就曾在 1902～1904 年間兩次私費東渡日本，與伊澤修二有密切來往，伊澤還曾協助嚴修之子入讀東京師範學校，而嚴修也相應在泰東同文局向中國的發行事務上多有幫忙。〔註 71〕1904 年，嚴修受袁世凱舉薦充任直隸學校司督辦，成

〔註 69〕 參考畢苑：《一部百年前中日合編的教科書》，《讀書》，2010 年 12 期。

〔註 70〕 參考方光銳：《伊沢修二と「東亜普通読本」──「幼學綱要」との関係について》，《中国研究月報》第 66 卷第 6 號，2012 年 6 月。

〔註 71〕 朱鵬：《伊沢修二の漢語研究（下）》，《天理大学学報》53 卷 1 號，2001 年 10 月。

為袁世凱幕下推行教育新政的核心人物，1905 年 12 月清政府成立學部時，袁世凱又奏保嚴修為學部侍郎，在 1907 年 9 月底張之洞接管學部之前，學部許多計劃、章程主要出自嚴修之手。因此，《東亞普通讀本》在中國得以發行，主要是通過北洋集團的教育新政途經而獲得了清廷的認可，甚至還得到慈禧太后和光緒帝「御閱欽賜嘉獎」，〔註72〕在此意義上確可稱之為「國定本」。

從編纂體例和內容來看，全書六卷本共分十六章，德目順次為孝行、友愛、婦道、勤學、立志、交道（交友）、勤勉、節儉、廉潔、誠實、仁慈、忍耐、謙讓、忠節、智識、剛勇；每章又由敘論、嘉言和懿行三部分組成，敘論敷衍主旨大意，嘉言摘抄四書五經，懿行選錄古今中外人物典範，文體為文言文（漢文體）。如果從「近代教科書」的視角來看，尤其是與同期商務印書館等民間出版社推出的新式教科書對比的話，《東亞普通讀本》無疑是「大大的落伍」，正如畢苑所指出的，「（讀本）明顯不具有近代分科意識，各章主題之間缺乏邏輯、不講銜接，內容和體例都表現出落伍與傲慢，它缺乏近代知識和近代教育觀念，多重複傳統教化、強調遵從清廷的等級尊卑意識」，甚至認為它的「國定」色彩「比幾年後學部所編教科書尤為強烈」。〔註73〕可以看到，畢苑對《東亞普通讀本》的批評，主要是以傳統／現代為評價的座標軸，認為其內容和體例都守舊落後。然而這其中存在著一個問題，即《東亞普通讀本》的編纂主體其實並非清政府，甚至不是中國人，那麼為何會體現出最為強烈的「國定」色彩呢？換句話說，它的底本《幼學綱要》所宣揚的明治日本儒教主義的國民道德，為何被認為適用於清末新政時期的國家教育需要？而且不僅在當時被清政府認可接納，甚至在當代研究者眼中它的「國定」性質也無需置疑？它呈現出怎樣的「國家」意識，與「東亞」的關聯為何？這便是筆者試圖追索的疑問。

名古屋大學的方光銳詳細對比了《東亞普通讀本》與《幼學綱要》在德目與出場人物上的異同，發現十六條德目全部取自《幼學綱要》，道德模範人物更是多有重合之處：「《幼學綱要》裏出場的 100 位中國人裏，有 80 人也出現在《東亞普通讀本》裏面，《東亞普通讀本》裏含有 32 位日本人模範，其中 27 人均出自《幼學綱要》」。〔註74〕另外，在章節構成的敘論、嘉言、懿行

〔註72〕《東亞普通讀本》卷 4 頁首，東京：泰東同文局，1905 年。
〔註73〕《一部百年前中日合編的教科書》。
〔註74〕《伊沢修二と「東亜普通読本」——「幼学綱要」との関係について》。

的體裁上，二者完全一致，甚至在介紹道德模範人物的「懿行」部分的具體行文內容上也幾乎逐句對譯──《幼學綱要》使用的是作為「明治普通文」的「漢文訓讀體」，而《東亞普通讀本》則是將其重新「復原」為純正的漢文體。「天皇侍講」元田永孚的《幼學綱要》為何會被應用於清末新政的修身教育？這中間的介質乃是殖民地臺灣的「國語」教育。

在伊澤修二擔任臺灣總督府民政局學務部首任部長期間，設計了一整套以傳授「國語」（日語）為核心的近代殖民教育體制，1897 年 5 月，為把既有的國語傳習所改制為公學校，伊澤修二返回東京，在帝國教育會發表了《關於設置臺灣公學校的意見》之演說，其中盛讚《幼學綱要》為不遜於四書五經的德育書。但是在此篇演說的脈絡中，《幼學綱要》並不是作為「修身」教科書出現的，反而被劃入了「讀書」科的範疇。在 1904 年總督府發布《公學校修正規則》將「讀書、作文、習字」全部併入「國語」科、另立「漢文」科之前，「讀書」是課時數最多的科目，從教課課程表看來，其內容除了沿用日本的《小學讀本》之外，也收入了《論語》、《孝經》、《增訂三字經》的臺灣句讀與日本訓點，《大學》、《中庸》則只採臺灣句讀。〔註75〕這反映出的是，在「言文一致」的近代民族國家的「國語」成立以前，日本統治者在殖民教育體制上無法繞開漢字文化圈共享的「同文」的書寫傳統。雖然在伊澤修二離任以後最終形成的公學校課綱裏，《幼學綱要》並未被採納，但伊澤個人仍對其推崇備至，因為它是「同文同教」的最佳表率：不僅內容源於儒家經典的教化，在形式上由具有深厚漢學素養的元田永孚所撰寫的「漢文訓讀體」，可以輕易復原為優美的漢文體。〔註76〕所謂「漢文訓讀體」可以說就是「漢文直譯體」，是日本人用日本語法解讀漢籍的一種方法，也就是前述讀書科裏解讀《論語》、《孝經》、《增訂三字經》所用的「日本訓點」，在明治維新以後發展為一種漢文假名混合體的「普通文」，並成為「言文一致」的「國語」成立之前的日本社會主流文體。既然是按照一定的規則將漢文呈現為日語的語法形式，那麼按照逆向的規則也應能把「漢文訓讀體」的文章重新復原為漢文，但在當時，漢學資質平平的日本人所寫的「普通文」，已不見得能夠復原為漢文，這正是伊澤修二推崇《幼學綱要》的理由：如果臺灣人通過四書五

〔註75〕 參考許錫慶編著：《日據時期初等教育史料選編》（教育系列 3），南投市：國史館臺灣文獻館，2015 年，第 96 頁。

〔註76〕 〔日〕伊澤修二著：《伊沢修二選集》，長野：信濃教育會編，1958 年，第 620 頁。

經的「日本訓點」即可學會「普通文」的做法，那麼《幼學綱要》的文體就是一個完美的典範。在此意義上，伊澤修二將其修訂為《東亞普通讀本》的過程，並不能稱之為「翻譯」，而是文體的「復原」，這正是「漢字圈」或「漢文脈」的特殊性所在。

正是在殖民地臺灣推行「國語」教育的過程中，伊澤修二體會到了《幼學綱要》的精妙之處：「同文」並不僅僅是都使用「漢字」，也包括文體之間的無縫轉換，甚至是「文脈」的共通性——《幼學綱要》的底色本就是儒教主義的修身觀，但同時又是適應了「明治國體」之統治需要的近代型的「新儒教主義」。〔註 77〕有了《幼學綱要》，日本統治者在殖民地臺灣宣揚的「同文同教」便不再是一句空泛的口號，而有了具體可本的形態，並且不被淹沒在四書五經的中國本土儒學權威裏面，將「孔孟之教」的解釋權牢牢控制在日本的國家主義意識形態範圍之內，從而使「同文同教」的目標清晰地指向培養服膺「明治國體」的忠順臣民，為此伊澤不禁感歎「此書難道不正是為臺灣的教育所賜下的嗎，實在是了不起」。〔註 78〕

結果，《幼學綱要》作為伊澤修二在殖民地臺灣推行未果的「私心」，改頭換面為清末新政的「國定本」修身教材《東亞普通讀本》，在日俄戰爭之際企圖將「同文同教」的邏輯擴大到中國大陸。當然，也就不免要對其內容進行部分增刪修訂，以適應清廷政權和中國國情的需要，其中最明顯的便是對「忠節」觀的改動。方光銳指出，在《幼學綱要》裏「君」與「臣」由「千古不易」的「恩義」連結，到《東亞普通讀本》的語境裏，「君」與「臣」之間須各守其「職分」，也就是承認孟子基於「王道」的「易姓革命」的王朝交替論。藉此他認為，這一方面基於伊澤修二一貫「穩健」的文化統合策略，另一方面透露出「與其向清廷效忠、不如向東亞盟主日本效忠」的信號。〔註79〕這裡似乎存在過度解讀之虞，不過，相對於「君主」而存在的「臣民」的倫理觀在這兩部修身書裏都具備絕對的正確性，無論「君」與「臣」究竟是以「恩義」還是「職分」相連，其實只是日本化儒學與中國本土儒學之間的差異，這兩種解釋都不脫離各自既有的體制化儒學的窠臼。重要的是，在「忠節」觀上，無論是《幼學綱要》還是《東亞普通讀本》，宣揚的都是同一種「臣

〔註77〕參考本書第二章第三節。
〔註78〕《伊沢修二選集》，第 620 頁。
〔註79〕《伊沢修二選集》，第 620 頁。

民」的道德，即不管「君主」易或不易，都強調要謹守「臣民」的本分，放入清末十年民主革命思潮興盛的氛圍中看來，無疑與時代風氣格格不入。正是在此意義上，《東亞普通讀本》呈現出強烈的「國定」色彩，因為它本就是尊奉「君君臣臣」的元田永孚式的「國師之學」。如前所述，《幼學綱要》是元田永孚在明治天皇授意下編寫的儒教主義的修身書，1882 年出版後便在全國小學校公布施行。值得注意的是此時日本正處於「自由民權」運動由盛而衰的時期，《幼學綱要》利用傳統儒教倫理將廢藩置縣打破身份藩籬以後被解放的個人重新收束至國家的權威之下，強調「孝行」與「忠節」乃「人倫之最大義」，代表著明治政府對「文明開化」以來歐化路徑所帶來的個體意識的鎮壓。也預示了 1890 年《教育敕語》呈現的以「儒教五倫」規範「國民精神」的取向。這就是《東亞普通讀本》「重視傳統道德、缺乏近代要素」的根源所在，得到袁世凱乃至清廷的支持，正因其本於體制化儒學而迎合了清政府在庚子以後意圖借助新政壓抑民權、維繫君主專制的需要。

　　與此同時，書名中的「東亞」也反映了明治日本的教育官僚在日俄戰爭前後日本急遽向朝鮮和中國大陸擴張的態勢中，試圖利用漢字文化圈共通的儒學倫理資源來創造出一種「東亞」的文明共同體，其文化認同的基礎就是所謂「同文同教」。這呈現出的是一個什麼樣的「東亞」想像？關鍵仍在於對「同文同教」論的理解，筆者認為至少有兩個方面值得注意：一是它的本質是與君權結合的體制化儒學，或可謂晚清國粹派學人所批判的「君學」，〔註80〕具有興國權而抑民權的特徵；二是它隱含的殖民性質，因為此種東亞策略形成的介質就是日本對臺灣的殖民統治。在此基礎上，我們得以準確理解該書以「東亞」為名的深意，它絕非意味著「二十世紀初，『亞細亞』從一種新鮮的地理名詞，逐漸成為中國人有歸屬感的區域」，〔註81〕毋寧說是此時日本的「亞細亞主義」所急需製作的地理概念。在這種「同文同教」論的「東亞」

〔註80〕「君學」是晚清國粹派為了明確自身立場而對中國傳統文化作出的「國學」／「君學」的二分法，所謂「君學」就是「以人君之是非為是非者」，所謂「國學」，就是「不以人君之是非為是非者」，從而對傳統文化有「去其糟粕、取其精華」的意味，而且引入了西學的視野區分「國家」與「朝廷」：「近人於政治之界說，既知國家與朝廷之分矣，而言學術則不知有國學、君學之辨，以故混國學於君學之內，以事君即為愛國，以功令利祿之學，即為國學，其烏知國學自有其真哉。」參考鄭師渠：《晚清國粹派——文化思想研究》，北京：北京師範大學出版社，1993 年，第 114 頁。
〔註81〕《一部百年前中日合編的教科書》。

圖景裏面,不僅「民權」遭到壓抑、體現為一種由國家專制權力合作的想像
「東亞」的方式;而且東亞內部尖銳的民族矛盾也消失不見——在無視民族
解放要求這一點上,《東亞普通讀本》所代表的「同文」的亞洲主義不正是日
本對臺灣殖民策略的延伸嗎?

(二)重組地理:東洋/東亞史的「世界」與「國家」

從泰東同文局出版的其他教材及書籍類目來看,就不難發現存在著一個
建構「東亞」圖景的整體意願,《東亞普通讀本》只代表了其中的一個面向,
即利用「同文同教」來塑造共通的臣民倫理道德。而此種「東亞」論述的逐
步建立,又是在配合清廷新政——主要是學制改革——的過程中完成的。

自 1902 年成立以來,泰東同文局所出版漢文書籍大致可分為以下諸種類
別:一是近代學制、兵制類,如《日本學制大綱》(1902)、《野操規例》(1902)、
《養兵秘訣》(1902)、《教育學》(1905);二是世界地理、歷史類,如《五大
洲志》(1902)、《萬國地理課本》(1904)、《東亞史課本》(1904)、《西國新史》
(1905);三是實用語學類,如《東語初階》(1902)、《東文易解》(1902)、《日
本文典課本》(1905)、《新式東語課本》(1906)、《同文新字典》(1909)。可
以看到,這幾乎覆蓋了自吳汝綸、羅振玉、嚴修等東遊日本至學部成立以後
派遣各省提學使赴日考察的時期,這些書籍一方面盡力提供新政的學制、兵
制改革所急需的範本教程,另一方面則是在全球空間下重組地理和歷史敘
述,強調東亞的地緣認同,體現出顯著的「興亞」色彩。因此,在中日此時
頻密的文教交流中,雙方可謂各有所志,就如伊澤修二分別請近衛篤麿和吳
汝綸給《日本學制大綱》作序,近衛稱讚泰東同文局「放眼世界大局,增進
亞洲人民之幸福,在為本邦教育界貢獻的同時,尤重善鄰之誼,為清韓人開
發新進知識」,而吳汝綸則著眼「日本取歐美新法立學之本意」,稱羨其「興
學才卅年而國勢人才已駸駸與歐美埒」,心心念念所在都是學習日本經驗,用
西學變革舊法,「以救吾全國人類,使得與世界他強國相等,夷不俯屈也」。〔註
82〕吳汝綸的此種論說代表了甲午戰後清末知識人對日本觀感的典型心態,即
對於日本在明治維新後迅速歐化而短短三十年便臻至「文明」與「富強」的
羨慕,投射出的是救國強國的心情,很難說具備「東亞連帶」的意識。但為
清末新政提供「文明」新知的泰東同文局諸人,卻明顯抱持著建設東亞區域

〔註82〕〔日〕泰東同文局編:《日本學制大綱》序,橋本武譯,戴展誠、楊度閱,東
京:泰東同文局,1902 年。

共同體、使日本自任東亞盟主的目的。

實際上，近衛篤麿在當時擔任著日本第一個全國性興亞組織「東亞同文會」的會長。這個組織成立於 1898 年 11 月 2 日，由摸索「東亞提攜」的進步黨系統政治家成立的東亞會、與帶有擴張性格接受政府機密經費扶植的同文會合併而來，該會綱領為：（1）保全中國；（2）促使中國改革；（3）研討中國時事，以期屬行；（4）喚醒輿論。〔註83〕近衛篤麿倡導的「同人種同盟」和「支那保全論」可說正是東亞同文會的主流論調，主張由黃色人種聯合的「東洋」共同對抗西方列強，但是並不特別偏向革命或援清，既然在政治上有所保留，那麼該會的對中活動便主要訴諸文化領域。泰東同文局與東亞同文會雖然沒有直接的組織關係，不過近衛篤麿是泰東同文局的股東之一，伊澤修二也擔任著東亞同文會的評議員，是近衛在文教領域的最高智囊，〔註84〕那麼泰東同文局自然在建構「東洋」的區域文化方面踐行著東亞同文會的綱領。

從現有較為普遍的觀點來看，「東洋」與「東亞」這兩個概念在使用範圍和流行的時間段上有所區分。在整體上，「東洋」偏重於區域文化，「東亞」則具有地緣政治學的意味，但大致覆蓋的地理空間相近，多用於指稱包含中國、日本、朝鮮在內的整個區域。據黃東蘭考證，早在江戶時代的文獻中，就已經出現了包含中國和日本的「東洋」用法，最著名的是佐久間象山的詩句「東洋道德，西洋藝術」（《省侃錄》，1854 年），在明治時期「東洋」得到普及，則主要是 1894 年由那珂通世提議在中學設置東洋史課程、以與「西洋史」相呼應而來的。〔註85〕可見，「東洋」其實是在與「西洋」相對的層面上，通過明治日本的近代學術轉型而形成的一個文化史範疇。「東亞」在學術上的廣泛使用則遲至 1920 年代，出現了東亞文明史、東亞美術史、東亞佛教史等研究範疇，「從 1930 年代至 1940 年代，伴隨著帝國日本以對中國為中心的亞洲地區展開的政治、經濟、軍事，還有知識上的經營策劃，『東亞』成了一個具有強烈政治意味的地緣政治學色彩的概念」，〔註86〕在此期間逐漸發展為具有侵略性質的、給中國大陸、臺灣、朝鮮半島等地帶去沉痛的戰爭創傷與殖民印跡的「東亞共同體」乃

〔註83〕 王屏：《近代日本的亞細亞主義》，北京：商務印書館，2004 年，第 72～73 頁。

〔註84〕 《伊沢修二と「東亜普通読本」——「幼學綱要」との関係について》。

〔註85〕 黃東蘭：《東洋史中的「東洋」概念——以中日兩國東洋史教科書為素材》，《福建論壇》，2018 年第 3 期。

〔註86〕 〔日〕子安宣邦：《東亞論：日本現代思想批判》，趙京華編譯，長春：吉林人民出版社，2004 年，第 92 頁。

至「大東亞共榮圈」理念。也就是說，「東亞」的普及稍晚於「東洋」，並且具有給人帶來負面觀感的政治色彩。然而在 19 世紀末 20 世紀初泰東同文局與東亞同文會的諸種文獻資料裏面，「東洋」和「東亞」交替使用的情況比比皆是，在大多數情況下幾乎可以互相替代。或者可以認為，在此時，區域文化的「東洋」正在逐漸被有意識地改造為地緣政治的「東亞」。

除了作為修身課本的《東亞普通讀本》以外，泰東同文局還出版了作為歷史教材的《東亞史課本》（1904），著者桑原騭藏（1870～1931），也是近代日本「東洋史」的開拓者之一，1898 年他在研究生期間撰寫的《中等東洋史》就是一部響應那珂通世號召在中學設置東洋史課程的著作，奠定了學科開拓期的基礎。從內容和編排來看，《東亞史課本》與此書一脈相承，是一個略縮版的漢譯本。〔註87〕不過在這之前，《中等東洋史》最早的漢譯本為 1899 年樊炳清翻譯、以《東洋史要》為題名由上海東文學社刊行的版本，甫一問世便在中國引起極大反響，《中外日報》廣告稱其「於亞東各國數千年政治沿革備載無遺，體例精善，為教科善本」；梁啟超也認為「此書為最晚出之書，頗能包羅諸家之所長，……繁簡得宜，論斷有識」；此後數年間樊炳清的譯本被反覆進行翻刻，其影響之大，從後來傅斯年所言「近年出版歷史教科書，概以桑原氏為準，未有變更其綱者」，頗可見一斑。〔註88〕然而，以《中等東洋史》為藍本在中國傳播的各類歷史教科書，或是沿用「東洋」名稱，或是以「中國歷史」為題，只有泰東同文局的《東亞史課本》（包括後來配套出版的《東亞新史》）使用了「東亞」一詞。

在討論從「東洋」至「東亞」的轉換之前，首先需要理解的是，在中國傳播的桑原著作，為何既可以是「東洋史」也可以是「中國史」呢？桑原撰寫東洋史的目的如其所述：「本書以提舉東洋諸國之治亂興亡，及諸民族盛衰消長之大要為旨趣」，〔註89〕但其所描繪的地理空間，不出傳統史學認知裏的中原王朝與周邊四夷的範圍，所敘述的史實仍然是以中國歷朝歷代為主體。

〔註87〕 準確來說，《東亞史課本》翻譯自《初等東洋史》（1899）與《東洋史教科書》（1903），這兩部書是桑原騭藏在維持《中等東洋史》的結構和體例的前提下編寫的文體更平易簡明的東洋史教科書。參考黃東蘭：《桑原騭藏東洋史教科書とその漢訳テクスト──『東亜史課本』との比較分析を中心に》，紀要.地域研究・國際學編／愛知縣立大學外國語學部編（43）2011。

〔註88〕 參考鄒振環：《樊炳清與上海東文學社刊刻的〈東洋史要〉》，《東方翻譯》，2010年 06 期。

〔註89〕 《東亞史課本》前言，〔日〕桑原騭藏著，東京：泰東同文局，1904 年。

梁啟超對「東洋史」的觀感在當時可說具有代表性：「日本人所謂東洋者，對於泰西而言也，即專指亞細亞洲是也。東洋史之主人翁，實惟中國，故凡以此名所著之書，率十之八九記載中國耳。」〔註90〕當然也不是沒人意識到這其中的分別，比如1903年文明書局在編輯《蒙學中國歷史教科書》時就指出，「顧近歲以來，各學堂多借東邦編述之本，若《支那通史》、若《東洋史要》，以充本國歷史科之數。夫以彼人之口吻，述吾國之歷史，於彼我之間，抑揚不免失當。吾率取其書用之，勿論程級之不審，而客觀認作主位，令吾國民遂不興其歷史之觀念，忘其祖國所自來，可怯孰甚。」〔註91〕這種觀點認識到了對於撰寫「東洋史」的主體日本來說，中國歷史是「外國史」或「世界史」的一部分，既然視角上主客有別，用語就不免會「抑揚失當」。這個問題其實頗為複雜，不能簡單地看作注重「春秋筆法」的傳統史學與「東洋史」那種標榜建立在歐洲近代史學基礎上的「科學性」與「客觀性」的衝突，甚至反而可以認為，正是此種「抑揚」的傳統使中國人在近代史學轉型的時刻始終保持著對「歷史敘事」之不可靠性的警惕。然而即便是此種最具批判性的觀點，疑慮的焦點仍在於「以彼人之口吻」，對於東洋史的範疇在「述吾國之歷史」也是大體認可的。

地理範圍的大致重合併不是「東洋史」≈「中國史」的核心因素，關鍵在於，正如傅斯年觀察到此後由國人撰寫的中國歷史敘述，「未有變更其綱者」，說明人們接受了桑原史觀的內核——「種族競爭」代替「王朝興替」成為了歷史學的主題。

附表4　《東亞史課本》歷史分期表〔註92〕

上古（太古～前221）	漢人種膨脹時代
中古（前221～907）	漢人種與塞外諸族競爭時代
近古（907～1616）	蒙古人種最盛時代
近世（1616～現時）	歐人東漸時代

〔註90〕 梁啟超：《東籍月旦》，《梁啟超全集》，張品興主編，北京：北京出版社，1997年，第332頁。
〔註91〕 丁寶書編：《蒙學中國歷史教科書》，文明書局：1906年版，第1頁。
〔註92〕 以1904年泰東同文局出版的《東亞史課本》為準，樊炳清所譯1899年東文學社版在時期命名上稍有差異，四期分別為「漢族增勢時代」、「漢族盛勢時代」、「蒙古族最盛時代」、「歐人東漸時代」。

《東亞史課本》沿用《中等東洋史》的框架，採用章節體通史體例，將「太古」至「現時」的歷史分為四期：上古期從太古至秦統一六國；中古期從秦漢至唐滅亡；近古期從五代十國至後金建立政權；近世從清初至桑原撰寫此書時為止。從上表的歷史分期命名可見，「人種」與「競爭」的觀念分外顯眼，雖然梁啟超認為「東洋史之主人翁，實惟中國」，但桑原著意之處顯然並不在此——那種由王朝相繼所形成的合乎法統之「中國」的連續歷史觀，被置換為「漢民族」與「塞外諸族」、「蒙古族」乃至近世東漸的「歐人」之間因種族競爭而盛衰消長的歷史進程。用如今「後學」流行的用語來說，這是一種「去中心」的史觀——對以儒學為中心的政治文化即所謂「華夷之辨」的徹底解構。「華」的核心是周朝時漢民族形成的「華夏」所創造的政治文化，在過去，塞外民族入住中原之後所建立的政權，不得不借助此種政治倫理來謀求皇統接替的合法性，也就是通過「漢化」來加入「正史」。但是在桑原這裡，「華」與「夷」並沒有等級序階的高下之分，這不是說在民族文化上一視同仁，毋寧說是拋棄了「華」與「夷」的區隔，將其從具備一定種族流動性的政治文化秩序「還原」為漢族與其他諸民族擴張勢力的相互關係。所謂「東洋史」，正是這些種族共同體（ethnic community）〔註93〕之間爭奪生存空間的歷史。

這無疑觸及到庚子之後，中國人內心深處對於亡國滅種危機的焦慮感，尤其是「歐人東漸時代」所描述的西方列強對東洋空間的逐步蠶食，正是「種族共同體」成為「民族國家」以後逐漸對外擴張、為資本爭奪殖民地的歷史進程，這恰好是「華夷之辨」的循環史觀已經無法解釋和應對的「三千年未

〔註93〕「種族共同體」（ethnic community）是用於描述前現代的由血緣紐帶、共同的文化因子結合的，並與特定的疆域團結在一起的人類團體；而民族（nation）則是共享一定歷史疆域、神話傳說和歷史記憶，擁有共同的經濟、文化、法律權利和義務的集體，在此基礎上形成現代的民族國家（nation-state），而民族主義（nationalism）就是為了獲得和維持自治、統一和認同而開展的意識形態運動。參考〔英〕安東尼·史密斯：《文化、共同體和領土——關於種族與民族主義的政治學》，塗文娟譯，《馬克思主義與現實》，2009 年 04 期。其實按照此種邏輯，「種族共同體」毋寧說是現代意義上的「民族」成立以後逆向推導的後設概念，用以解釋那些無法安置在現代民族國家疆域以內的血緣團體，承認它們具有「準民族」的種族紐帶。桑原的東洋史重視民族集團演變的歷史過程，可以說共享了同一邏輯，那麼由於這些屬於「前現代」的歷史，所以此處筆者使用「種族共同體」而非「民族」，或許可以更清晰表述桑原史觀的內在邏輯。

有之大變局」。因此，點明「種族競爭」的時代主題，是當時人們認可桑原東洋史「體例精善」、「論斷有識」的根本原因。

然而，桑原東洋史「以彼人之口吻，述吾國之歷史」，即便在當時多少能夠刺激中國的歷史觀念轉型，一定程度上應承學制改革的需要，但所謂「東洋」的地理空間，畢竟是從近代日本的視角出發建構起來的產物。它反映出的是接納了以歐洲為中心的進步史觀的明治日本，試圖在保持自身獨特性的前提下尋求與西歐國家對等地位的欲望：「作為主體性歷史的開端同時又是連接日本與西方普遍歷史的媒介，『東洋』就是提供連貫性和統一性的機制」。〔註94〕正如《東亞史課本》所呈現出的那樣，通過實證主義的、以種族共同體的互動為主體的歷史敘事，消解了「華夷之辨」的、以「中國」為中心的王朝興替的儒學政治秩序。

「東洋」一方面將日本從「中學」的世界觀裏剝離出來，使東亞區域變成歷史學家冷靜解剖的客體，另一方面在融入「西學」的普遍歷史的同時，樹立了一個與「西洋」相對的「東洋」空間，又多少體現出對西方帝國主義的抵抗性。在這種東西方匯聚成既對等又對抗的整體性的「世界史」脈絡下，隱含的是明治日本對於「文明」的雙重體認：一種是福澤諭吉式的絕對主義的文明論；另一種是岡倉天心式的相對主義的文明論。這裡的「絕對」和「相對」是從價值判斷的角度而言的，福澤諭吉認可文明有先後之分，落後的文明甚至因為無法加入資本主義世界體系而只能淪為「野蠻」：「文明既有先進和落後，那麼，便有先進壓制落後、落後被先進所壓制之理」；〔註95〕而對於岡倉天心來說，文明並無優劣之分，只是追求不同：「這道雪山屏障……並沒有因此而阻擋亞洲諸民族為弘揚終極的博愛所做的不懈努力。亞洲人正是憑著這種對愛的執著追求，創造了世界上所有的大宗教，並使之成為今天亞洲諸民族共同的精神文化遺產。我們切不可忘記，這也是區別亞洲民族與地中海以及波羅的海沿岸諸民族的一個重要標誌。換言之，亞洲人追求的是人生之理想，而地中海及波羅的海沿岸諸民族更熱衷於鑽研技術，講究手段方法等。」〔註96〕當然，福澤諭吉的《文明論概略》（1875）與岡倉天心的《東洋

〔註94〕Tanaka, Stefan. *Japan's Orient: rendering pasts into history*, University of California Press, 1995, p49.

〔註95〕〔日〕福澤諭吉：《文明論概略》，北京編譯社譯，商務印書館，1959年，第168頁。

〔註96〕〔日〕岡倉天心：《東洋的理想》，閻小妹譯，北京：商務印書館，2018年，第8頁。

的理想》（1903）產生於不同的歷史階段，有著各自需應對的具體語境，但在十九世紀末二十世紀初仍然是明治日本最具典範意義的兩種文明論觀點。重要的是，他們都無法就日本而論日本、就西方而言西方，必須通過一個名為「亞洲」或「東洋」的裝置：或是讓它作為「文明」的對立面，或是一種用以克服「西方文明」所帶來的弊病的古典理想在更高層次的復歸。這也使得他們的著述，經常被人們提煉為「脫亞」與「興亞」的這種在字面上具有相反傾向的表述，卻往往忽略他們對「文明」的探究，在根本上都是為了解決「日本應成為一個怎樣的現代民族國家」這一時代命題。福澤諭吉的「文明論」毫不含糊地指嚮明治日本的「開國」大業，「在這裡，『開國』的『國』，恰恰是一個需要被重新發明和闡釋的觀念——具體而言，它是日本思想傳統中所沒有的、近代西方民族國家意義上的『國』」；〔註97〕岡倉天心的「東洋的理想」萌生於「國體」建立後，雖然以「美術論」為表象，然而其底色卻是不折不扣的「國家論」。〔註98〕「東洋史」恰恰顯現出，「脫亞」與「興亞」的兩種文明論傾向不僅不矛盾，甚至可說一脈相承——既要使種族共同體在競爭中成長為具備「絕對文明」的現代民族國家、加入資本主義世界體系，又要利用「相對文明」的「東洋理想」，抵抗西方霸權。

　　這種兩面性在桑原東洋史的「近世」期，即被命名為「歐人東漸時代」的歷史敘事裏體現得尤為清晰。在「歐人之東漸」的脈絡下，桑原用大量篇幅描述了「俄羅斯之東侵」、「英人之侵略印度」、「法國之侵略後印度」的歷史過程，感慨「亞洲大陸已半為歐人之領土」，然而「日清之衝突」與「中日戰爭後之東亞」兩節，〔註99〕日本的侵略者面貌並不明顯。在三國干涉還遼事件中，用了「日本含忍聽之」一語，與當時日本國內主流輿論的「臥薪嚐膽」說如出一轍，又寫道庚子之亂後，「列國於中國利害不等也，其間惟日英

〔註97〕 王欽：《福澤諭吉的亞洲觀——〈文明論概略〉再考》，《文化縱橫》，2017年 05期。

〔註98〕 「岡倉天心的畢業論文最初題為《國家論》。寫完後，豈料竟被患有憂鬱症的妻子付之一炬，他後來僅用了兩周時間以「美術論」為題順利提交了論文。這是一段很容易被人們忽略的往事。問題在於《國家論》怎麼能如此之快地變成《美術論》？」參考〔日〕岡倉天心：《東洋的理想》中譯者序，第3頁。

〔註99〕 樊炳清的《東洋史要》結束於甲午戰爭之前，因而沒有「日清之衝突」與「中日戰爭後之東亞」兩節；而《東亞史課本》則寫到了1902年日英同盟，這其間對中日關係的歷史（其實是還未成史的當代狀況）敘述，是《東亞史課本》值得關注的部分。

兩國利害略同，乃締結同盟，以保東亞和平為目的。」〔註 100〕在與西方帝國主義合流、視中國為板上魚肉的同時，卻又號召中日同種同盟：「然則亞洲諸國，其猶具備獨立之體面，足以排斥異種者，捨日本與中國，其誰屬哉！我兩國國民之責任，不可謂不重且大矣」。〔註 101〕在敘述基調上前後搖擺不定，甚至不免讓人產生精神分裂之感，也許正如有學者指出的，「東洋史將部分亞洲人從西方帝國主義霸權裏解脫出來，給他們提供了一些微小的開放性選擇，但最終卻只能導向由日本領導的新的總體性。」〔註 102〕

　　如此一來，「東洋」與「東亞」之說，其實都具有區域文化與地緣政治的意味，或者不如說，「區域文化」的研究與敘述無論自覺或不自覺，總是與地緣政治密切相關。泰東同文局出版的《東亞史課本》，或許只是令「東洋史」的政治意味更為突出了──當它與《東亞普通讀本》和《同文新字典》等書目並列的時候，就呈現為日本向東亞大陸擴張的知識體系裏的一個要素。

　　但使問題更加複雜的是，《東亞史課本》既是譯作，就不全然是原作的複製品，尤其是「歐人東漸時代」裏中日交涉的部分，在敘述立場上的用語更是保持了相當的距離。正如黃東蘭對其中有關「臺灣事件」、「甲申事變」和「日清戰爭」的部分進行仔細比對，發現在敘述過程中，不但史實有所出入，而且原作和譯作都各自採用有利於己方立場的修辭，她認為，「重要的不是哪一方正確地陳述了歷史事實，問題在於兩者之間為何會產生『距離』、其背後又有著何種不同的歷史意識」。〔註 103〕也就是說，《東亞史課本》不能單純看作傳遞了桑原史觀或明治日本國家立場的教科書，其中也包含著中譯者的主體意識。尤其是原作本來以日英同盟共保東亞和平作結，譯作卻添上了譯者直抒胸臆的感歎：「嗟乎！中國不亟圖自強，而惟是仰鼻息於他人，庸有濟乎？以我地大人多之第一等大國，弗自振刷，反將為強權魚肉，誠可痛大息也。」〔註 104〕行文修辭上的差異，其實正是傳統史學的「春秋筆法」；譯作末尾的嗟歎，就像熟讀正史的人們耳濡目染的「太史公曰」。然而在「距離」之外，譯作仍然保留了上述「日本含忍聽之」或「排斥異種者惟日本與中國」這樣具

〔註 100〕〔日〕桑原騭藏：《東亞史課本》，泰東同文局，1904 年，第 223 頁。
〔註 101〕《東亞史課本》，第 225 頁。
〔註 102〕*Japan's Orient: rendering pasts into history*, p104.
〔註 103〕《桑原隲藏東洋史教科書とその漢訳テクスト──『東亜史課本』との比較分析を中心に》。
〔註 104〕《東亞史課本》，第 224 頁。

有「東洋」意味的敘述語調，多少也呈現出一種與日本輸出的東洋／東亞論述的「共謀」狀態——雖對日本有所忌憚，然而與西洋異種者相比仍然親近一些。但是，東洋／東亞對十九世紀末二十世紀初的中國和日本而言卻有著完全不同的意義：對日本而言，這是確認自身的現代性、通往「世界史」、乃至超克「世界史」的必經之路；對中國來說，卻是對「中國歷史」的全新表述，藉此適應種族競爭的世界大勢。在甲午至日俄戰爭之際，中國急切地需要追求福澤諭吉式的絕對文明以步武日本臻至文明，但在文化上抵抗西方帝國主義強權時，「中西」衝突卻是主流的知識模式，無須通過東洋／東亞這個地理裝置來獲取與「西洋」的對等地位，因為我們曾經就是東洋／東亞文明的中心。或者不如說，由更「文明進步」的日本所製造的東洋／東亞，恰恰是「中華」衰落的證明，也是中國欲成為獨立的現代民族國家所必須擺脫的桎梏——既包括同文傳統中不再起效的政治倫理，也包括借助同文保全東亞的口號背後隱含的日本帝國主義的擴張欲望。

第五章　民族／國家之分裂與想像性彌合——殖民地臺灣的漢語文改造

一、前言

　　1904 年以後，日本殖民者在臺灣推行的「國語」教育逐漸步入正軌，不僅作為「聲音」的日語，也包括與之相應的書寫形式「言文一致體」，慢慢成為殖民官方教育體制下絕對優勢的、乃至唯一的獲取系統化知識的管道。與此同時，「漢文科」獨立設科，1919 年在總督府發布的「臺灣教育令」中變為選修科，直至最終從公學校教育中被廢除，傳統書房也因遭到禁止以及不適應現代教育的需求而驟減，殖民地臺灣的「漢文危機」——也是民族語言的存亡危機益發嚴峻。在此背景下，無論是傳統文人連雅堂倡導「臺灣詩界革新論」以及隨後收集方言、整理《臺灣語典》，抑或是新文學倡導者張我軍積極引入五四白話文的經驗和實績，直至郭秋生提出「臺灣話文」的理論和實踐，都需放置於挽救民族語言危機的脈絡下看待。

　　他們面臨的最大困境，在於民族身份與國家身份之間的分裂，這導致殖民地臺灣的漢語文改造，始終不可能以體制化的「國語運動」的方式展開，不得不籠罩在強勢的國家語言（日語）的陰翳下，進行艱辛的試驗和變革。整體來說，在殖民境遇下彌合民族／國家的結構性裂痕，存在著以下幾種改造進路。

　　一是保持漢民族身份的同時，承認日本的國家權力。這看起來與作為殖

民政策主流的「同化教育」或「內地延長主義」不相符合，我們已經充分瞭解到，從伊澤修二開啟的「國語」教育如何試圖通過普及日語來改造臺灣人的身份認同，而日語又被賦予了民族的「精神血液」的神學式地位，在臺灣人以日語書寫的「皇民文學」中，其核心意識便是浸透著「想做日本人而不得」的民族／國家的分裂感。然而這兩者之間還有一種彌合的可能，就是建立在作為「同化」之補充的「同文同教」，也就是逐漸被壓抑和取消的漢文傳統之上。畢竟，在 1937 年宣布廢止公開出版物的「漢文欄」之前，總督府雖不鼓勵但也並未強行禁止漢文，在御用大報如《臺灣日日新報》上的漢文欄實則是對於文化殖民政策的一種「同文」補充。這些與殖民者合作、擔任編輯和記者的臺灣文人，無須放棄自己的漢民族身份，卻能將國家認同導向日本。與之類似的還有 1917 年在彰化成立的儒教團體「崇文社」，從 1918 年 1月開始每月課題徵文，並於 1926 年結集出版《崇文社文集》，這些議題和文章兼具文明開化的理念與保守主義的傾向。有論者將這類舊文人的趨新意識視為不同於新舊文學論戰中新文學一派的一種「另類現代性」，探討了其中所涉及的「新國民生成」圖像的塑造歷程，〔註 1〕也就是上述不放棄漢民族身份而認同日本國家權力的路線——接受殖民統治的現狀。筆者認為，此種路線之所以能夠在民族衝突的緊張關係中使臺灣文人產生傾向宗主國的國家想像，與前章所論「東洋史」與日本在東亞區域的文化建構密切相關。

　　二是明確漢民族身份與日本的國家權力無法調和，也認為舊文人堅守的文言文或與日語詞彙、語法相混成的文明開化的「殖民地漢文」不具備反殖民屬性，也就不能承擔起塑造現代民族國家意識的重任。1920 年由留日的臺灣學生群體發起創辦的新文化刊物《臺灣青年》，以及沿此脈絡發展而來的《臺灣》、《臺灣民報》及《臺灣新民報》，採取了白話文的改革立場，其最為藉重的典範，便是中國大陸的文學革命所誕生的五四白話文。這些新文學和白話文的倡導者，意識到殖民地臺灣在政治上無法參與到中國大陸的國語運動改造進程之中，便希望以自發的引介文學革命的方式，在文化上將臺灣匯入現代中國的主流，想像性地彌合由異族殖民統治所導致的民族／國家的分裂現狀。1930 年代的「鄉土文學」／「臺灣話文」論爭，亦屬於此種路線，他們以漢語方言和文盲啟蒙為關照點，再度撐開被收束在「讀音統一會」和文學

〔註 1〕參考黃美娥：《重層現代性鏡象：日治時代臺灣傳統文人的文化視域與文學想像》，臺北：麥田出版，2004 年，第 183～185 頁。

革命之後「以文統言」的五四白話文所未竟的「方言土語」與「下層啟蒙」的命題，也透露出在缺乏行政資源、又面臨殖民者的強力壓制境遇下，與中國大陸的民族國家進程維持想像性合一之難。

三是以「臺灣話」為中心，通過語言國族主義的動員使漢語方言的一種成為全臺灣的「標準語」，將其提升至「文學語言」的地位從而建構獨立的民族國家。顯而易見，這種路線最「理論」，相對於前兩種而言想像程度也最高。上述「臺灣話文」論爭中倡導和支持臺灣話文的一派以及蔡培火的「臺語羅馬字」運動在後來的研究論述中很容易被歸化入此種路線，最重要的原因大概是他們都表現出文字／文體應忠實於「聲音」的理念，也就是比五四白話文更徹底地追求「言文一致」。值得注意的是，蔡培火的臺語羅馬字在當時不僅受到總督府壓制、也難以獲得臺灣知識分子的普遍認可，甚至「臺灣話文」的倡導派也並不支持使用羅馬字的表記方式而堅持保留漢字，以維繫與大陸白話文的互通，可見並非侷限於臺灣本土的語言國族主義。然而這種想像方式卻以「未竟之志」的形態在上世紀八十年代後期的臺灣本土化思潮中再度興起，化身為同樣是想像中的臺語「現代文學」的起源，有趣的是，它恰恰是在第二種想像成為現實——臺灣光復在國家身份上回歸中國以後的社會文化土壤中所醞釀出的結果。與「言從於文」的五四白話文最終成為規範與統合各地方言的國語運動相較，這種更為「聲音中心主義」的傾向應當如何理解？如果說在日據時期因為殖民當局有意識地阻斷臺灣與祖國的文化交流，導致並非所有人都能意識到「五四白話文」≠「北京話文」，那為何從上世紀七十年代末直至現今討論「中國白話文」與「臺灣話文」的論爭時，大多數臺灣學者仍然延續著此種誤認？或許「標準語」或者說「國語」的聲音經驗在臺灣有著不同尋常的重要性——這不僅要歸因於日據時期的同化教育對「國語」的強調和對異族聲音的拒斥，也應考慮臺灣光復以後中國大陸的國語運動是以怎樣的形式到來，又是如何著手改革臺灣的語言文字狀況。在此意義上，此種「國語無意識」可能導致臺灣的部分學者在文學史敘述中不斷將複雜的歷史動能導向語言國族主義的再編碼。

因此，本章將以上述三種想像方式為必要的參照系，集中探討 1920～1930 年代殖民地臺灣的新舊文學論戰、鄉土文學／臺灣話文論爭中有關漢語文改造的相關敘述，以此來思考聲音、語言、文體、共同體、國家在殖民境遇中的種種糾葛，尤其是意識到臺灣作為一個「東亞內部的殖民地」，與中國的民

族國家進程、以及日本在東亞的帝國主義擴張之間保持著何種相應的關聯。在這期間，沒有任何一方是「既成之物」，都需要各自在應對資本主義世界體系的地理壓迫過程中，持續尋找和調整與現實情形相適應的歷史敘述。

二、殖民地的「東洋文明」與新舊文學之爭：從辜鴻銘、江亢虎遊臺談起

日據時期殖民地臺灣的「新舊文學之爭」，發軔於 1924 年 11 月張我軍向舊文學陣營討伐的檄文《糟糕的臺灣文學界》，〔註 2〕從而引爆了一系列白話與文言、新文學與舊文學的典律之爭，從二十年代至四十年代一直延綿不絕。身處新文學陣營的廖漢臣在 1954 年發表的《新舊文學之爭——臺灣文壇一筆流水賬》是最早總結這一論爭的文章，他將此過程分為三期：1924 年開始張我軍的討伐為第一期；1925～1940 年間則是「一連串的小官司」；1941 年在《風月報》上的「臺灣詩人七大毛病的論爭」是「最後而最激烈的一次」。〔註3〕的確，相較於「五四」文學革命的摧枯拉朽之勢，張我軍的「臺灣版本」就不甚順遂，新文學的典律引入之後，卻似乎沒有衝擊到舊文學的根基。個中緣由，仍在於被殖民處境下，舊文學陣營通過結社吟詩亦是一種消極抵抗，他們感受到「漢詩、漢文將絕於本島」的危機而力圖「保存國粹以延一線斯文於不墜」，〔註 4〕這在論爭的第三期也得到了部分新文學倡導者的同情的理解。當然，現行研究也有傾向於不以「陣營對壘」的觀點看待新舊文學之爭，因為「在日本強權統治下，不論傳統漢文、中國白話文、臺灣話文或是教會羅馬字均曾遭到統治者的打壓，各種不同形態的臺灣語文固然存在競爭的一面，但在『以大局為重』的前提下，常出現相互包容的現象」，〔註 5〕這也部分反映出殖民地漢語文革新時各方合作的實態。

然而，這些真切發生的爭論絕非可以輕易消融在「一致對外」的民族主義大旗（或是追求臺灣的「現代性」的共同目標）之下，但是將新舊文學之爭直接視為「五四」文學革命的「臺灣演繹」似乎也並不具備充分的闡釋力。尤其是自上世紀九十年代以來，臺灣學界對張我軍的評價從「臺灣新文學運

〔註 2〕張我軍（一郎）：《糟糕的臺灣文學界》，《臺灣民報》2：24，1924 年 11 月 21 日。

〔註 3〕廖漢臣：《新舊文學之爭——臺灣文壇一筆流水賬》，《臺北文物》三卷二期、三期，1954 年 8 月、12 月。

〔註 4〕朱雙一、張羽：《海峽兩岸新文學思潮的淵源和比較》，廈門：廈門大學出版社，2006 年，第 113 頁。

〔註 5〕翁聖峰：《日據時期臺灣新舊文學論爭新探》，臺北：五南，2006 年，第 339 頁。

動的旗手」到「胡適文學理論在臺灣的代理人」，〔註6〕這一變化更加顯示出重返歷史現場、打開論爭的話語皺褶之必要。張我軍為何要以一種似乎矯枉過正的姿態、全盤複製「五四」文學革命的模式？又為何要傳授「中國國語文做法」？他到底是在針對什麼發言？他所聲討的殖民地臺灣的舊文學與「五四」時期中國大陸的舊文學又有何異同？筆者認為，在被固化的新／舊對立論述之外，沿著「殖民現代性」及其抵抗的思考路徑，從張我軍及新文學陣營對「東洋文明」的批判重新解讀論爭的語境，似能更透徹理解新文學究竟何以「新」。

（一）是何種「舊」：以辜鴻銘、江亢虎遊臺為背景的舊文學批判論

在《糟糕的臺灣文學界》之前，張我軍在當年4月21號的《臺灣民報》上曾發表《致臺灣青年的一封信》，論者往往只注意到他激烈抨擊舊詩的一段文字：

> 諸君怎的不讀些有用的書，來實際應用於社會而每日只知道做些似是而非的詩，來做詩韻合解的奴隸，或講什麼八股文章替先人保存臭味，（臺灣的詩文等，從不見過真正有文學的價值的，且又不思改革，只在糞堆裏滾來滾去，滾到百年千年，也只是滾得一身臭糞。）想出出風頭，竟然自稱詩翁、詩伯，鬧個不休。〔註7〕

的確，這部分觀點後來拓展為《糟糕的臺灣文學界》之主題，將抨擊對象明確為那些做擊缽吟的舊文人，張我軍在文中斥責他們「把這神聖的藝術，降格降至於實用品之下，或拿來做沽名釣譽，或拿來做迎合勢利之器具」，此種風氣「陷害了不少活潑潑的青年」，他宣稱「現在的時代，此論什麼都以世界為目標」，所以「文學也不能除外」，〔註8〕而臺灣的文學若不革新，只能永絕於世界潮流之外。此後，便引爆了新舊文學陣營之間的對立。然而已有論者指出，將同時期連雅堂發表在《臺灣詩薈》的《臺灣詠史・跋》〔註9〕視作

〔註6〕林瑞明：《張我軍的文學理論與小說創作》，1995年12月臺北「張我軍學術研討會」，轉引自何標：《對釐清臺灣新文學運動一些問題的思考》，《文藝理論與批評》，1996年03期。

〔註7〕張我軍：《致臺灣青年的一封信》，《臺灣民報》2：7，1924年4月21日。

〔註8〕《糟糕的臺灣文學界》，《臺灣民報》2：24。

〔註9〕這段經常被引用的「駁文」為：「今之學子，口未讀六藝之書，目未接百家之論，耳未聆離騷樂府之音，而囂囂然曰：漢文可廢，漢文可廢。甚而提倡新文學，鼓吹新體詩，秕糠故籍，自命時髦，吾不知其所謂新者何在。其所謂新者特西人小說戲劇之餘，丐其一滴，沾沾自喜，是誠坎井之蛙，不足以汪洋之海也。」

駁文並不合適，不僅在時間先後上有所矛盾，而且雙方所論似乎並未聚焦於觀點的直接對立，〔註10〕當然，張我軍讀了此文之後再發表的《為臺灣的文學界一哭》〔註11〕就有了故意挑釁的意味。但是，他在批評臺灣的舊文人情願做「古典主義的守墓犬」的時候，這種古典主義是否等同於「五四」所聲討的舊文學呢？要釐清這個問題，就需要將目光投向與《為臺灣的文學界一哭》同期刊登，向來不多被注意的一篇《歡送辜博士》，它提示我們「舊文學」與「東洋文明」同處於被批判的位置：

> 辜君的學識如何，我們因為沒有看過他的名著，所以不便遽加批評。但是他的思想的腐敗陳朽，在中國老早就有定評了，所以也不用我來批評。然而他這次的渡日、渡臺，說是帶了一種的使命，是欲在日本、臺灣，提倡東洋文明，鼓吹東洋精神。提倡東洋文明、鼓吹東洋精神，反過來說，便是要排斥西洋的精神、西洋的文明。而這層是我們所以不滿意他的。〔註12〕

此位辜博士指的正是學貫中西的「清末怪傑」辜鴻銘。從當時島內的新聞報導裡可以大致復原他此次遊臺的過程：他於1924年11月19日在此行東道主「大東文化協會」〔註13〕的評議員東乙彥陸軍中將的陪同下乘「扶桑丸」渡臺，22日抵達臺北，24日由接待他的宗弟辜顯榮引介訪問總督府並參加官民合同歡迎會，之後便開始全島巡迴演講。其中比較重要的兩次，是12月1日在「泛太平洋協會」〔註14〕的例會上演講《太平洋的將來》，以及12月6日由臺灣教育會在臺北醫專主辦的演講《東西教育的異同》，這兩篇

〔註10〕 參考《日據時期臺灣新舊文學論爭新探》，第94頁。
〔註11〕 張我軍（一郎）：《為臺灣的文學界一哭》，《臺灣民報》2：26，1924年12月11日。
〔註12〕 張我軍（一郎）：《歡送辜博士》，《臺灣民報》2：26，1924年12月11日。
〔註13〕 1921年，日本帝國議會通過「漢學振興協議案」，並於1923年成立大東文化協會，隔年設立大東文化學院，此為現在日本大東文化大學的前身。辜鴻銘赴日講學就是受到該會的邀請，回國途中又順道訪問臺灣，由其宗弟辜顯榮接待，而辜顯榮在乙未割臺時便最早與日軍合作，1921年開始擔任總督府評議員，在日據時期頗有地位。
〔註14〕 泛太平洋協會是由當時的臺灣總督內田嘉吉於1924年初提議設立的一個半官方的「俱樂部」，目的是將殖民地臺灣的開發成就向世界介紹，以彰顯日本帝國的現代化實力，同時試圖參與到以太平洋為中心的學術、產業、通商等聯盟活動中來。見《泛太平洋協會設立の議　臺灣を世界のたらしむる為》，《臺灣日日新報》，1924年1月12日。

演講不僅在隔天就有《臺灣日日新報》日文版全文刊載，直到第二年 1 月 1
日的《臺灣時報》上也登載了日文全文。12 月 7 日辜鴻銘參加臺北瀛社的歡
迎會，照例在江山樓舉行了擊鉢吟，舊文人黃純青、鄭永南從現場一百多首
詩作中選出優勝獲獎，而晚宴則是社長謝雪漁主持致辭，12 月 9 日的《臺灣
日日新報》漢文欄以《瀛社歡迎辜博士》為題報導了此度盛況。12 月 11 日
前往臺南，13 日赴臺中，據記載於臺中公會堂的演講竟高達七八百人現場聆
聽。12 月 16 日返回臺北，21 日參加長官官邸晚餐會，由當時的民政長官後
藤文夫主持接待，辜鴻銘發表演說《於臺灣之印象》，31 日乘「蓬萊丸」號
繞道朝鮮返回北京。

辜鴻銘此次渡臺，的確聲勢頗大，早在當年 4 月的《臺灣日日新報》便
刊載他渡日講學，介紹他「鼓吹東洋文化正如印度泰戈爾翁」，〔註15〕10 月開
始兩度預告他即將來臺，稱他為「中華當代通儒」或「支那的碩儒」，一路所
受禮遇比之十幾二十年前章太炎、梁啟超來臺時有過之而無不及。縱觀其演
講，多以東西文明比較論為主題，他認為第一次世界大戰暴露出歐洲的世道
人心已壞，提倡以孔子學說重塑東洋道德進而造福全人類。這種以東方哲學
拯救西方文明的觀點在歐戰以後並不少見，尤其是以 1920～1921 年間訪問中
國的英國哲學家羅素為代表，此時期的《臺灣》——新文學陣營的言論機關
《臺灣民報》的前身——上面也出現過多篇羅素探討中西文明的文章之譯
文。然而，當辜鴻銘在殖民地臺灣傳播類似觀念時，卻招致新文學陣營的反
對。事實上，當「瀛社歡迎辜博士」一文甫一刊出後，張我軍就忍不住要「歡
送」辜鴻銘出境了：

> 夠了，受夠了，我們臺灣已用不著你來鼓吹東洋文明，提倡東
> 洋精神了。我們臺灣的東洋精神、東洋文明，是嫌其太多不嫌其太
> 少呵！〔註16〕

與之相似的是 1934 年江亢虎遊臺講學，基調也是東西文明調和論，再一
次誘發新舊文學之爭的小高潮，〔註17〕可謂辜鴻銘遊臺情形的復現。江亢虎

〔註15〕《支那のタゴール辜鴻銘氏 齊藤男の招聘で近く來朝》，《臺灣日日新報》，
　　　　1924 年 4 月 15 日。
〔註16〕《歡送辜博士》，《臺灣民報》2：26。
〔註17〕根據翁聖峰對新舊文學之爭的原始文獻整理的結果，論爭的高潮階段分別為
　　　　1924～1925、1934、1941～1942 這幾個時段，參考翁聖峰：《日據時期臺灣新
　　　　舊文學論爭新探》，臺北：五南，2006 年，第 414～415 頁。

其人經歷頗為複雜多變，〔註18〕在政客身份以外，他在 1910 年代和 1930 年代曾兩度寓居北美，以講授中文和中國文化為業，先後出版兩部英文講稿《中國學術研究》與《中國文化敘論》，鼓吹中西文明互補論，還曾在加拿大麥吉爾大學主持建立了該國第一個中國學系，也正是在此時江亢虎以海外學者的身份訪臺。

據他回國以後所書寫之遊記《臺遊追憶》（1935）所言，此度遊臺屬私人旅行性質，他在 1934 年 8 月 22 日由福建乘船前往基隆，環島旅遊之後於 9 月 9 日返回中國大陸，期間在各地亦舉辦不少演講活動，又參與各類文藝座談會。結果他亦如辜鴻銘一般遭受到來自新文學陣營的猛烈抨擊，張深切後來在其自傳《里程碑》裏回憶道：

> 總督府聘請江亢虎來臺巡迴演講，我寫了一篇文章，叫他滾出去，意外迎合了當時臺灣青年的思想，氣壞了歡迎江亢虎的林獻堂一派人士。〔註19〕

這與張我軍在十年前驅逐辜鴻銘的做法如出一轍，而且張深切直接將聲稱「私人旅行」來臺的江亢虎斥為總督府的走狗。如果江亢虎所言非虛，又為何令人產生此種印象？辜鴻銘和江亢虎來臺，受到總督府和臺北瀛社舊文人、乃至林獻堂的歡迎，為何卻令新文學陣營的青年對其大加討伐？筆者以為，關鍵仍在於理解「東洋文明」在殖民地臺灣這一語境中，對於各方分別都意味著什麼。

（二）古典傳統／東洋文明：民族身份的失落與殖民主義的編碼

對於辜鴻銘在臺灣的演講，連雅堂當時在《臺灣詩萃》撰文云：

> 辜鴻銘先生此次來臺，頗多講演，而其論斷，多中肯語。如引學而不思則罔，思而不學則殆二語，謂今日之舊學者，大都學而不思，而新學者又思而不學。又說：大學之道，在明明德，在

〔註18〕江亢虎（1883～1954），早年曾是依附袁世凱勢力的留日派，擔任過北洋編譯局局長，負責編寫華北五省中小學教科書，同時也是京師大學堂的日文教員，中日合編修身教材《東亞普通讀本》（1905）的中方校補者。1907 年他再度留日，開始傾向無政府主義，1911 年又成為中國最早介紹社會主義的先驅者。民國成立以後，江亢虎的「中國社會黨」遭到袁世凱查禁，後來在政治上又極為投機，晚年還參與了汪偽政權擔任偽考試院院長，在抗戰勝利後被捕入獄，終於獄中。

〔註19〕張深切：《里程碑》，《張深切全集》，臺北：文經社，1998 年，第 524 頁。

新民，在止於至善。可謂治國平天下之本，施之古今而不悖者
也……〔註20〕

可以說，這是一個頗為中性的論斷，如果辜鴻銘演講僅此儒學中庸式的
面貌，恐怕不足以招致新文學陣營的攻擊，然而從當時的御用報紙《臺灣日
日新報》上登載的兩篇演講內容來看，他所宣講之「東洋文明」、「東洋精神」
就顯得別有意涵。辜鴻銘的演講多以英文進行，現場附有口譯，報紙以日文
或漢文刊載演講內容，已不能確信是否完全符合原貌。12月1日的演講《太
平洋的將來》，在第二天《臺灣日日新報》上的題目變為「拯救混亂的支那者
唯有東洋的霸者日本」，敘述世界文明從東向西移動，即地中海產生的西方文
明如今已移動到「太平洋的中心」，因而「維護太平洋的和平、發展太平洋的
未來就是我等周遭住民的責任」。〔註21〕隨後便述及日本調和了西洋物質文明
與東洋精神文明，稱「日本國體之美、國體之確實，反之我支那動亂不絕，
尚未統一，我等衷心希望支那獨立，而期待日本人以公平寬大之友情解決對
支問題」，而臺灣則因為「一衣帶水，多為支那移民，精神風俗多與支那人一
致」，從而站在了「對支問題解決的第一線」，甚至還說「訪臺期間我注意到
內臺人〔註22〕頗親密，在政治、教育、經濟上共同進步的狀態更堅定了我的
想法」。如此一來，一場主張「東洋文明」與「東洋道德」的演講就化身為當
時所謂「日支提攜」論的傳聲筒，而遭受殖民統治的臺灣竟成了日本對中政
策的範本。更有甚者，在12月21日的長官官邸宴會中，民政長官後藤文夫
的致辭算是為辜鴻銘此次巡迴演講做了官方定調：

> 此次辜君，由日本內地來臺，各地開有益講演，不勝感謝。今
> 世界有許多問題，世界文明，將來西勝或東勝，或東西並立而行，抑
> 東西文明融合而行，支配此文明民族為誰，現為吾人所欲從之一問
> 題。日前辜君於泛太平洋協會例年，曾言須撞破東西文明壁障，而結
> 合雙方之所善者，余亦同感。先是已覺要結合極東之東所謂日本，西
> 即中華，幸辜君研究西洋文化，歸而研究東洋文明之根源，且為賞揚
> 之，實強吾人之意，辜為極東之東西文明聯合盡力也。〔註23〕

〔註20〕 鍾兆云：《辜鴻銘毀譽參半的臺島講學》，《百年潮》，2002年04期。
〔註21〕 《混亂の支那を救ふは東洋の霸者たる日本あるのみ》，《臺灣日日新報》，
1924年12月2日。
〔註22〕 所謂「內地人」指當時居住在臺灣的日本人。
〔註23〕 《長官官邸晚餐會》，《臺灣日日新報》（漢文欄），1924年12月23日。

　　這裡面不僅透露出日本支配將來世界文明之欲望，更奇異的是將「東西文明」結合的內涵置換為「極東之東日本」與「西即中華」的聯合，可見辜鴻銘此番演講的意圖被總督府的官方意識形態扭曲或收編到何等匪夷所思的程度。如此也可以想見，御用報紙對辜鴻銘的講學內容的傳播是有選擇性的，或說經過了殖民者意圖的過濾和重塑。然而紙質媒體在當時作為主流渠道，影響範圍大大超越實際能參與演講會的人數，而英文演講也未必人人都能懂得，可以認為，御用媒體基本操縱了辜氏遊臺演講的傳播樣貌。

　　而江亢虎的演講則由其所著《臺遊追憶》可大致追溯，其一是大同促進會在臺北舉辦的「大同講座」，題為「新舊文化比較觀」，江亢虎自陳「余敷陳東西兩洋文化之不同，而歸結新舊調和之必要與可能，無一語涉時事」，〔註24〕並在會後拒絕了政治色彩更濃厚的大亞細亞協會的演講邀請，另有嘉義公會堂演說「文化文藝與文學」、臺南中華會館演講「文化與民族之關係」等。在中日民族矛盾日益尖銳化的 1930 年代，一位「祖國人士」對文學、文化與民族之關係呈何種意見，必然會引發臺灣人的關心。在彰化時由當地官廳及華僑聯合召集題為「東方文化復興」的演講會時，聽眾八百餘人，演說期間還引發了一場小騷亂：

　　　　余闡發民族復興與文化復興之關係，並說明非尊重保存固有之
　　　　文化，不足以提起民族之自信心。會中忽有左傾分子，起立發言，
　　　　力闢東方文化無復興之可能，附和者二三人，語曉曉不可辨。余請
　　　　主席指令登臺自申其說，會場秩序，仍舊維持，而說者見聽眾無歡，
　　　　亦興盡而自止。會散後，聞此二三人，皆新出自囹圄中，故其言特
　　　　憤激。〔註25〕

　　臺中彰化地區本就是文化反殖乃至政治反抗的中心區域，自 1927 年連溫卿奪取臺灣文化協會領導權後，林獻堂、蔡培火等溫和的改良派被迫退出，臺灣知識界思想整體左傾，「向來以民族主義的文化啟蒙團體的形態存在的臺灣文化協會，一變而成以階級鬥爭是務的無產階級的文化啟蒙團體」。〔註26〕然而到「九一八事件」前後，各類左翼運動團體遭到日本殖民者的全面鎮壓，臺灣的反殖鬥爭運動遂趨於瓦解狀態。江亢虎演說「東方文化復興」，對其自身而言或是一種「保存固有文化」、「提起民族之自信心」的文化民族主義，

〔註24〕江亢虎：《臺遊追憶》，上海：中華書局，1935 年，第 36 頁。
〔註25〕《臺遊追憶》，第 57～58 頁。
〔註26〕葉榮鐘：《日據下臺灣政治社會運動史》，臺中：晨星，2000 年，第 385 頁。

然而在左翼知識分子聽來，此種本質化的民族身份早已不合於當下民族解放乃至階級鬥爭的需要，因而在左翼氛圍濃厚的彰化地區自然引人聲討。

當時彰化的新文學家楊守愚在聽完演講後便在報紙上發表諷刺批判的漢詩《呈贈江亢虎博士》，將他與十年前來臺的辜鴻銘作比：

> 難得先生此壯遊，復興高論足千秋。爭如聽眾輸頑石，不問生公去點頭。文化公然倡復興，先生原不遜鴻銘。是真卓論驚全島，好與真儒作典型。卓論高談蓋世無，教人盡向古歸趨。縱能倒退千年後，俾汝完成此壯圖。是古非今論一場，中華國粹賴宣揚。臺灣民智慚低劣，請到歐西去主張。〔註27〕

在「歡送辜博士」的十年後，新文學陣營也對江亢虎下了「驅逐令」。在楊守愚看來，「中華國粹」在 1930 年代的臺灣根本不合時宜，但這並不是否認民族性，而是雙方在振興民族文化的路徑選擇上存在著根本分歧，具體投射在文學語言的形態上便是文言與白話的差異。作為寓居北美的海外學者，江亢虎具有鮮明國粹主義傾向的中國文化論述，使他對「五四」文學革命的「全盤西化」的白話文學原本就不甚贊成。在他看來，新文化運動中的活躍分子大多為中學根基淺薄的留洋學生，儘管他們所倡導的「文學革命」和「平民教育」有利於中國文化的推廣，但卻可能降低中國文化的整體水準，也就是說，對於「文學」的審美標準，持一種脫離時代啟蒙氛圍的、強調固有道德的觀點，因而他毫不客氣地直斥作為通俗文學典範的《三國演義》、《水滸傳》、《聊齋誌異》和《紅樓夢》代表著「奸」「盜」「邪」「淫」四大惡習。〔註28〕他在臺北的文藝座談會上聲稱：

> 夫我國青年喜用白話，為其易解易作，易於成名，固人情之常。
> 獨怪臺人本不習中國白話，而學漢文者，偏亦欲強作北平語體，遂致不文不白，不南不北，不中不日，可謂勞多而功少者矣。〔註29〕

對白話文的偏見，令他從根本上否定了臺灣新文學運動的意義，這使得當時就連用日文寫作的新文學家楊逵也忍不住撰文批判，認為文言文顯然沒有勝過白話文的地方。〔註30〕當然，伴隨著新文學陣營對江亢虎的聲討，《臺

〔註27〕楊守愚：《呈贈江亢虎博士》，《新高新報》，1934 年 9 月 15 日。
〔註28〕參考李珊：《江亢虎北美傳播中國文化述論》，《史林》，2011 年 02 期。
〔註29〕《臺遊追憶》，第 37～38 頁。
〔註30〕楊逵：《江博士講演評——白話文と文言文に就いて》，《楊逵全集》（第 9 卷），彭小妍主編，臺北：國立文化資產保存研究重心籌備處，1998 年，第 109 頁。

灣日日新報》上則出現舊文人為江亢虎辯護的聲音，瀛社亦如招待辜鴻銘一般在 9 月 7 日為江亢虎舉辦擊缽吟宴會。社長謝雪漁在席上致辭，「盛稱博士之器識文藝，及高唱日華兩國，夙以同文同種，唇齒輔車之關係，願益敦友交，左提右摯，藉以實現大亞洲主義」，〔註31〕言辭較之十年前，顯然更加貼近「國策」。江亢虎則不願直涉政治，轉而再度闡釋他的保守主義文學觀：

> 當文體（筆者案：指文言文）者，則文體；當白話文體，則白話文體。能文體，則能白話文體，從未有不工於文體，而能工白話文。若白話文中之瑣碎，及一見似歐文直譯者，反不如原文，較為易讀。近代少數高唱白話文體者，至欲無視剗滅固有文體，換言之為無視固有文化，此事余大反對。〔註32〕

可見，江亢虎並非全面否定白話文，然而在當時臺灣新舊文學之爭懸置未決的情形下，更偏向於「固有文體」與「固有文化」的態度，使他的新舊調和論更容易被吸收到舊文學陣營的一方。事實上，江亢虎對於舊文學陣營的末流也曾提出針砭：「吟風弄月之作，桑中陌上之音，變本加厲，每下愈況。甚者至於歌頌盛德，鼓吹休明，彷彿科舉時代之試帖，彌可鄙已」，這與張我軍批判擊缽吟的立場是一致的，對於瀛社大唱與日本的「親善論」，江亢虎也以「屈原杜甫責望之」，〔註33〕希望他們能保持民族氣節。具有反諷意味的是，儘管 1934 年遊臺時他堅信自己不涉政治，1940 年卻攀附汪偽政權，從一位大力弘揚中國文化的海外學者，搖身一變成了依附日本帝國主義的偽考試院院長，為迎合日本「大東亞共榮圈」的理論，轉而大談日本在東亞地區的軍事侵略是為了「奠定東方文化之集團、發揚東方之文化」。〔註34〕「中華國粹」到底是越過民族意識的邊界，走向了「同文同教」的「東洋文明」。

若是參照他遊臺期間與舊文人團體瀛社的往來對答，就會發現這轉變並不算突兀──在殖民地臺灣的語境中，「古典傳統」與「東洋文明」早已經由日本殖民主義的話語改造而具備了同構性，侵略戰爭時期的日本人不過是把基於臺灣統治經驗的文化殖民邏輯擴展至了中國大陸。在共享著漢字・漢文

〔註31〕 《瀛社例會宴江博士 近四十人會於大屯酒場 詩題大屯斜照》，《臺灣日日新報》，1934 年 9 月 10 日。
〔註32〕 《瀛社例會宴江博士 近四十人會於大屯酒場 詩題大屯斜照》，《臺灣日日新報》，1934 年 9 月 10 日。
〔註33〕 《臺遊追憶》，第 41 頁。
〔註34〕 《江亢虎北美傳播中國文化述論》。

傳統的「東亞內部殖民主義」情境下，文化民族主義這種朝向古典傳統收縮式的國粹路線，不得不遭遇來自日本殖民者的國家話語與文明論述的修改，其作為民族主義文化抗體的「純粹性」，從一開始就已經被「污染」。

可以說，臺灣的新文學倡導者從新舊文學論爭之初就對此種同構性有著深刻的體察，因而從辜鴻銘到江亢虎的文化復古論調，都激起了他們強烈的排斥感。但對於舊文人來說，即便是具有清醒的漢民族意識、主導「文化抗日」的林獻堂，也不免因為在精神上與古典傳統的深刻連結而身陷「國粹」與「同文」邊界不清的模糊地帶。而那些依附殖民者的舊文人，則樂於在模糊地帶安身立命。

（三）「中國國語文」的意義：抵抗「東洋文明」及其「殖民現代性」

相隔十年的兩位「祖國人士」遊臺，他們偏向保守復古的文學觀與文化觀，兩度帶起新舊文學論爭的波瀾，並且持續顯現出論爭過程中一個難以解決的命題：在殖民境遇下如欲保持民族身份，應該依靠「固有文化」還是「新文化」？

「固有文化」或者說「舊文化」，當然有「保存國粹以延一線斯文於不墜」乃至維持舊有民族意識的功效，然而從瀛社舊文人兩度以擊缽吟宴會接待辜鴻銘和江亢虎的酬唱可見，殖民者與被殖民者的「同文」關係令民族的傳統文化已然不具備抵擋殖民統治的抗體。值得注意的是，這二位遊臺「祖國人士」的文化民族主義，亦呈現出由個人位於「國族邊緣」所導致的民族身份與國家身份的分裂與想像性彌合的特徵。辜鴻銘本是「海外華僑」，江亢虎常年寓居北美，都處於中西文化交匯的前線與邊緣，異文化的刺激使他們轉向更為保守的文化民族主義的論調，同時也維持著一定程度上的中西文明調和互補的開放性，特別傾向於強調以中國傳統文化解救西方現代文明之弊病。然而，當他們來到殖民地臺灣宣傳演講的時候，此種中西調和的文化民族主義觀念就會被日本殖民者置換為以東洋精神融合西洋文明的「明治國體」的混合主義路線，乃至進一步與「大東亞共榮圈」的意識形態相混同，這當然與他們原本的文化民族主義的意圖並不一致，但是在殖民地臺灣卻難免產生此種錯位和誤讀，從而也投射出舊文化在此種「固有文化」／「東洋文明」的同構性裏面臺灣人抵殖民的困境。

「新文化」最終指向的是西洋文明與西洋精神，也就是近代歐洲的「現

代性」。然而，追求此種「現代性」，豈非亦有損於民族性？從理論上說，反對西洋文明與西洋精神，也是一種對「西方中心主義」之現代性的抵抗姿態，然而回到「日本殖民臺灣」這樣一個具體的二十世紀初的歷史語境下，此種抵抗（甚或欲望）的「西洋」只能是一個被日本殖民者建構或中介的「虛像」。現實中的反殖民鬥爭，其目標絕不是虛擬的「西方現代性」，而是實實在在的日本殖民統治本身。如此一來，就必須理解通過「明治國體」而進入殖民地臺灣的「現代性」是如何「現代」———一種融合「同化」（於西洋）與「同文」（於東洋）的混合主義模式。〔註35〕正因為如此，「西方現代性」不得不以殖民宗主國中介的面貌到來，最直接的形式就是「國語」（日語）教育。陳培豐曾以「同化於民族」／「同化於文明」的「黑暗面」／「光明面」來描述臺灣人如何在強制的「國語」教育裏既希望維持民族身份又渴望西方現代文明的精神歷程，〔註36〕那麼在被「國語」（日語）所整體壓抑的、被排斥在官方教育體制之外的漢語文，又應當通過何種路徑實現自我更新？正是在這個意義上，筆者試圖重新定位在殖民地臺灣的歷史語境裏，張我軍倡導的「新文學」與「新文化」是何種「新」。

　　張我軍稱辜鴻銘在臺灣提倡東洋文明、鼓吹東洋精神，反過來說便是要排斥西洋的精神、西洋的文明，「而這層是我們所以不滿意他的」，他從根本上認為，日本能夠強盛，「以其說是東洋文明之力，倒不如說是東西文明之合力，以其說是東西文明之合力，倒不如說是西洋文明之力」，〔註37〕臺灣所缺乏的，恰恰是西洋文明與西洋精神———也就是所謂「現代性」。然而，漢語文的現代革新是否只有引入五四白話文一途？尤其是，如何認識舊文學陣營裏的「文明啟蒙」的趨新意識？借助「五四」的啟蒙話語，張我軍的「新」是明確的、不成問題的，甚至正因為他的明顯貢獻，「形塑了臺灣新文學是在受到中國五四白話文運動刺激影響後才真正產生的主要解釋框架」，〔註38〕一度令後來的研究者質疑他炮轟舊文人「守舊落後」、「不合現代」，似乎也並不盡

〔註35〕關於「明治國體」的混合主義，參考論文第二章。

〔註36〕參考陳培豐：《「同化」的同床異夢：日治時期臺灣的語言政策、近代化與認同》，臺北：麥田出版，2006年。

〔註37〕參考陳培豐：《「同化」的同床異夢：日治時期臺灣的語言政策、近代化與認同》，臺北：麥田出版，2006年。

〔註38〕《重層現代性鏡象：日治時代臺灣傳統文人的文化視域與文學想像》，第32頁。

合歷史事實，以致於需要重新挖掘被「張我軍現代性」所遮蔽和壓抑的舊文人的現代性。

　　的確，新舊文學之爭雖然主要體現為語言文體的白話／文言之爭，但不能直接將其等同為維新／守舊的差別。傳統文人其實也不乏追求文明新知的欲望，早在論爭發生之前，舊文學中便湧動著瞭解新學新知的潛流；甚至「文言文」本身也因為擁有「同文」背景的殖民者的到來而產生了鬆動與形變，在殖民初期就出現了「殖民地漢文」這樣的混合文體，1903 年設立「漢文報」的《臺灣教育會雜誌》，便發表了相當數量的由內臺人共同書寫的啟蒙文章。〔註 39〕如果我們從中發現了一個早已開啟的「現代性」的連續脈絡，那麼真正的問題其實是，如何認識張我軍的「斷裂」？它只是一個被文學史論述建構的「起點」嗎？筆者認為，「張我軍現代性」——或者明確說來就是「五四現代性」——在新舊文學論爭中絕非壓抑和遮蔽其他「現代性」的主流思潮，倒不如說是處在對抗主流的「殖民現代性」的邊緣位置。更為複雜的是，這種「全盤西化」的反傳統話語，並非單純複製了「五四」的新／舊、中／西之二元對立結構，它更具象化為反抗日本殖民者在收編本民族傳統的基礎上所構造出的「東洋文明」論述。

　　如前所述，在殖民地臺灣，日本殖民者所塑造之「東洋文明」與漢民族的「古典傳統」具有「同文同教」的同構性，但是與古典傳統不同的是，它並不僅僅指向保守復古的舊有文化，它更是意識到「西洋」之存在而衍生出的意識形態的對等物。竹內好在二戰以後反思日本的現代性時說道：「理解東洋，使東洋得以實現的是存在於歐洲的歐洲式的要素。東洋之為東洋，借助的是歐洲的脈絡。」〔註 40〕也就是說，「東洋文明」內在地包含了一個雙向否定的「世界歷史」之意識：一方面是通過歐洲的現代民族國家政治形式對舊有的以中國文化尤其是儒教為中心的東亞帝國政治形式進行否定，這時的「東洋」就是福澤諭吉「脫亞」命題上那個消極意味的世界歷史的低級階段，也是桑原騭藏用「種族競爭」代替「華夷之辨」的「東洋史」在重構中國歷史

〔註39〕「這些文章的內容包括科學、生物、語言學、經濟、教育等領域，對當時尚
　　　　被稱為瘴癘、未開化之地的臺灣而言，無疑是高素質的知識來源、學習現代
　　　　文明的指標。」參考陳培豐：《想像和界限：臺灣語言文體的混生》，臺北：
　　　　群學，2013 年，第 49 頁。

〔註40〕竹內好：《近代的超克》，李冬木、趙京華、孫歌譯，北京：三聯書店，2005
　　　　年，第 188 頁。

時的基本態度；另一方面則是日本在進入「世界歷史」也就是現代資本主義世界體系的過程中，發展出的對以西洋為中心的歐洲式現代性的否定意識，其頂點便是二戰期間也就是日本所謂「大東亞聖戰」時期，由京都學派的知識分子在思考「世界史的構造」時，所提出的「近代的超克」命題，此時「東洋」不再是一個消極的歷史停滯之物，反而成為一種否定之否定的在更高層次意義上的回返。但是，這兩種「東洋」並非是一個線性的歷史過程，毋寧說「脫亞」與「興亞」的雙重命題在日本的現代性之途上交替迴響，而殖民地臺灣的「同化」與「同文」，即是此種母題的一個變奏，或者不如說是促使這種雙重命題得以成立的一個試驗的基底。

正是在這個意義上，在新舊文學論爭中與張我軍所代表的新文學陣營衝突最甚、供職於御用媒體《臺灣日日新報》的舊文人魏清德，〔註41〕他在「傳統與維新之間」的「文明啟蒙」論述，與其說是「另類現代性」，〔註42〕倒不如說代表著當時漢文界的「主流現代性」──佔據日本在臺最大官報的漢文部主任的關鍵位置發言，又如何成其為「另類」？黃美娥雖然指出魏清德的「文明啟蒙」論述具有明確的以日本為本位的「東洋文明」意識，既無論是在「國民性」問題上要求臺灣人「明大義」，具備對日本帝國奉公之國家意識；或是在旅行經驗中勾勒「新臺灣文明空間」與對岸落後的「中國閩地」，進行「文野之階級」的對比，魏清德的「文明啟蒙」論述都旨在督促臺灣人接受日本帝國賦予的國家身份。但她沒有明確的是，這種論述無非是在延續明治日本以來的「文明開化」（「同化」於西洋）的脈絡下，探討應當以及如何做

〔註41〕 魏清德（1887～1964），臺灣新竹人，少時學習漢詩文，1903 年從新竹公學校畢業後入讀總督府國語學校，1909 年參加第二回普通文官考試合格，1910 年進入《臺灣日日新報》社做記者，1927 年升任漢文部主任，同年也被推舉為臺北最大詩社「瀛社」的副社長，直到 1940 年為止，長期把握著第一官方媒體的話語權，其在文壇的影響力不容小視。

〔註42〕 「由其行文思維脈絡中，可以清楚發現傳統與現代兼具的文化想像特質。如此的思維傾向，使魏清德從事文明啟蒙，傳播西方文明時，與一般主張全盤西化的進化論者不同，其對於傳統文化有著更為慎重的態度。是以，他雖然意識到歐風東漸，西方文明移植的重要，但也同時留心傳統文化的延展能否持續下去。此種行徑，不宜率然等同於落後、守舊的看法，它只是更在意社會事物變遷的延展性與漸進性，甚至企圖重塑傳統文化的現代精魂。由是，遂造就了其人依歸在傳統與維新間的文明啟蒙論述，有著與一九二〇年代後張我軍等人偏於進化論的文化改造觀點相異的面目，成為『另類的現代性』。」參考黃美娥：《重層現代性鏡象：日治時代臺灣傳統文人的文化視域與文學想像》，第 214 頁。

好「帝國臣民」，在這其中完全沒有「人的解放」或「民族解放」的啟蒙命題。
而所謂「兼具傳統與維新」的「另類現代性」，也不過是以日本帝國的需求為
準繩，衡量篩除西洋文明、西洋精神中不合「國體」的部分，導向以儒教為
主的「東洋文明」（「同文」於東洋）的固有文化與固有道德。

　　1921 年，在《臺灣民報》的前身、在日臺灣學生所發行的啟蒙雜誌《臺
灣青年》剛起步不久，魏清德便在《臺灣日日新報》上發表《思想界要穩健》
一文，稱臺灣的思想界正在惡化：

　　　　思想界之惡化，由來漸矣。近來學術界之傾向，類多以崇拜
　　歐美為能事，故凡歐美古今人之一言一句，皆奉之若圭臬，得得然
　　以能懸之於口，筆之於書，記憶宣傳自以為新人也，而人亦以是多
　　之。至舉孔孟之學說，為舊時思想，於是乎仁義道德之基礎，由是
　　而欲動搖，可不大哀哉？不知東洋有東洋之倫理，我國有我國之教
　　化。〔註43〕

　　接著他對當時風行的西洋思想逐一篩查，將歐洲思想界之混亂歸於「達
爾文、斯賓塞之進化論」所導致弱肉強食、適者生存的觀念，因而造成軍國
主義、資本主義爆發歐戰的惡果，認為這「與我國之上下一心，協力同德大
異」、「與我東洋孔孟仁義道德之說大異」；更重要的是，對俄國革命之後的社
會主義思潮極盡排斥，稱其為「過激思想」、「危險學說」，痛陳「以危險思想
最為猖獗之俄羅斯，其現象如何？殆慘無天日，人民之流離而顛沛者，不可
勝數」，認為社會主義與進化論一樣都是從歐洲社會結構內部產生的思想，因
而不適用於「東洋之人類及社會組織」。當然，最重要的理由是，「我國則主
聖民忠，皇室常惠愛於兆億，更不許有此等危險思想之發生」，所以當未雨綢
繆，防微杜漸。

　　可以看到，在舊文人魏清德的「現代性」論述裏面，漢民族身份與日本
帝國的國家意識不僅以「東洋文明」為介質實現了想像性地和解，甚至看起
來比「全盤西化」的維新者在理論上更具「批判性」——他似乎輕易跨越了
「停滯的亞洲」在進入「世界歷史」所必經的「否定東洋」的第一步，而直
接走到了「以東洋文明解救西洋文明之弊病」的超克論階段。當然，這不過
是「明治國體」的混合主義所內含的「日本現代性」的幻覺複製品，重要的
是，這種幻覺能夠使一個寄託於古典傳統的前現代的漢民族身份，可以無須

〔註43〕潤庵（魏清德）：《思想界要穩健》，《臺灣日日新報》，1921 年 11 月 28 日。

經過痛苦的自我否定，便同化於被殖民宗主國所中介的西洋文明，被動地進入「世界歷史」，進而自詡比「野蠻」的中國更「文明」。在此意義上，前現代的民族意識並沒有轉化為現代民族主義的契機，「國家」──與其說是現代歐洲式的「民族國家」，不如說是已經被「東洋文明」所模糊化的日本「帝國」〔註44〕──作為一個外在之物被接受，這樣的「維新」因而無法是「文明啟蒙」，只能是自上而下的「文明開化」。

1925年8月，一位署名C.K.的朋友寫信給張我軍，提起《臺灣日日新報》漢文欄充斥的對張我軍及新文學陣營的侮辱和謾罵：「那兩篇文字，雖造了兩個沒有人知道的名，但我卻看得出那是魏某的文字。」〔註45〕這裡的「魏某」指的正是魏清德。張我軍在隔天回信道：

> 你說那兩篇是魏某寫的，或者是真的，我也這樣想。但他既是一個學者，又是自認為贊成維新的人，為何還會說出那種話？若果然是他，那麼他的學識就出乎人的意外的淺陋了！或者是為飯碗計不得不獻醜，那麼就實在可憐了。〔註46〕

如此即可了然，新舊文學之爭主要呈現出的白話／文言之爭並不能直接等同於維新／守舊這種體現在「時間感」上的差別，就魏清德代表的《臺灣日日新報》的舊文學立場與張我軍代表的《臺灣民報》的新文學立場而言，反而是在民族／國家乃至文明想像的「空間感」上存在著根本差異。回想張我軍在《致臺灣青年的一封信》裏面，最主要的其實並非批評舊文學本身，而是希望臺灣青年不要因眼見議會設置運動不能成功，就自暴自棄或轉而依附殖民者，他呼籲的其實是一種自我啟蒙的精神：

> 所謂改造社會，不外乎求眾人的自由和幸福，而這自由和幸福是要由眾人自己掙得的，才是真正而確固的，決不會從天外飛來，或是由他人送來的。〔註47〕

張我軍倡導基於「全盤西化」的「五四」文學革命的意義正在於此──

〔註44〕這裡的「帝國」事實上是「帝國主義」，而非前現代的「帝國」，但舊文人魏清德顯然不具有區分這二者的意識。

〔註45〕張我軍：《張我軍全集》，張光正編，北京：臺海出版社，2000年，第59頁。這兩篇文章經筆者查考，應指1925年8月21日與23日《臺灣日日新報》漢文版的「耳濡目染」欄目，分別署名「板橋來函」及「一粟軒主」。

〔註46〕《張我軍全集》，第58頁。

〔註47〕《致臺灣青年的一封信》，《臺灣民報》2：7。

即意識到「民族」並非囿於傳統，更在於自我解放的行動，正如同樣來自殖民地的思想家弗朗茨·法儂所言，「民族文化不是那抽象的民眾主義認為從中發現了人民的真理的民俗學。它不是沉澱下來的一堆純行為，即越來越同人民的現實沒有聯繫的行為。民族文化是在思想方面描述、論爭和歌頌那些人民通過它而組織起來和維持下去的活動。」〔註48〕也就是說，在殖民地的語境中，「民族文化」必須與解放的政治息息相關，唯此民族才得以是「民族主義」的。張我軍及《臺灣民報》的白話文之「新」，實是處於邊緣的位置上，對抗被「東洋文明」收編的傳統文化及其維新幻象背後的「殖民現代性」。

對於《臺灣民報》在當時承擔的對臺灣民眾思想、文化的啟蒙作用，葉榮鐘指出，其最大功績之一便是白話文的輸入與應用，而基於這份努力，「臺灣的知識分子和祖國五四以後的民族精神與思想文化才能夠接上線」，「可以說是臺灣對祖國的『文化的歸宗』，予臺灣民族運動上的意義是非常重大的」。〔註49〕這些新文學和白話文的倡導者，希望以自發的引介文學革命的方式改造殖民地臺灣的漢語文書寫，從而在文化上將臺灣匯入「現代中國」的主流，想像性地彌合由異族殖民統治所導致的民族／國家的分裂現狀。在此意義上，殖民地臺灣的民族運動便不能是回到一個已被「東洋文明」所捆綁的「傳統中國」的脈絡裏，而必須體現在與「五四」新文化的同步與共振的行動中。因此，在臺灣提倡白話文運動並非改用「官話音」或採用「北京語體」，甚至也不是使用原已通行的「平易之文」，它的精神實質是參與一個正在建設中的「中國國語文」——張我軍屢次糾正論敵對「白話文」的誤解，都是出於此種對語言文體的實踐性質的清晰指認：

> 我們主張以後全用白話文做文學的器具，我所說的白話文就是中國的國語文。〔註50〕

三、殖民地的「民族形式」與鄉土文學／臺灣話文論爭

如果說1920年代的新舊文學之爭偏重於「文學革命」的意味，那麼從1930年持續到1934年的鄉土文學／臺灣話文論爭，則明顯以「國語運動」為自身的參照物。而且，正如張我軍提倡新文學並非只是單純「引入」五四白話文

〔註48〕〔法〕弗朗茨·法農：《全世界受苦的人》，萬冰譯，南京：譯林出版社，2005年，第162頁。
〔註49〕葉榮鐘：《日據下臺灣政治社會運動史》，臺中：晨星出版，2000年，第612頁。
〔註50〕張我軍：《新文學運動的意義》，《臺灣民報》67，1925年8月26日。

的成果，實際上強調的是「參與」一個正在建設中的「中國國語文」；在其之後舉起「鄉土文學」旗幟的黃石輝、以及首倡「臺灣話文」的郭秋生也明確意識到，「文學革命的精神並不是能夠搬進國語文陣營」，真正需要的是踐行它的精神實質。在此意義上，這場論爭可以視為新文學陣營內部對「國語的文學，文學的國語」之邏輯的再一次深化，與此同時也是對中國國語文的既有成果「五四白話文」的反省和改造。它的關切點在於，殖民地處境下的「中國國語文」如何可能？這一方面不能不涉及到地方形式和方言土語的具體問題，同時也需要應對日本殖民統治的「國語」（日語）教育的絕對壓力。因此，這場論爭實質上涉及「民族形式」的重要命題，即作為民族解放運動之一環的白話文運動在殖民地特殊語境中，應該以什麼樣的文藝形式來啟蒙臺灣民眾參與解殖民鬥爭的問題。

在既有的文學史脈絡中，「民族形式」通常特指 1939 年至 1942 年間，由延安開始引發、隨後遍及全國文藝界的一場圍繞「民族形式」的大討論，尤其是 1940 年底，向林冰和葛一虹等人在重慶圍繞著民間形式是否是民族形式的「中心源泉」的問題所展開的論爭。〔註 51〕當然，在時間上發生在前的鄉土文學／臺灣話文論爭不可能放在「民族形式」大討論的「影響」脈絡下來談，但不能忽視的是，無論是兩者所面臨的民族危機的大背景（日本殖民／抗日戰爭），或是具體爭論的文學形式問題（地方形式、方言土語對五四白話文的挑戰），乃至以文藝實現喚起民族意識和大眾動員的最終目標，都具有深刻的歷史同構性。甚至可以認為，具有同樣精神內質的討論在臺灣之所以發生得更早，正是因為已被日本帝國主義的「國體」所統合的殖民地臺灣的民族危機，較之正在被侵吞的中國大陸發生得更早、程度也更深重。

因此，筆者在本節借助「民族形式」切入鄉土文學／臺灣話文論爭，不是出於文學史實而是在理論層面思考其所凝聚的核心議題，即社會主義革命與第三世界民族解放的互動，這將啟發我們重新考量如何在語言及形式上具體地理解地方、民族／國家和世界的關係。

（一）「國語的文學，文學的國語」之延續及斷裂

黃石輝於 1930 年 8 月在《伍人報》上發表的《怎樣不提倡鄉土文學》一文通常被認為是開啟論爭的先聲，而郭秋生在次年 7 月的《臺灣新聞》上連載的

〔註51〕 參考徐迺翔編：《文學的「民族形式」討論資料》，北京：知識產權出版社，2010 年。

長文《建設「臺灣話文」一提案》才是真正引發這場有關文學語言的爭論之起點。〔註52〕隨後，黃石輝亦立刻表示郭秋生的提案與自己「心心相印」，再度呼籲鄉土文學要用臺灣話來書寫，這樣的表述使討論的支點不免產生游離，出現了三種層面的回應：一是有關「鄉土文學」之概念的辨析；二是主張「中國白話文」與提倡「臺灣話文」的兩方之間的辯論；三是贊成「臺灣話文」的一方關於如何表記和改造臺灣話的討論。無怪乎置身陣外觀戰的張深切在論爭後期不禁感慨道：「臺灣鄉土文學和臺灣話文，原來是截然兩件問題，為什麼偏要掛上鄉土文學的招牌，而打著臺灣話文的混仗？」〔註53〕事實上，祭出「鄉土文學」旗號的始作俑者黃石輝一再避免陷入概念爭執，他的所謂「鄉土」其實意指的就是「臺灣的大眾」——「我們作文作詩，都是要給臺灣人看的，尤其是要給廣大的勞苦群眾看的」，「要以勞苦的廣大群眾為對象去做文藝，便應該起來提倡鄉土文學，應該起來建設鄉土文學」。〔註54〕

不難看出，問題的核心其實是一個啟蒙的困境，即已經掌握五四白話文的臺灣知識分子，要如何將新文學的內容滲透到臺灣的下層階級？黃石輝擔憂的是，五四白話文對於臺灣大眾來說，雖比古典文學稍好，但也是「能看不能念」、只通行於知識階層的「貴族式」文學，「事實上是無代替臺灣的舊文學的能力，又是無推廣臺灣的識字層的能力」，那麼「中國的文學革命亦只須看做普通的新舊交替」，「僅僅換過體裁，哪裏有什麼意義呢？」〔註55〕既然文藝要以臺灣的廣大群眾為對象，那麼就應該採用他們最熟悉的臺灣話來寫作，從而「鄉土文學」的內容與「臺灣話文」的形式，就統一在了「文藝大眾化」的啟蒙目標之下。如果說黃石輝論證了「給臺灣大眾看的鄉土文學需用臺灣話來寫」的正當性和必要性，那麼真正對「臺灣話文」進行理論建設的主要是郭秋生。他的長文《建設「臺灣話文」一提案》，首先就語言的性質而論，認為「言語不但是集團生活的反映，更就是民族精神的體現」，接著

〔註52〕　參考朱雙一、張羽：《海峽兩岸新文學思潮》，廈門：廈門大學出版社，2006年，第 76 頁。

〔註53〕　張深切：《觀臺灣鄉土文學戰後的雜感》，《臺灣新民報》972，1933 年 11 月 3日，中島利郎編：《一九三○年代臺灣鄉土文學論戰資料彙編》，高雄：春暉，2003 年，第 417 頁。以下徵引的論爭文獻均出自此彙編集。

〔註54〕　黃石輝：《怎樣不提倡鄉土文學》，《伍人報》9～11，1930 年 8 月 16 日～9 月1 日。

〔註55〕　黃石輝：《怎樣不提倡鄉土文學》，《伍人報》9～11，1930 年 8 月 16 日～9 月1 日。

描述中國歷史上歷朝歷代言文乖離的現象，直到五四文學革命以後，白話文一掃弊病，使文字「只好忠實做言語的記號」，「便得扶新中華建設國語的文學、文學的國語的重大使命了」。於是，「言文一致」作為建設臺灣話文的根本原則，就是要使漢字忠實地做臺灣話的記號，使臺灣話文成為「雖然超出文言文體系的方言的位置，又超出白話文（中華國語文）體系的方言的位置，但卻不失為漢字體系的較鮮明一點方言的地方色而已的文字。」〔註56〕郭秋生認為這樣的臺灣話文無論是對於有文言文素養還是有白話文素養的人來說都可一目了然，而學過臺灣話文的人也能夠理解文言白話裏的共通字義，也就是說，臺灣話文不僅能使臺灣大眾識字，甚至可以接續已有的文言文和白話文的傳統，如此一來，啟蒙的任務便找到了一條可靠的通路。

然而，到此為止的理論藍圖實際上只涉及了臺灣話的工具性，而尚未解決臺灣話的文學性──畢竟，臺灣話文的落腳點，相對於語言表記的功能而言，更需要提供足以承擔啟蒙任務的文學形式，否則便只有「普及」，而沒有「提高」，這也是支持五四白話文的一方反對臺灣話文的主要理由。例如毓文認為，「我們臺灣話還且幼稚，不夠作為文學的利器，所以要主張中國的白話」；〔註57〕克夫也表示「臺灣語缺少圓滑，粗俗的很，而且太不清雅，本來是有改革的必要」，「文字也就不是專代語言，文字還可以改造語言」，〔註58〕總而言之，對臺灣話文的「文學性」表示懷疑。不過，他們並不反對方言帶來的鄉土特色：「文字要在可能的範圍內儘量地採用中國白話文，而於描寫和表現要絕對的保著地方色」，「地方色已能保存，鄉土的色彩自可備而無遺了！」〔註59〕

對於臺灣話文不夠「文學」的質疑，郭秋生也想到了解決的辦法，那就是「把既成的臺灣話隨其自然以文字化，而後用文學的魅力徐徐洗煉，造就美滿之臺灣話的文學，便同時是改造過之文學的臺灣話了」，〔註60〕在持續四

〔註56〕郭秋生：《建設「臺灣話文」一提案》，《臺灣新聞》，1931 年 7 月 7 日，連載三十三回。

〔註57〕毓文：《給黃石輝先生──鄉土文學的吟味》，《昭和新報》140、141，1931年 8 月 1 日、8 日。

〔註58〕克夫：《「鄉土文學」的檢討──讀黃石輝君的高論》，《臺灣新民報》，1931年 8 月 15 日。

〔註59〕點人：《檢討「再談鄉土文學」》，《臺灣新聞》，1931 年 8 月 20 日，以及《檢一檢「鄉土文學」》，《昭和新報》，1931 年 8 月 29 日。

〔註60〕郭秋生：《讀黃純青先生的〈臺灣話改造論〉》，《臺灣新民報》，1931 年 11 月 7 日、11 月 14 日。

年的論爭即將結束的時候，他更將此種理念提煉為「由『臺灣話的文學』以造就『文學的臺灣話』」，〔註61〕毫無疑問，這便是「國語的文學，文學的國語」的邏輯之延伸。

然而，這場新文學陣營裏的所謂「中國白話文」派與「臺灣話文」派的論爭，看起來仍有諸多疑問。倡導臺灣話文的一方指責反對者坐在「象牙塔尖」，反對的一方又認為臺灣話文是懸在空中的「瓊臺樓閣」，也就是在「文藝大眾化」這個共同的目標下，互相認為對方的途經過於理想，枉顧現實。但是，他們也都不否認，兩者之間的互通完全沒有問題，那麼臺灣話文和中國白話文究竟是兩種文體，還是本就是一種文體的兩個分身？要解釋這個問題，恐怕除了理解上述郭秋生對臺灣話文建設的理論脈絡之外，還需考慮論爭中的臺灣知識分子分別是如何理解「中國白話文」的意涵。

試看負人（莊垂勝）發表於論爭中期、刊登在專門為此論爭開闢了「臺灣話文討論欄」的文藝雜誌《南音》上面，一段在兩派之間做持平之論的文字：

> 我想不到「臺灣話文和中國話文（會有）對立的問題」倒有互
> 相接濟而漸趨於融化統一的作用。……如果臺灣話是中國的方言，
> 臺灣話文又當真能夠發達下去的話，還能夠有一些文學的臺灣話可
> 以拿去貢獻於中國國語文的大成，略盡其「方言的使命」。如果中國
> 話文給臺灣大眾也看得懂，幼稚的臺灣話文便不能不儘量吸收中國
> 話以充實其內容，而承「其歷史的任務」。〔註62〕

這段話表述的意思，也就是上文所說的，臺灣話文與中國白話文之間，一是完全可以互通，二是在建設中能夠互相成就。實際上，莊垂勝早在新文學運動之初就產生了這樣的想法，他認為那時候在臺灣提倡白話文的文學青年，沒有顧及到臺灣話是中國話的方言，忘卻了「中國白話文拿到臺灣已經不是白話文」，他反對這種「屈話就文」的做法，認為不符合「中國文學革命和白話運動的根本精神」——也就是郭秋生建設「臺灣話文」所堅持的「言文一致」理念。郭秋生也提到在與莊垂勝交換意見後，瞭解到莊垂勝在十年前就有同樣的提案，「不但以臺灣話文為文盲症的對症藥，還期待以為建設臺灣文化的急先鋒，並且引以為完成中國國語之一助，益激勵吾輩之不可不貫

〔註61〕郭秋生：《還在絕對的主張建設「臺灣話文」》，《臺灣新民報》，1933年11月11日起，連載十二回。

〔註62〕負人（莊垂勝）：《臺灣話文雜駁》，《南音》1：1；1：2；1：3，1932年1月1日、1月15日、2月1日。

徹初志了。」〔註63〕在莊垂勝的解釋脈絡裏，中國白話文＝中國話文＝中國國語文，這些表述幾乎是完全可以互相替代的概念，而且，他也不認為中國的「國語文」已經是一個完成態，恰恰是需要經過方言的文學化以後不斷去擴充和完善的文體。那麼，與之相應的中國的國語＝中國話，也會隨之進化，對於這一點郭秋生也具有充分的認識，即「中國的國語還未達到完成之域，所以隨國語運動的所趨，尚須採取方言的國語化，同時也有漸次攝取文言的國語化之必然性。」〔註64〕

　　莊垂勝和郭秋生對於中國國語文和國語正處在發展變化之中的認識都比較清晰，同時並不認為臺灣話文和中國白話文是兩種不同的言文體系──臺灣話可以促進國語文之形成，國語也可以充實臺灣話文的內容。黃石輝更強調二者的差異，而且往往給人造成一種「中國白話文」已經是成熟的文體、並且是已經建設好的「標準語」的文學之感──「現在所通行的白話文學，是用中國的普通話寫的」，「中國話和臺灣話不同（說中國是指大部分的中國本部，像另有特殊的地方是要除外），所以用中國的白話文是不能充分地代表臺灣話的」，雖然他談論的其實是新文學在臺灣還不夠「俗」的問題，重點在於強調「無論什麼語言都有文學的價值」。〔註65〕由於比較堅持文學的雅俗界限，認為臺灣話尚且幼稚、粗俗、太不清雅，支持「中國白話文」的廖毓文、克夫、點人其實也順著黃石輝的邏輯，「要主張中國的白話──如日本各地方標準東京語──一樣，而來從事我們的創作」，「希望臺灣人個個學中國文更去學中國語，而用中國白話文來寫文學」，同樣也是認為中國白話文更「成熟」、背後也有國語的「標準」。但是，他們也提出由於白話文本是中國固有文字，臺灣話又是國語的方言，所以不存在黃石輝所說的「讀不成話」的問題。到了論爭後期，由於臺灣話文主要轉向了語言工具本身的討論，漸漸也陷入了不能徹底貫徹「言文一致」原則的苦境，支持中國白話文的一方更加認識到，所謂「說中國語」與「寫中國白話文」沒有必然的聯繫，「臺灣的新文學作家，他們除極少數以外，大半都不曾學過中國語，一句中國語不會說，一支符號不會念，然而為什麼他們都也能夠寫得出很漂亮的中國白話文呢？」

〔註63〕郭秋生：《讀黃純青先生的〈臺灣話改造論〉》，《臺灣新民報》，1931 年 11 月
　　　　7 日、14 日。

〔註64〕郭秋生：《還在絕對的主張建設「臺灣話文」》，《臺灣新民報》，1933 年 11 月
　　　　11 日起，連載十二回。

〔註65〕黃石輝：《怎樣不提倡鄉土文學》，《伍人報》9～11，1930 年 8 月 16 日～9 月
　　　　1 日，及《再談鄉土文學》，《臺灣新聞》，1931 年 7 月 24 日。

自新文學運動以來，《民報》、《新民報》的文藝欄就是「確確實實我們臺灣也有經過文學革命的證據」，進而斷言「中國白話文就是『吾手寫吾口』的文，就是講中國的一地方方言的臺灣話的人需要的臺灣話文。」〔註66〕

可以看到，經歷了十年左右的新文學運動的洗禮，臺灣知識分子對中國國語文的認識，較之十年前舊文人鄭坤五質疑張我軍時，所言「足下希望通行之所謂白話文者，其實乃北京語耳，……倘必拘泥官音」〔註67〕的見解，已經深入太多，基本不會再誤解「白話文就是以北京語寫作」。他們普遍意識到「國語的文學，文學的國語」之互相催生的動態過程，即文學革命不能脫離國語運動，國語運動也無法拋開文學革命，而臺灣話文就是在實踐「中國國語文」的新文學脈絡下出現的語言改造的命題。事實上，張我軍在倡導新文學之初，針對臺灣的具體情況，就已提出了兩個要點：1. 白話文學的建設；2. 臺灣語言的改造。〔註68〕1930 年代的鄉土文學／臺灣話文論爭，基本沒有脫離這條主線，只不過，當時張我軍對於改造臺灣語言的設想是「我們欲依傍中國的國語來改造臺灣的土語，換句話說，我們欲把臺灣人的話統一於中國語」，〔註69〕這其實是試圖藉由新文學的白話文而進行一個自發和自律的「國語運動」。

但是，國語運動與文學革命不同，它不得不依賴國家行政的力量，在當時兩岸政治隔絕的情況下，「依傍中國的國語來改造臺灣的土語」之設想自然無從實現；文學革命卻有可能以知識分子為主體，不經語言改造便能改革文體──在此意義上，臺灣知識分子「不會說中國語卻能寫中國白話文」，反倒顯現

〔註66〕 邱春榮：《致鄉土文學運動的諸位先生》，《臺灣新民報》950～953，1933 年
　　　　10 月 12～15 日，以及賴明弘：《絕對反對建設臺灣話文推翻一切邪說》，《新
　　　　高新報》，1934 年 2 月 2 日～4 月 9 日。
〔註67〕 鄭軍我（坤五）：《致張我軍一郎書》，《臺南新報》，1925 年 1 月 29 日。張我
　　　　軍當時回應說：「我們之所謂白話文乃中國之國語文，不僅僅以北京語寫作。
　　　　這層是臺灣人常常要誤會的，以為白話文就是北京話，其實北京話是國語的
　　　　一部分、一大部分──而已。」見張我軍：《復鄭軍我書》，《臺灣民報》3：6，
　　　　1925 年 2 月 21 日。
〔註68〕 張我軍：《新文學運動的意義》，《臺灣民報》67，1925 年 8 月 26 日。黃石輝
　　　　最初提出「無論什麼語言都有文學的價值」，就是在反駁張我軍此文對臺灣話
　　　　沒有文學價值的過激判斷：「我們日常所用的話，十分差不多佔九分沒有相當
　　　　的文字。那是因為我們的話是土話，是沒有文字的下級話，是大多數佔了不
　　　　合理的話啦。所以沒有文學的價值，已是無可疑的了。」但須注意的是，張
　　　　我軍這麼說的目的是為了說明「我們的新文學運動有帶著改造臺灣言語的使
　　　　命」，這與「反對用臺灣話寫文學」，似乎無法同一而論。
〔註69〕 張我軍：《新文學運動的意義》，《臺灣民報》67，1925 年 8 月 26 日。

出白話文事實上仍然「言文分離」的真身。因為五四白話文其實是以部分犧牲
「國粹」（保留漢字、廢除文言）的方式所造就的統一的書寫文體，它糅合了
唐宋以來的傳統白話文、民間口語、乃至翻譯帶來的新名詞與歐化語法，並非
逕直以方言取代曾經的帝國語言。〔註70〕在此意義上，郭秋生和黃石輝等人認
為中國白話文與文言文一樣是脫離大眾的「貴族式」文學，其實並非只是臺灣
的特殊情況，同時期大陸的左翼知識分子也在發起批判白話文的「大眾語運
動」，瞿秋白直指五四白話文已淪為一種「新文言」：「隨便亂用不必要的文言
的虛字眼──口頭上說不出的許多字眼，有時候還有稀奇古怪的漢字的拼湊。
這樣，這種文體本身就剝奪了群眾瞭解的可能」，〔註71〕當然這裡的「群眾」
主要不是操持方言土語的民眾而是作為無產階級革命動員的大眾來看待的。相
較之下，同屬於受到社會主義思想以及國際普羅文學的「文藝大眾化」思潮影
響下的一份子，〔註72〕郭秋生和黃石輝倒並未從階級意識上質疑五四白話文，
更多是從地方性的層面看待群眾基礎，原本就處在非官話區域的臺灣，使五四
白話文並不那麼言文一致的實像更顯眼了。因此，由於在政治上無法同時普及
中國的國語，真正能依傍的僅僅是靠臺灣知識分子書寫的白話文來改造臺灣語
言，對於郭秋生等人來說，這顯然是過於「屈話就文」的選擇，建設臺灣話文
的設想，就產生於克服白話文弊病、使之更言文一致的衝動。

然而在反對的一方看來，通過白話文進行自律性的國語運動，使臺灣的
方言統一於中國國語的前景是樂觀的──在客觀上，白話文不那麼言文一致
的性質反倒給他們的想像提供了實際的基礎。同時，他們也不認為臺灣話文
更言文一致，更能為大眾所接受，賴明弘對郭秋生所作的《臺灣話文嘗試集》
的語彙進行一一分析，指出其仍然是「半言半文」，「開口便言文一致，究竟
實際上有言文一致沒有？」〔註73〕當然，不放棄漢字表記、又堅持要與中國

〔註70〕 詳見本書第三章。

〔註71〕 瞿秋白：《再論大眾文藝答止敬》，《瞿秋白文集》（文學編）第 3 卷，北京：
　　　　人民文學出版社，1989 年，第 37 頁。

〔註72〕 討論鄉土文學／臺灣話文論爭不能忽視的是支持中國白話文的廖毓文、林克夫
　　　　等人與建設臺灣話文的郭秋生共享的左翼思想資源，論爭後的 1934 年他們一起
　　　　參與「臺灣文藝協會」以及發行的機關雜誌《先發部隊》具有明顯的普羅文藝
　　　　立場，參考施淑：《書齋、城市與鄉村──日據時代的左翼文學運動及小說中的
　　　　左翼知識分子》，《兩岸：現當代文學論集》，北京：清華大學出版社，2014 年。

〔註73〕 賴明弘：《對鄉土文學臺灣話文徹底的反對》，《臺灣新民報》，1933 年 10 月
　　　　16 日、18 日～21 日。

白話文能夠互通的出發點，使臺灣話文的「言文一致」只能是一個程度問題而非原則問題，〔註74〕就此而論，所謂臺灣話文即是中國白話文的一種更具有地方性、以及（自認為是）與普羅大眾更親近的分身形式。它相對於「中國白話文」的斷裂，是殖民地不得不然的客觀情勢，對於郭秋生而言，促使他建設臺灣話文的深層焦慮其實是──「臺灣文學在中國白話文體系的位置，在理論上應是和中國一個地方的位置同等，然而實質上現在的臺灣想要同中國一地方做同樣白話文體系的方言位置，做得成嗎？」〔註75〕

（二）保存和提高：危機中的「民族形式」理想

簡而言之，「臺灣話文」是政治上無法納入「現代中國」的國語支配範圍的一種漢民族方言區的白話文實踐，秉持和延續了「言文一致」以及「國語的文學，文學的國語」之邏輯和理念，在形式上再度撐開被收束在「以文統言」的五四白話文所未竟的「方言土語」與「下層啟蒙」的命題──在1930年代的臺灣，這個命題已經被具體化為「文藝大眾化」這一來自國際無產階級運動影響下的時代訴求，但是所謂「大眾」又同時承載了1920年代民族解放運動冀望召喚的被殖民者的大眾意涵，「民族」的政治維度始終貫穿其中，這是臺灣的左翼文學運動相較於日本的「納普」或中國大陸的「左聯」所不同的地方。自1927年臺灣文化協會左右分裂後，民族解放與階級革命這兩種意識形態開始撕裂著臺灣的反殖民運動，鄉土文學／臺灣話文論爭中時時可見這種緊張感和情緒化的衝突表達。推動臺灣話文嘗試的主要園地、創辦於1932年的《南音》雜誌，其主旨便是試圖克服這種分裂，建設一種強調「全集團的特性」、「超越階級」的「第三文學」。〔註76〕這常常被通過表面化的「臺灣話文」與「中國白話文」的分歧，確認為一種表達「臺灣文化獨特性」的認識，但實際上倒不如說是在強調臺灣「全集團的共通性」，正如施淑所指出

〔註74〕臺灣話文倡導派一直堅持用漢字表記臺灣話，直到論爭末期郭秋生仍一再聲明：「還有一件非先釋明不可的，羅馬字臺灣話文、白話字臺灣話文、中國注音字母臺灣話文，臺灣話文的建議好多種了，然而以上的建議與我們的提案無同問題，我們所主張的臺灣話文是用在來的漢字寫，在來的字義說的」，見郭秋生：《還在絕對的主張建設「臺灣話文」》，《臺灣新民報》，1933年11月11日起，連載十二回。

〔註75〕郭秋生：《建設「臺灣話文」一提案》，《臺灣新民報》，1931年8月29日、9月7日。

〔註76〕奇（葉榮鐘）：《再論「第三文學」》，《南音》1：9～10，1932年7月25日。

的,「第三文學」透露出「文協分裂後,以大眾為旨歸的臺灣左翼文學思潮中,普羅文學的『正確』理論所不能不正視而未必能正確地解決的潛存在大眾文藝內裏的民族主義要求和情緒」。〔註77〕

此種「民族主義要求和情緒」,是對當時經歷文協左傾之後彌漫的無產階級運動的世界主義取向的一種糾偏,毫無疑問這種嘗試再度遭遇後者的不理解,賴明弘便是從始至終站在普羅文學的世界主義立場,懷疑臺灣話文和鄉土文學是自我封閉。當然這並不能理解為階級意識的對立,至少倡導臺灣話文的郭秋生、提議鄉土文學的黃石輝也自始至終是在普羅文學的「大眾化」脈絡下探討應該以何種形式進行地方實踐的具體問題,也就是說,他們的困境在於如何安置無產階級文藝運動中的民族主義要求,在筆者看來,這便是在探索一種「民族形式」的嘗試。如果我們記得,中國大陸的「民族形式」討論源於毛澤東在1938年底提出的「馬克思主義在中國具體化」的任務,「離開中國特點來談馬克思主義,只是抽象的空洞的馬克思主義。因此,使馬克思主義在中國具體化,使之在其每一個表現中帶著必須有的中國的特性,……洋八股必須廢止,空洞抽象的調頭必須少唱,教條主義必須休息,而代之以新鮮活潑的、為中國老百姓所喜聞樂見的中國作風和中國氣派。」〔註78〕這裡所謂「中國的特性」,意味著在抗日戰爭（民族解放戰爭）的背景下,將民族獨立的優先性提升至階級革命之前。那麼處於日本帝國主義下的殖民地臺灣,民族危機的深刻性大大超過中國大陸的程度,強調「臺灣的特性」的民族主義要求更屬解放運動的應有之意。

1931年「九一八」事變前後,臺灣總督府開始「總檢舉」,大肆搜捕左翼進步人士,不僅臺共遭到毀滅性鎮壓,島內一切社會運動皆停止,臺灣文化協會也名存實亡,此時文學可以說是僅存的陣地。然而在當時殖民者全面普及的「國語」（日語）教育下,民族的語言文字也到了行將不存的時刻,因此在臺灣,「文藝大眾化」不僅僅是「普及」和「提高」的兩難,還包括如何「保存」自身語言文字的問題。鄉土文學和臺灣話文的提倡產生自「文藝大眾化」的普及使命感,但它的主要行動卻不在於啟發階級意識,而集中於語言工具

〔註77〕施淑《兩岸:現當代文學論集》,第152頁。
〔註78〕毛澤東:《中國共產黨在民族戰爭中的地位》,《毛澤東選集》第二卷,轉引自徐遒翔編:《文學的「民族形式」討論資料》,北京:知識產權出版社,2010年,第2頁。

的層面，因為「保存」的緊急性壓倒了其他，「這（臺灣話文）是大自然留給臺灣人走的唯一血路，同時是維持漢文於不滅的最終命脈啦！試看現在的臺灣大眾，豈不是已經離開了文言文與中國白話文的緣分了嗎？然而臺灣話不能不說的，則合一離開臺灣話文的建設，而甘永遠埋沒於文盲地獄呢？」〔註79〕有趣的是，郭秋生將受過六年公學校教育、能說日語的臺灣人也稱之為「文盲」，這當然存在著總督府刻意壓抑公學校教育水平的因素，但也不難看出臺灣知識分子急欲在「國語」教育的同化體制之外，尋找一條既能保存民族性又能通往現代性的道路。

經過呂正惠與施淑對臺灣話文倡導派的心理機制的探討，「不能」（使用中國國語）與「不願」（使用日本國語）〔註80〕這兩個關鍵詞已經卓有成效地概括出他們在保存民族性與追求現代性之間的尋求自主化和平衡性的努力，然而問題是，當他們意圖依靠建設「臺灣話文」使固有的漢民族身份獲得現代意識的時刻，究竟是如何界定以及徵用地方傳統，又是如何理解現代世界？尤其是與臺灣社會當時並存的別種現代性通路——傳統漢文、〔註81〕五四白話文、日語教育的現代性之間，構成了什麼樣的對話關係？這需要其中涉及的「傳統」與「現代」做進一步的更有層次感的分析。

首先是對除了傳統漢文以外其他所有漢文體均構成巨大陰翳的現代日語及其「言文一致體」。自日本據臺以來，以「國語」為核心的同化教育是從未更改過的基本文化政策，然而，日本的「國語」實際上是在殖民臺灣以後才形成了較為穩定的「言文一致體」，因此在早期的殖民教育中，漢字・漢文傳統的「同文」也是「國語」教育所不能避免的結構性補充，此時臺灣語作為一種地方口語（vernacular），因為與日語分享著同一個漢字・漢文書寫傳統（Écriture）而不至於無所依託，甚至與日語保持著同作為漢文之「聲音」的較為平等的地位。然而當言文一致的「國語」（日語）替代「漢文」成為殖民地臺灣的書寫

〔註79〕郭秋生：《還在絕對的主張建設「臺灣話文」》，《臺灣新民報》，1933 年 11 月 11 日起，連載十二回。

〔註80〕參考呂正惠：《三十年代「臺灣話文」運動平議》，《殖民地的傷痕——臺灣文學問題》，人間出版社，2002 年；以及施淑：《臺灣話文論戰與中華文化意識——郭秋生、黃石輝論述》，《兩岸：現當代文學論集》，北京：清華大學出版社，2014 年。

〔註81〕這裡的「傳統漢文」的現代性指的是如《臺灣日日新報》漢文欄和儒教團體崇文社的課題徵文，以及舊文人對漢詩進行改革所具有的那種「文明開化」意味。

語言，「國語」的「文」與臺灣語的「言」卻並不能構成書面語（Écriture）與口語（vernacular）的關係，在臺灣的兒童被迫從「對譯法」轉向「直接法」，以學「母語」的方式來學習「國語」之後，他們真正的「母語」卻失去了書寫表記的文體。〔註82〕到了「臺灣話文」論爭發生的 1930 年代，隨著漢文書房的衰頹和國語教育的普及，臺灣人的母語危機愈發嚴重，參與建設臺灣話文討論的舊文人黃純青，在提議臺灣語改造的時候一再表露出母語將亡的憂慮：「臺灣人不曉講臺灣話了！臺灣人無愛講臺灣話了！」〔註83〕並且將原因歸之於在學校內被禁止講臺灣話，不過，在舉例說明一名公學校六年生無法以臺灣話回答其所學內容時，筆者發現其實問題的關鍵在於這些現代學科術語、日本的人名及歷史掌故，都無法在臺灣話裏面找到對應物。黃純青認為建設臺灣話文可以挽救「將亡的臺灣話」，但是郭秋生對臺灣話的定義更具有「未來感」：「現在的臺灣話既不是單純一族系的固有言語，那麼一種混化著的臺灣語，將來也有更一層混化攝取的必然性」，臺灣話文的使命因而不是「防止臺灣話於將滅」，而是整理和改造它目前「畸形不具」的混雜狀態。〔註84〕也就是說，郭秋生理想中的臺灣話文，並不拒絕通過日語吸收外來詞。

　　正如陳培豐在《「同化」的同床異夢》中所指出的，日據時期的臺灣人其實並不因為日語是異族語言而簡單地拒絕「國語」教育，反而是相當積極地利用其作為吸收現代文明的工具，也就是說，在拒絕「同化於（日本）民族」的陰暗面的同時，存在著擁抱「同化於（現代）文明」的光明面。〔註85〕問題在於，倡導臺灣話文的臺灣知識分子為何不願直接通過學習日語的途徑使臺灣走進現代文明世界？郭秋生為何一再稱越來越普及著日語教育的 1930 年代的臺灣社會為「文盲地獄」？除了在辛亥革命以後，擔心臺灣「民心生變」日本殖民者將「國語」教育的方向調整為以「同化於民族」為主導政策，導致日語教育所承載現代文明內容縮水之外，〔註86〕筆者認為原因更在於臺灣知識分子意識到以日語教育吸收「現代文明」的方式，在被殖民處境下永遠無法通往「同化」

〔註82〕關於日本殖民者在臺灣的「國語」教育從「對譯法」轉向「直接法」的過程，以及造成的言文結構的轉變，詳見本書第二章。

〔註83〕黃純青：《臺灣話改造論》，《臺灣新聞》，1931 年 10 月 15 日起，十四回連載。

〔註84〕郭秋生：《讀黃純青先生的〈臺灣話改造論〉》，《臺灣新民報》，1931 年 11 月 7 日、14 日。

〔註85〕參考陳培豐：《「同化」的同床異夢：日治時期臺灣的語言政策、近代化與認同》，臺北：麥田出版，2006 年。

〔註86〕《「同化」的同床異夢》，第 241 頁。

所聲稱的「一視同仁」的民族平等。在殖民者的統治策略裏，臺灣人通過日語教育所獲得的「現代文明」，總會被轉換為一個「民度」（民眾的文明程度）問題，而這個文明程度將永遠趕不上宗主國日本，「民族平等」也就成為一個無限延宕的虛假許諾。〔註87〕在此意義上，「同化於文明」裏的「現代文明」，意味著臺灣永遠只能以作為日本帝國的一個不如本土「進步」的殖民地的方式，間接地進入「世界歷史」，在此種現代性路徑裏，「進步」的時間意義已然被抽空。

　　如果說日語因為「非我族類」而只能作為吸收現代詞彙的來源，臺灣話文與傳統漢文和五四白話文的關係則更為糾葛。前面已經談到，臺灣話文是在新文學脈絡下對五四白話文的延續，尤其是承接了「國語的文學，文學的國語」之內在邏輯，並且是基於政治上的分斷而不能直接以地方方言加入中國國語文的現代進程，此處不再贅述。值得注意的是它雖然衍生自新文學，但是對傳統漢文又並不構成直接的顛覆，從郭秋生對中國國語運動進程中「採取方言的國語化，同時也有漸次攝取文言的國語化之必然性」的描述，以及對於將來學過臺灣話文的人同時也能夠理解文言白話裏的共通字義的冀望，不難看出臺灣話文的主要目標不僅在於使臺灣大眾識字，甚至期待以此接續已有的文言文和白話文的傳統。也就是說，它同時連結了作為漢民族身份標識的文言文，以及作為中國現代民族主義運動象徵的五四白話文。

　　雖然臺灣話文倡導者認為自己的提案比五四白話文更「言文一致」，似乎具有更偏重聲音的傾向，然而實際上他們對於作為漢民族文化傳統符號的漢字，比之大陸的白話文倡導者，態度更趨向於保守。「五四」文學革命的發起者、《新青年》同人基本將漢字視為束縛漢語現代化的障礙，對白話文的倡導在很大程度上其實是促使漢語表記進一步拼音化的過渡階段，他們對中國的語文革新其實抱著一個「兩步走」的設想。就連臺灣話文倡導者所頻頻傚仿的胡適，對於陳獨秀的「先廢漢文，且存漢語，而改用羅馬字母書之」的建言也表示「極贊成」，他認為，「中國將來應該有拼音的文字」，惟「凡事有個進行次序」，不能操之過急，「文言中單音太多，決不能變成拼音文字。所以必須先用白話文字來代文言的文字，然後把白話的文字變成拼音的文字。」〔註88〕這種設想後來無

<hr />

〔註87〕　參考《「同化」的同床異夢》，第128～132頁。
〔註88〕　胡適：《中國今後之文字問題》附言，《新青年》第4卷第4號，第356～357頁。《新青年》群體對白話文是拼音文體過渡階段的預想，參考王東杰：《解放漢語：白話文引發的語文論爭與漢字拼音化運動論證策略的調整》，《四川大學學報》，2013年第4期。

論是在由趙元任主要研究、國語統一籌備會在 1928 年提請國民政府教育部公布
並推廣的「國語羅馬字」方案，還是 1934 年由瞿秋白等左翼知識分子主導的「大
眾語」討論下形成的「漢字拉丁化」運動裏面，都有很明顯的體現。臺灣在當
時也不是沒有臺語拼音化的設想，最主要的便是以蔡培火為代表的臺語羅馬
字，但是這種設想從未被臺灣話文倡導者考慮，甚至論爭中有人提到倣仿大陸
的國語羅馬字來做臺灣話的表記，也遭到否決。郭秋生對漢字表記的態度，從
始至終都非常堅決：「臺灣話和漢字的密接已在不可分離的關係了，所以記號臺
灣話的臺灣話文，斷然非用在來的漢字不可。」〔註89〕直到論爭末期，仍一再
聲明：「還有一件非先釋明不可的，羅馬字臺灣話文、白話字臺灣話文、中國注
音字母臺灣話文，臺灣話文的建議好多種了，然而以上的建議與我們的提案無
同問題，我們所主張的臺灣話文是用在來的漢字寫，在來的字義說的」。〔註90〕
在郭秋生這裡，漢字與臺灣話之間的關係，是不需要證明也不可能被顛覆的民
族本源，即便這會對他的「言文一致」原則帶來根本的自我消解的威脅。此種
「有形有義」的漢字崇拜，〔註91〕使他與堅守傳統漢文的舊文人的文化民族主
義立場有所重疊──連雅堂整理臺語、考據方言的《臺灣語典》（1929），以及
鄭坤五整理臺灣民間歌謠的《臺灣國風》（1927），都屬同一種以保存臺語來「維
持漢文不滅的最終命脈」的路線。

　　然而如前所述，臺灣話文在保存民族性的同時還需承擔現代性的使命，
其目標並非停留在保存作為民族文化象徵的記錄臺灣話的「有形有義」的漢
字，更重要的是以此作為大眾動員機制，消解臺灣大眾的「文盲症」，「把黑
暗的原始地帶引進入文化住宅」。論爭末期「還在絕對的主張建設臺灣話文」
的郭秋生，上來便談「臺灣文學大眾化的凡有問題之中的最大問題──須要
怎樣的形式？凡有形式中之最重大的形式，方才能夠入大眾之手」，他所尋
覓的「文化住宅」的基底，便是「民間文學」。〔註92〕郭秋生認為，「只消一

〔註89〕郭秋生：《讀黃純青先生的〈臺灣話改造論〉》，《臺灣新民報》，1931 年 11 月
　　　　7 日、14 日。

〔註90〕郭秋生：《還在絕對的主張建設「臺灣話文」》，《臺灣新民報》，1933 年 11 月
　　　　11 日起，連載十二回。

〔註91〕對於臺灣話文倡導者的「漢字崇拜」，詳見施淑：《臺灣話文論戰與中華文化
　　　　意識──郭秋生、黃石輝論述》，《兩岸：現當代文學論集》，北京：清華大學
　　　　出版社，2014 年。

〔註92〕郭秋生：《還在絕對的主張建設「臺灣話文」》，《臺灣新民報》，1933 年 11 月
　　　　11 日起，連載十二回。

重無意識的隔膜突破」，「民間文學」的骨架便能達至「文化住宅」的臺灣話文，他為此找到的無意識突破方法就是所謂「聽歌識字」運動：「這種特殊的識字法，是先讓文盲頻繁接觸在臺灣社會中口耳相傳的民間文學，再反向利用這些不識字者對歌謠民歌耳熟能詳的聲音記憶來辨識這些文字的圖像表記」。〔註 93〕在這樣一種逆向操作的結構裏，不難發現，臺灣話文所標榜的「言文一致」，其目的並不是用文字去準確摹寫「聲音」，反倒是「聲音」變成了手段，「識字」才是目的。也唯其如此，使用地方方言的臺灣大眾才得以通過音、形、義的結合，為口中所言之臺灣話尋找到使之成「文」的可能──「雖然超出文言文體系的方言的位置，又超出白話文（中華國語文）體系的方言的位置，但卻不失為漢字體系的較鮮明一點方言的地方色而已的文字。」〔註 94〕在此意義上，臺灣話文的「言文一致」並不能被簡單理解為「聲音中心主義」的取向，它真正的目的其實是把過去被排除在文字世界以外的民眾帶入歷史進程之中，意味著將口語文化（orality）的民間傳統與漢字書寫（literacy）的精英傳統連結起來，讓越來越多的臺灣人進入書寫、話語和政治行動的世界，而不是沒有選擇地必須經由日本殖民者全面普及的「國語」（日語）教育。在臺灣話文倡導者看來，與日本殖民者爭奪對普羅大眾的教育權，是五四白話文因為缺乏音、形、義的完美結合而在臺灣所無法實現的歷史任務，以臺灣話的聲音為載體的「民間文學」與「有形有義」的漢字之結合足以克服這一弊病。但是，民間文學的文字化畢竟只是一個基礎工作，郭秋生很明確地將其定位於「民俗學的資料」，強調真正的目的仍在於「配給『知識』於大眾」，〔註 95〕然而臺灣話文運動最終收束於李獻璋出版的《臺灣民間文學集》（1936），也就是停留在了民族傳統的保存工作上。

　　或許更深刻的問題還不在於臺灣話文沒能配給「知識」於大眾，倒在於郭秋生幻想達到「文化住宅」水準的臺灣話文所承載的「現代」的抽象性。在他理想中，超越整理民俗學資料的「本格（真正）的建設」，就是「積極的攝取外來文化以構成獨特的文化住宅」，這種「文化住宅」帶來的前景是什麼

〔註 93〕　陳培豐：《想像和界限：臺灣語言文體的混生》，臺北：群學，2013 年，第 152
　　　　　～153 頁。
〔註 94〕　郭秋生：《建設「臺灣話文」一提案》，《臺灣新聞》，1931 年 7 月 7 日，連載
　　　　　三十三回。
〔註 95〕　郭秋生：《還在絕對的主張建設「臺灣話文」》，《臺灣新民報》，1933 年 11 月
　　　　　11 日起，連載十二回。

呢？從他一系列倡導臺灣話文的文章裏，可以看到如下一些表述：「合流新時代的思潮」，「充實空漠的人生，改造不合理的生活」，「配受現代人的一員的幸福」，「達於近代的水準」等等，這類普遍性的文明願景其實更接近1920年代文協分裂前的啟蒙意識，很難說有1930年代的那種階級意識。在其中一篇更為抒情的《再聽阮一回呼聲》裏，郭秋生將「現代」描述為「靈的覺醒，生命力飛躍的時代」，〔註96〕這種「現代感覺」無疑來源於日本殖民統治所帶來的早熟的經濟結構，以及在其中接受同化教育獲取文明新知的臺灣知識分子早熟的、精英主義的現代意識。在1934年，由論爭中分為兩派的朱點人、林克夫、廖毓文與郭秋生攜手參與成立的「臺灣文藝協會」發行機關刊物《先發部隊》，郭秋生激情昂揚地寫下序詩：

> 出發了！先發部隊／在這樣緊張與光明的氛圍裏出發了／衝天的意氣／不撓的精神／一貫的步驟／前進！前進！／獲得廣茫的園地／建設美滿的生活／添進健康的人生／雖遠——／可是很鮮明、很正確，活現著——潑辣的新世界的面貌。〔註97〕

雖然《先發部隊》以及作為靈魂人物的郭秋生在文學史敘述上通常被放置於左翼文藝思潮的脈絡下看待，例如他在同期刊物上發表的論文提出臺灣新文學的「本格化建設」，其中關鍵的「目的意識」便是來自日本普羅文藝理論家青野季吉，同時期於臺灣文藝聯盟座談會上對於「文藝大眾化」的理解，「林克夫、郭秋生與楊逵則偏向『納普』與『左聯』無產階級的概念」等等。〔註98〕但從這首以「先發」姿態創造「新世界」的詩裏面，不難發現其底色是一種知識分子強烈的主觀意志，正如他談論通往「目的意識」的路徑是由「人們的主觀的感覺」去逼近「現實之真」，這最終導向的並非無產階級的「目的意識」，而是開啟了類似新感覺派探究人的心理世界的文學寫作。〔註99〕不能忘記的是，臺灣的「文藝大眾化」思潮，是在左翼政治運動遭到殖民者全面鎮壓，「八面碰壁」〔註100〕的形勢下開展的，當然不能與「左聯」那樣背後

〔註96〕郭秋生：《再聽阮一回呼聲》，《南音》，1932年7月25日。
〔註97〕芥舟（郭秋生）：《先發部隊：序詩》，黃得時：《臺灣新文學運動概觀》，轉引自施淑：《兩岸：現當代文學論集》，第227頁。
〔註98〕徐秀慧：《1930年代臺灣「文學大眾化」論述及其創作實踐》，《福建論壇》（人文社會科學版），2014年04期。
〔註99〕參考張羽：《20世紀30年代海峽兩岸的新感覺書寫》，《臺灣研究集刊》，2006年01期。
〔註100〕《南音》創刊詞。

有著無產階級政權和革命運動支撐的文藝實踐相比，因此這種雜糅著左翼的革命激情與資產階級個體自由的「靈的覺醒」，或可說正是無所依憑的殖民地知識分子身上一種常見的少數先覺者的精英意識，很難說真正走向了無產階級的「目的意識」，這個「新世界」也就無法清晰地指認為無產階級的世界圖景，更接近弱小民族解放的人道正義。

　　釐清這一點之後，我們就能夠更清晰地辨認「臺灣話文」所攜帶的精英意識和浪漫派色彩。在建設臺灣話文的討論中，對形式的執著越來越壓過內容，「文藝大眾化」漸漸脫去普羅文學的指向，反倒成了論證臺灣話文之必要性的前提，「大眾」也不是革命的無產階級，而是知識分子個體「靈的覺醒」之後希冀「配給知識」、拉進「現代世界」的啟蒙對象。出於反殖民的要求，這種承載現代知識的語言工具又不得不是「民族的」——臺灣話的聲音與有形有義的漢字之結合，因為「言語不但是集團生活的反映，更就是民族精神的體現」，〔註101〕這個觀點不免令人想起上田萬年吸收自德國浪漫派語言觀的「精神血液」說。與之相較，在1927年促使文協左傾的無產階級運動領袖連溫卿也曾經思考過保存和改造臺灣話的問題，不過他的見解卻是站在無產階級世界主義的高度，批判語言國族主義帶來的帝國主義暴力。連溫卿在《言語之社會的性質》一文中分析道，由德國而來的「現代代表的政治思想，是把國家的觀念和民族的觀念看做一樣，叫同一個民族要去服從同一權力的理想，說同一民族不可不用同一的言語」，導致「不論在什麼地方，若有民族問題，必有言語問題」，因為語言國族主義在對外擴張的時候，「一方面要保護自己民族的獨立精神、極力保護自己民族的言語」、「一方面又要強制別的民族使用他的言語」，「這不是矛盾是什麼？」因此他認為「言語問題不可看做民族感情，不如以社會問題觀看較為妥處」。〔註102〕連溫卿冷靜而理性的語言觀，來自於無產階級的世界主義精神超越了民族主義的浪漫激情，他對「現代政治」和「民族國家」的批判，在深刻性和前瞻性上無疑超過了臺灣話文的「文化住宅」對「現代世界」的模糊渴望，因為「文化住宅」的理想所指向的「現代世界」消解了本身的結構性矛盾，化為一個脫離殖民統治、通向美滿生活的抽象符碼——「充實空漠的人生」、「配受現代人的一員的幸福」，

〔註101〕郭秋生：《建設「臺灣話文」一提案》，《臺灣新聞》，1931年7月7日，連載三十三回。

〔註102〕連溫卿：《言語之社會的性質》，《臺灣民報》2：19，1924年10月1日。

這種對「人」的期許，正是早熟的殖民地知識分子從十九世紀資產階級的個體解放和人道主義所獲取的詞彙。

建設「臺灣話文」因而是殖民地知識分子融合了民族主義焦慮與拯救普羅大眾激情的精英意識的產物，它同時也是左翼政治運動陷入低潮和民族解放運動受挫的產物。臺灣人通過臺灣話文跟上現代潮流的理想，對於擁有早熟的現代意識的被殖民精英來說，意味著不再受制於殖民教育對「民度」的限定和壓抑，以及「現代」能夠在未來充分到來的希望，真正啟動「歷史進步」的時間感──無論是對臺灣話文「本格的建設」還是臺灣新文學「本格化建設」的表述，透露出的正是「新」的時間尚未開始的苦悶又焦躁不安的感受。臺灣話文作為一個有待建設的未來式文體，與其說醫治普羅大眾的「文盲症」，倒不如說醫治了殖民地知識分子自身精神世界的分裂感。當更年輕的臺灣作家漸漸只能使用日語寫作，而報刊漢文欄也即將遭到禁止時，它以一種想像上的完整性──通過「文藝大眾化」對普羅群眾的召喚、有形有義的漢字對民族精英傳統的保存、以及在同化教育之外通往「現代世界」的可能──來試圖修復已被殖民主義所破壞的民族語言、所停滯的歷史時間。

結　論

　　從 1895 年保臺義軍試圖挽救臺灣被殖民命運的前線上、伴隨著明治日本的國家機器而鋪向全島的「國語」（日語）教育，到 1930 年代前半期臺灣知識分子自律性地改造漢語文──在配合日本全面侵華戰爭的皇民化運動中即將失去生存空間的民族語言文字──的最後一搏，本書描述的時間範圍就是這樣一個時期。

　　然而，在空間上則並未侷限在臺灣的地理範圍之內，也花費了大量篇幅討論十九世紀末二十世紀初明治日本和晚清中國的「國語運動」，一種向著近代歐洲的「言文一致」模型被迫又自發的書寫語言改造工程。在建構「國語」的進程中，曾經共享的漢字書寫（"Kanji" literacy）傳統被逐步瓦解，也改變了中華帝國及其文化輻射圈的舊有政治形式和文化統合方式。在此意義上，「國語運動」是為現代民族國家創造新的語言與新的主體──過去侷限在官僚制精英階層卻又具備帝國影響範圍內部的「國際化」通行能力的貴族式的漢字書寫，逐漸被一種基於民族國家共同體統合需求的全民識字的「普通教育」所替代，「現代文學」就在這樣的物質基礎和精神土壤上生長起來。那麼夾在「殖民宗主國」與「文化祖國」的語文改造和國民打造工程中誕生的殖民地臺灣的「現代文學」，自然不能免於在兩股勢力之間擺蕩，於是本書在探討對象上便無法侷限於只談日語教育或單純考慮白話文改造，因為漢語白話文和日語言文一致體共同構成了臺灣「現代文學」的主要形態。無法專注於描述日語教育或白話文改造的歷史進程，難免會令人產生敘述上的不連貫感，然而一種歷史敘事的連貫性往往會排斥另一種歷史敘事，建構任何一種連續的主體性的歷史也不是本書的目標。

　　本書試圖揭示的是，在東亞漢字圈的「國語運動」中存在著一種「共振」效應，並且日本對臺灣的殖民統治在其中扮演了關鍵角色。這種「東亞內部」的殖民主義並非是一個已成熟的日本帝國主義在東亞區域擴張它的普世原則，恰恰相反，它在殖民擴張過程中型構了自身，第一章對「國語」前的「國語」、以及第二章對「同化」和「同文」這兩種文化殖民策略的討論正是為了說明這點。這種「共振」還體現為，在甲午戰後晚清中國對明治日本的「國語統一」與「言文一致」經驗、以及在此基礎上發展而來的近代教育體制的強烈興趣，當然，對晚清士大夫而言明治日本只是他們對西方現代文明的欲望中介，一個令人豔羨的走進「文明」世界的成功範例。不僅教育官員頻繁東渡取經，各類語言文字改造方案層出不窮，廢除科舉的同時也建立起近代學制的「國文」教育，產生了形形色色的「國文」、「國語」教科書。晚清新政時期也正值日俄戰爭前後，可以說是中日之間交流極為頻密的一段時間，但是雙方在語言文字和教育體制改革中的合作顯然各有所圖，晚清中國亟欲通過日本經驗獲取「西洋文明」，明治日本卻是在總結臺灣殖民統治經驗下對中國輸出「東洋」和「東亞」的區域文化與政治理念。與此同時，由於雙方過去在漢字圈分屬帝國中心和帝國邊緣的不同地位，漢字符號與民族聲音之間的關係也存在本質差異，中國的「國語運動」便不可能全然複製明治日本在聲音與民族國家之間建立「國語神學」的經驗。也就是說，在試圖向近代歐洲的「言文一致」以及背後的民族國家原理進行自我歸化的過程中，即便晚清的拼音化運動乃至「五四」新文化諸子在理念上普遍接受了聲音中心主義的特權化及神話化，中國的語言改革仍然主要是在白話文運動的脈絡上發展起來的，與日本借鑒德國浪漫派的話語而來的人種‧民族‧語言三位一體的「國語神學」存在很大距離，聲音或者說「口語」的地位始終沒有壓倒「言文分離」的書寫的統一體。第三章探討越境的「國語」、以及第四章討論「同文」與「東亞」，就是嘗試以東亞漢字圈被迫捲入近代歐洲中心的資本主義世界體系為大背景，來考察兩種「國語」在型構方式上的差異。

　　闡明這種差異之所以如此重要，是因為恰恰只能藉由「五四白話文」在語言文字改造上的不徹底性，才有可能帶來第三層「共振」，也就是 1920 年代開始以《臺灣民報》為中心的臺灣知識分子的白話文實踐。有趣的是，雖然「言文一致」在當時是白話文炮擊文言文所依據的絕對真理，然而卻正因

為在實質上「言文不一致」、「國語不統一」，〔註 1〕在國家體制上被分隔、處
於日語教育環境中的臺灣人才有可能參與到白話文的書寫、話語和政治行動
的世界。因為「五四白話文」以部分犧牲「國粹」（保留漢字、廢除古文）的
方式，創造出一種吸納了「新名詞」、歐化語法同時又接近口語的白話文體，
其中又存在著大量的以日本為西洋文明中介的效應，在「新名詞」之外，奠
定五四新文學基礎的周氏兄弟在語言和文體上與日本的淵源，自不待言。第
五章探討殖民地臺灣的漢語文改造，這種自發性和自律性的「文學革命」與
「國語運動」，只能以上述說明的「言文不一致」、「國語不統一」為前提才可
能展開。在 1935 年前後，也就是本書描述的時期末尾，殖民地臺灣同時並存
著多種形態的語言文體，直接影響了文學寫作的面貌：以傳統詩社為代表、
在官媒報刊的漢文欄仍然興盛的舊詩與文言文；以《臺灣民報》改版後的《臺
灣新民報》為園地、以及相繼出現的《南音》《先發部隊》《臺灣文藝》《臺灣
新文學》等文藝刊物上實踐的白話文；以 1933 年日文文學刊物《福爾摩沙》
創辦開始逐漸增多、1937 年廢止漢文欄之後更成為純文學唯一合法書寫形態
的日語文學。在當時，很難說哪一種佔據了主流地位，呈現出的是在語言和
書寫文體上存在著現實的分裂狀態，並且，它們毫無疑問都屬於精英文學，
與「普羅大眾」無關。在 1930 年代左翼文學思潮影響下，臺灣的白話新文學
所開啟的啟蒙命題轉向了「文藝大眾化」的方向，正是看到現實中語言文體
的分裂狀態、在國家體制上又無法以方言文學的位置加入中國國語文的進
程、以及為了拯救在殖民者持續滲透的日語教育中遠離文言文和白話文的「文
盲」，臺灣知識分子提出「臺灣話文」作為最後一搏，然而最終也只挽回了一
種想像的完整性，醫治的不是普羅大眾的「文盲症」，而是殖民地知識分子自
身在精神上的分裂感和「八面碰壁」的凝滯感。

　　理解東亞漢字圈這種「共振」，更確切來說，就是一方面「同化」於近代
歐洲模式的語言國族主義運動，另一方面「同文」於傳統中華帝國的漢字或徵
用儒教倫理來重構區域文化政治的行動，有助於我們重新思考如下一些問題。

〔註 1〕「國語不統一」甚至不能算是與國語運動目標不甚相符的實際情況或暫時情
　　　　形，也就是說這不是一個在客觀上「能不能」的問題，而是一個在主觀上「想
　　　　不想」的問題。「中國國語運動明確揭出了『不統一主義』的旗幟，且將其列
　　　　為宗旨之一，在全球範圍內的語言民族主義運動中都是特立獨行之舉。」參考
　　　　王東杰：《「打折」的統一：中國國語運動中的「不統一主義」》，《社會科學研
　　　　究》，2017 年 02 期。

　　一是作為「東亞內部殖民地」的臺灣，經常被描述為在「日本」與「中國」的認同夾縫中掙扎，或者是擺脫了此種二元對立建構起自身的「主體性」。然而就如本書所揭示的那樣，所謂「日本」或「中國」都無法作為一個不證自明的前提。在對自身進行民族國家改造的時候，日本的對外擴張與對內統合互為表裏，臺灣作為其帝國主義機制的一個有機成分，從未被真正「一視同仁」地看作「內地」，它可以是「同文同教」的「東亞」的一部分，也可以是殖民擴張前線的「南進基地」，換句話說，從殖民初期的「同化」至殖民末期的「皇民化」，都不是簡單的「日本化」。二戰以後臺灣光復，它所復歸的「中國」也尚處於「現代中國」與「革命中國」的分歧之中，就連臺灣自身也多少保留了「傳統中國」的因素，〔註 2〕討論這時候的「中國化」顯然是一個過於籠統的說法。應該考慮的是，臺灣在整個二十世紀的前半期，與上述這些不同的範疇之間保持著什麼樣的聯動關係，不僅是個體之間存在著選擇的差異，就連個體內部也往往被不同的因素所撕裂，更不能忽視的是，殖民宗主國日本和光復以後前來接收的祖國中國的國家機器在其中的權力作用。這讓人懷疑，一種泛泛而論的「印刷語言」的「想像的共同體」究竟在多大程度上適用於臺灣，因為這種理論模型既有可能令藤井省三從「大東亞戰爭」期間的讀書市場和皇民文學的考察導出一個「日語文學共同體」，〔註 3〕也可以讓陳培豐從鄉土文學／臺灣話文論爭的互相閱讀和文體競爭中得出一個「臺灣語臺灣文」的「文學詮釋共同體」，〔註 4〕無論這些文學的「共同體」

〔註 2〕　這裡對「傳統中國」、「現代中國」和「革命中國」的區分參考了蔡翔的界定：「所謂『傳統中國』，我指的是古代帝國以及在這一帝國內部所生長出來的各種想像的方式和形態；所謂『現代中國』則主要指稱晚清以後，中國在被動地進入現代化過程中的時候，對西方經典現代性的追逐、模仿和想像，或者直白地說，就是一種資產階級現代性──當然，這也是兩種比喻性的說法──而『革命中國』毫無疑問的是指在中國共產黨人的領導之下，所展開的整個 20 世紀的共產主義的理論思考、社會革命和文化實踐。」參考蔡翔：《事關未來的正義：革命中國及其相關的文學表述》，《上海文化》，2010 年 01 期。

〔註 3〕　「臺灣人的戰爭體驗，在臺灣讀書市場上，被作品化的皇民文學，且隨同讀書──批評──新作──讀書……而高速地重複生產、消費、再生產的循環，且其邏輯論理和感情被臺灣公眾所共有，並朝著共同體的想像開展。……或許可以認為，戰爭時期的臺灣公民，已經形成以臺灣皇民文學為核心的民族主義，或是已經達到即將形成民族主義的邊緣。」〔日〕藤井省三：《臺灣文學這一百年》，張季琳譯，臺北：麥田出版，2004 年，第 80 頁。

〔註 4〕　陳培豐認為雜誌《南音》在鄉土文學／臺灣話文論爭中呼籲的「超越階級」、「全集團特性」的「第三文學」，「預告了在 1930 年代臺灣的文學詮釋共同體開始邁

存續期間如何短暫，也不管它們是否能夠代表殖民地臺灣的文學全貌。有趣的是，雖然材料的取徑不同，但由於建築在同樣的理論模型之上，最終殊途同歸地都指向了一個「臺灣等身大的共同體意識」，也就是所謂「主體性」，這兩種「共同體」也就似是而非地合二為一了。

　　究竟應是什麼樣的主體性倒不是問題的關鍵，關鍵在於支配這種知識模式的有意識或無意識前提都來自「國／語」。藤井省三形成上述思考的起點正是近代日本帶給殖民地臺灣的國語制度：「臺灣島民經由全島規模的語言同化而被日本人化的同時，全島共通的『國語』超越了經由各方言、血緣和地緣所組成的各種小型共同意識」，〔註5〕當然，陳培豐的「臺灣語臺灣文」正好是殖民地臺灣現實中「國語」（日語）的反題，這個「文學詮釋共同體」並不指向認同「日本」或「中國」，但它最終經由「言文一致」的「普遍原理」認同於近代歐洲。或許很少有人關注，將本尼迪克特・安德森的《想像的共同體》翻譯為中文的臺灣學者吳叡人，正是出於探究臺灣的民族主義問題才投入這一工作。在此基礎上他提出一個「雙重邊緣」論，即日本處於西方殖民主義的邊緣，臺灣處於日本殖民主義的邊緣，於是「日本殖民主義的東方性導致邊陲精英們選擇一種現代的和支持西方的策略來建構他們的反話語」，「不僅批判日本人不徹底現代的統治，而且也建構了他們自己作為現代或嚮往現代的民族主體。」〔註6〕這似乎是通過負負得正的簡單邏輯找到的所謂「純正現代性」，其實通向的仍然是上述近代歐洲民族國家的普遍原理。在第五章的末尾，我們看到早在1920年代，當連溫卿將臺灣語置於社會性質而非民族感情脈絡下討論的時候，已經表述出對「民族國家」的現代性的批判意識，因為作為殖民地的臺灣，恰恰是遭受了宗主國日本的「語言國族主義」的傷害，所謂「亞細亞的孤兒」其實正是精神上的「無國籍者」（stateless），〔註7〕

　　　向成熟化，亦即以『殖民地漢文』為養分所孕育出的讀者，開始以臺灣為準據企求催生一個共同的現代文學『詮釋方案』，並建構自己的文化場域。」陳培豐：《想像和界限：臺灣語言文體的混生》，臺北：群學，2013年，第232頁。

〔註5〕《臺灣文學這一百年》，第21頁。

〔註6〕吳叡人：《東方式殖民主義下的民族主義：日本治下的臺灣、朝鮮和沖繩之初步比較》，「亞洲現代化進程中的歷史經驗」國際研討會論文集，2007年10月，第164頁。轉引自計璧瑞：《被殖民者的精神印記：殖民時期臺灣新文學論》，廈門：廈門大學出版社，2010年，第144頁。

〔註7〕「無國籍者」來自於漢娜・阿倫特對一戰以後奧匈帝國解體所產生的不屬任何民族國家的人群的描述，這使她認識到猶太人在現代世界的處境正是一個「無

然而二戰以後被迅速編入冷戰對峙下資本主義陣營的臺灣，似乎很難再具備此種來自 1920 年代無產階級運動帶來的世界主義對於民族國家的反思視角，「主體性」或「純正現代性」背後只剩下對於未能實現的「主權」的嚮往，在我看來，這不應是去殖民化的終點，當然也是在我們這個時代非常難以跨越的意識形態。

　　另一個問題是「同化」和「同文」這兩個座標對於我們在今天重新理解「中國」具有什麼樣的理論意義。我認為它一方面承認在現代性進程中不可避免的東西方之間的權力關係，另一方面提醒我們注意古典傳統轉化中的現代政治，特別是，超越中西二元對立思維模式的限制，至少本書描述的從「同文」到「東洋」和「東亞」的邏輯已經表明，所謂古典傳統並不單純只是「中國傳統」，它也曾在二十世紀初被轉化為「東洋文明」論，以「超克」西方的現代性。這裡有一個令人不安的對比，就是自上世紀末冷戰結束、「歷史終結」的資本主義全球化時代，「中國崛起」成為一個非常顯眼的話題，與之相呼應的是「文明論」開始成為闡釋與建構中國的重要思維範式。毋庸置疑，「文明論」正是為了解釋「中國崛起」而向古典傳統尋求思想資源的行為，也就是說，包含著在「世界歷史」中重新確認中國的位置乃至某種「國家特性」的政治訴求。賀桂梅批判性地分析了二十一世紀國內知識界出現的種種「文明論」視野下的中國論述，〔註 8〕在區分了缺少足夠政治化自覺的以「傳統的復興」為表徵的民族主義意識形態和知識界將傳統轉化為批判性思想資源的可能性這兩種不同取向之後，認可其中「破除進化論的現代性意識形態和西方中心主義範式」的理論意義：「傳統中國作為區域性國家形態（帝國）、市場形態（經濟）以及獨特的世界觀體系（文化），不僅可以成為今天重新闡釋中國的『活的傳統』，也是跳出『現代』之外來思考人類社會的重要資源。這不

國籍」問題，而他們對此的政治回答就是猶太復國主義（Zionism），二戰以後以色列的建立解決了「猶太人問題」，卻產生了新的無國籍、無權利的阿拉伯人。在由民族國家組成的現代世界政治體系中，人權問題只能通過民族主權解決。參考〔美〕漢娜・阿倫特：《極權主義的起源》，林驤華譯，北京：三聯書店，2008 年，第 381～382 頁。

〔註 8〕包括甘陽在 2003 年提出的從「民族─國家」走向「文明─國家」，即從「西方化」進入復興「本己文化」的「通三統」說；王銘銘在費孝通的「中華民族的多元一體格局」基礎上將「民族體」置換為「文明體」，確認歷史上的中國是一個超社會體系的「天下」；汪暉更進一步界定中國為「跨體系社會」。參考賀桂梅：《「文明」論與 21 世紀中國》，《文藝理論與批評》，2017 年 05 期。

是指『回到中華帝國』，而是將其作為一種批判性思想資源吸納進來，重新構建中國在全球格局中的主體性位置。」〔註 9〕然而，這種「主體性位置」究竟意味著什麼，筆者還是感到很困惑。在當下的資本主義全球化時代，無論我們怎樣在文化人類學甚至政治哲學的角度建構複數的「文明」論述，最基本的世界體系格局，即資本一民族一國家的三位一體的形態並沒有發生改變，〔註 10〕「同化」於現代資本主義邏輯的歷史動能並沒有消失，中國仍然是一個民族國家的經濟體，而且在資本主義世界體系裏面後發式地「崛起」了，那麼為此種「崛起」尋求的「主體性」（即便再有「天下」關懷或複數「文明」觀念）真的有可能超越民族國家的「主權」嗎？

子安宣邦對溝口雄三「作為方法的中國」的批判性閱讀，在看待「中國現代性」的問題上同樣是發人深省的：「（溝口）對於『中國獨有的現代』的表述，僅僅構成了論證現代國家中國的修辭。難道不是這樣？那一表述難道不是僅僅掩蓋了現代中國——被將世界包含其中的現代資本主義邏輯帶著其膨脹的病理而深深浸入的中國——的現狀嗎？」〔註 11〕當然，並不是說二十一世紀中國的「文明論」會重蹈二十世紀日本的「東洋文明」論的覆轍，只是證實了在西方中心的資本主義的「現代性」發展到一定階段後，必然會產生「反現代性」的思想命題。我認為當下一種複數的「文明論」的積極意義，並不停留在「破除進化論的現代性和西方中心主義範式」，更重要的當然是重新規劃「世界歷史」的藍圖。然而，從「同文」到「東洋」和「東亞」的區域構造歷史，讓我們看到與資本主義的擴張邏輯所結合的古典傳統的一種病態形式，因此，在今天無論在任何層面上思考「文明」，都不得不面對資本一民族一國家的現實性。這同時也提醒我們，當我們今天積極談論「跨體系社

〔註 9〕賀桂梅：《「文明」論與 21 世紀中國》，《文藝理論與批評》，2017 年 05 期。

〔註 10〕「將資本、民族、國家作為相互關聯的體系來把握的，正是《法哲學原理》的作者黑格爾……馬克思從對黑格爾《法哲學原理》的批判起步，但那時他把資本制經濟看做基礎，而視民族和國家為意識形態之上層建築，因此，未能把握到資本一民族一國家這一復合的社會構成體。也便產生了這樣的觀點：如果廢棄了資本制，那麼國家和民族將會自然消亡。結果，馬克思主義運動在民族和國家的問題上遭到了巨大的挫折。原因在於，馬克思沒有看到國家、民族與資本一樣，有著僅憑啟蒙所無法消解掉的存在根據，更沒有意識到它們原本有著相互關聯的構造。」參考〔日〕柄谷行人：《世界史的構造》，趙京華譯，北京：中央編譯出版社，2012 年，第 4 頁。

〔註 11〕〔日〕子安宣邦：《何謂「現代的超克」》，董炳月譯，北京：三聯書店，2018年，第 204～205 頁。

會」或者「天下」這類從古典傳統中衍生而來的「超國家話語」時，是否能夠真正意識到「國家」的現實性並對其有所反思？這是筆者的困惑，也是繼續思考的起點。

參考文獻

一、基本資料

1. 伊澤修二:《伊沢修二選集》,長野:信濃教育會編,1958 年。
2. 伊澤修二:《楽石自伝教界周遊前記》,東京:國書刊行會,1980 年。
3. (日本)國語調查委員會編:《口語法》,東京:國定教科書共同販売所,1916 年。
4. (日本)文化廳編:《國語施策百年史》,東京:文化廳,2005 年。
5. 西尾實、久松潜一監修:《國語國字教育史料総覽》,東京:國語教育研究會,1969 年。
6. 吉岡英幸監修:《臺灣總督府日本語教材集》,東京:冬至書房,2012 年。
7. 加藤國安編:《明治漢文教科書集成》(第 1 期·第 2 期解說),東京:不二出版,2013 年。
8. 加藤國安編:《明治漢文教科書集成》(第 3 期解說·總索引),東京:不二出版,2015 年。
9. 《國家教育》,東京:明治館,主要參考 1892 年~1894 年 11 月。
10. 《教育時論》第 793 號,1907 年 4 月。
11. 泰東同文局編:《日本學制大綱》,橋本武譯,戴展誠、楊度閱,東京:泰東同文局,1902 年。
12. 泰東同文局編:《東亞普通讀本》,東京:泰東同文局,1905 年。
13. 桑原騭藏:《東亞史課本》,東京:泰東同文局,1904 年。
14. 丁寶書編:《蒙學中國歷史教科書》,文明書局:1906 年。
15. 蔣維喬、莊俞編:《最新國文教科書》,商務印書館,1906 年。
16. 黃展雲、林萬里、王永炘:《國語教科書》,上海:商務印書館,1907 年。

17. 漢字統一會：《同文新字典》，東京：泰東同文局，1909 年。

18. 臺灣教育會編：《臺灣教育沿革志》，臺北：南天書局，1939 年。

19. 王照：《官話合聲字母》（1906 年復刻版），北京：文字改革出版社，1957 年。

20. 文字改革出版社編：《清末文字改革文集》，北京：文字改革出版社，1958 年。

21. 汪知亭：《臺灣教育史料新編》，臺北：臺灣商務印書館，1978 年。

22. 王松泉主編：《中國語文教育史簡編》，北京：社會科學文獻出版社，2002 年。

23. 葉榮鐘：《日據下臺灣政治社會運動史》，臺中：晨星，2000 年。

24. 黃英哲主編：《日治時期臺灣文藝評論集雜誌編》，臺南：國家臺灣文學館籌備處，2006 年。

25. 許錫慶編：《日據時期初等教育史料選編》（教育系列 3），南投市：國史館臺灣文獻館，2015 年。

26. 許錫慶編：《日治時期初等教育史料選編》（教育系列 4），南投市：國史館臺灣文獻館，2016 年。

27. 江亢虎：《臺遊追憶》，上海：中華書局，1935 年。

28. 黎錦熙：《國語運動史綱》，北京：商務印書館，2011 年。

29. 羅常培：《國音字母演進史》，太原：山西人民出版社，2014 年。

30. 連橫：《臺灣通史》，上海：華東師範大學出版社，2006 年。

31. 戚其章：《甲午戰爭史》，上海：上海人民出版社，2014 年。

32. 林資修（幼春）：《南強詩集》，臺北：龍文出版社，1992 年。

33. 黃遵憲：《日本國志》，天津：天津人民出版社，2005 年。

34. 吳汝綸：《吳汝綸全集》，黃山書社，2002 年。

35. 梁啟超：《飲冰室合集》，北京：中華書局，1989 年。

36. 瞿秋白：《瞿秋白文集》，北京：人民文學出版社，1989 年。

37. 張深切：《張深切全集》，臺北：文經社，1998 年。

38. 張我軍：《張我軍全集》，張光正編，北京：臺海出版社，2000 年。

39. 楊逵：《楊逵全集》，彭小妍主編，臺北：國立文化資產保存研究重心籌備處，1998 年。

40. 李桂林、戚名琇、錢曼倩編：《中國近代教育史資料彙編‧普通教育》，上海：上海教育出版社，1995 年。

41. 璩鑫圭、唐良炎編：《中國近代教育史資料彙編‧學制演變》，上海：上海教育出版社，2007 年。

42. 中島利郎編：《一九三○年代臺灣鄉土文學論戰資料彙編》，高雄：春暉，2003 年。

43. 徐迺翔編：《文學的「民族形式」討論資料》，北京：知識產權出版社，2010 年。

44. 《教育世界》第 134 期，1906 年。

45. 《新青年》第四卷第四號，1918 年 4 月。

46. 《國粹學報》第 1 期，1905 年 2 月。

47. 《臺灣民報》，主要參考 1924 年 4 月～1926 年 1 月。

48. 《臺灣日日新報》，主要參考 1897 年 11 月～1935 年 1 月。

二、專著

1. Tanaka, Stefan. *Japan's Orient: rendering pasts into history*, University of California Press, 1995.

2. F. Gouin, *The Art of Teaching and Studying Languages*, Nabu Press, 2010.

3. 國府種武：《臺湾に於ける国語教育の展開》，臺北：第一教育社，1931 年。

4. 家永三郎等編：《岩波講座日本歷史　第 2》（古代　第 2），岩波書店，1962 年。

5. 峰岸明：《変体漢文》，東京堂出版，1986 年。

6. 駒込武：《植民地帝国日本の文化統合》，東京：岩波書店，1996 年。

7. 酒井直樹：《死産される日本語・日本人：「日本」の歷史——地政的配置》，東京：新曜社，1996 年。

8. 李妍淑：《「国語」という思想：近代日本の言語認識》，東京：岩波書店，2004 年。

9. 村田雄二郎、Christine Lamarre 編：《漢字圈の近代》，東京大學出版社，2005 年。

10. 沼天哲：《元田永孚と明治國家：明治保守主義と儒教的理想主義》，東京：吉川弘文館，2005 年。

11. 山口仲美：《日本語の歷史》，東京：岩波書店，2006 年。

12. 前田愛：《幻景の明治》，東京：岩波書店，2006 年。

13. 長志珠繪：《近代日本と國語ナショナリズム》，東京：吉川弘文館，2007 年。

14. 石毛慎一：《日本近代漢文教育の系譜》，湘南社，2009 年。

15. 上田萬年著、安田敏朗校注：《国語のため》，東京：平凡社，2011 年。

16. 野村剛史：《日本語スタンダードの歷史：ミヤコ言葉から言文一致ま

で》，東京：岩波書店，2013 年。

17. 齋藤希史：《漢文脈と近代日本》，東京：角川文庫，2014 年。

18. 金文京：《漢文と東アジア──訓読の文化圏》，東京：岩波書店，2015 年。

19. 吳宏明：《日本統治下臺湾の教育認識──書房・公学校を中心に》，春風社，2016 年。

20. 費爾迪南・德・索緒爾：《普通語言學教程》，高明凱譯，北京：商務印書館，1980 年。

21. 本尼迪克特・安德森：《想像的共同體：民族主義的起源與散佈》，吳叡人譯，上海：上海人民出版社，2003 年。

22. 薩義德：《文化與帝國主義》，李琨譯，北京：三聯書店，2003 年。

23. 弗朗茨・法農：《全世界受苦的人》，萬冰譯，南京：譯林出版社，2005 年。

24. 沃爾特・翁：《口語文化與書面文化：語詞的技術化》，何道寬譯，北京：北京大學出版社，2008 年。

25. 漢娜・阿倫特：《極權主義的起源》，林驤華譯，北京：三聯書店，2008 年。

26. 丸山真男：《日本政治思想史研究》，王中江譯，北京：三聯書店，2000 年。

27. 柄谷行人：《世界史的構造》，趙京華譯，北京：中央編譯出版社，2012 年。

28. 柄谷行人：《帝國的結構：中心、周邊、亞周邊》，林暉鈞譯，臺北：心靈工坊文化，2015 年。

29. 柄谷行人：《日本現代文學的起源》，趙京華譯，北京：中央編譯出版社，2017 年。

30. 子安宣邦：《東亞論：日本現代思想批判》，趙京華編譯，長春：吉林人民出版社，2004 年。

31. 子安宣邦：《何謂「現代的超克」》，董炳月譯，北京：三聯書店，2018 年。

32. 竹內好：《近代的超克》，李冬木、趙京華、孫歌譯，北京：三聯書店，2005 年。

33. 藤井省三：《臺灣文學這一百年》，張季琳譯，臺北：麥田出版，2004 年。

34. 小森陽一：《日本近代國語批判》，陳多友譯，長春：吉林人民出版社，2010 年。

35. 安丸良夫：《近代天皇觀的形成》，劉金才等譯，北京：北京大學出版社，

2010 年。

36. 福澤諭吉：《文明論概略》，北京編譯社譯，商務印書館，1959 年。

37. 福澤諭吉：《勸學篇》，群力譯，北京：商務印書館，2017 年。

38. 岡倉天心：《東洋的理想》，閻小妹譯，北京：商務印書館，2018 年。

39. 鄭師渠：《晚清國粹派——文化思想研究》，北京：北京師範大學出版社，1993 年。

40. 林茂生：《日本統治下臺灣的學校教育：其發展及有關文化之歷史分析與探討》，林詠梅譯，臺北：新自然主義，2000 年。

41. 李孝悌：《清末的下層社會啟蒙運動：1901～1911》，石家莊：河北教育出版社，2001 年。

42. 呂正惠：《殖民地的傷痕——臺灣文學問題》，人間出版社，2002 年。

43. 周婉窈：《海行兮的年代：日本殖民統治末期臺灣史論集》，臺北：允晨文化出版，2002 年。

44. 高岱、鄭家馨：《殖民主義史》（總論卷），北京：北京大學出版社，2003 年。

45. 羅志田：《國家與學術》，北京：三聯書店，2003 年。

46. 王屏：《近代日本的亞細亞主義》，北京：商務印書館，2004 年。

47. 黃美娥：《重層現代性鏡象：日治時代臺灣傳統文人的文化視域與文學想像》，臺北：麥田出版，2004 年。

48. 王德威：《被壓抑的現代性——晚清小說新論》，宋偉傑譯，北京：北京大學出版社，2005 年。

49. 許佩賢：《殖民地臺灣的近代學校》，香港：遠流出版公司，2005 年。

50. 李園會：《日據時期臺灣教育史》，臺北市：編譯館出版，2005 年。

51. 朱雙一、張羽：《海峽兩岸新文學思潮的淵源和比較》，廈門：廈門大學出版社，2006 年。

52. 許俊雅：《黑暗中的追尋：櫟社研究》，上海：東方出版中心，2006 年。

53. 翁聖峰：《日據時期臺灣新舊文學論爭新探》，臺北：五南，2006 年。

54. 陳培豐：《「同化」的同床異夢：日治時期臺灣的語言政策、近代化與認同》，臺北：麥田出版，2006 年。

55. 陳培豐：《想像和界限：臺灣語言文體的混生》，臺北：群學，2013 年。

56. 劉禾：《跨語際實踐：文學，民族文化與被譯介的現代性（中國：1900～1937)》，宋偉傑等譯，北京：三聯書店，2008 年。

57. 計璧瑞：《被殖民者的精神印記：殖民時期臺灣新文學論》，廈門：廈門大學出版社，2010 年。

58. 林佩欣著：《圖解臺灣史》，臺北：五南圖書公司，2012 年。

59. 黃錦樹：《章太炎語言文字之學的知識（精神）系譜》第三、四章，新北市：花木蘭文化出版社，2012 年。

60. 董炳月：《「同文」的現代轉換──日語藉詞中的思想與文學》，北京：崑崙出版社，2012 年。

61. 施淑：《兩岸：現當代文學論集》，北京：清華大學出版社，2014 年。

62. 王風：《世運推移與文章興替──中國近代文學論集》，北京：北京大學出版社，2015 年。

63. 李零：《大刀闊斧繡花針》，北京：中信出版社，2015 年。

64. 胡全章：《清末白話文運動》，北京：中國社會科學出版社，2015 年。

65. 林少陽：《鼎革以文：清季革命與章太炎「復古」的新文化運動》第二編第五章「否定國家的立國者──章太炎的國家理論及其黑格爾批判」，上海：上海人民出版社，2018 年。

66. 王東傑：《聲入心通：國運運動與現代中國》，北京：北京師範大學出版社，2019 年。

三、期刊論文、學位論文

1. 村山嘉英：《日本人の臺湾における閩南語研究》，《やまと文化》，1968 年 6 月。

2. 長尾景義：《王照と伊沢修二──清末文字改革家の日本との交渉》，《集刊東洋学》43，1980 年 05 月。

3. 朱鵬：《伊沢修二の漢語研究（下）》，《天理大学学報》53 卷 1 號，2001 年 10 月。

4. 溫鴻華：《臺灣における草創期の日本語教材の一考察──『臺灣適用國語読本初歩上卷』の場合》，《安田女子大學大學院文學研究科紀要》9 號，2003 年。

5. 黃東蘭：《桑原隲蔵東洋史教科書とその漢訳テクスト──『東亜史課本』との比較分析を中心に》，紀要. 地域研究・國際學編／愛知縣立大學外國語學部編（43）2011。

6. 方光銳：《伊沢修二と「東亜普通読本」──「幼學綱要」との関係について》，《中國研究月報》第 66 卷第 6 號，2012 年 6 月。

7. 渡邊俊彥：《対訳日本語教材における伊沢修二の教育観とその臺湾語の文体》，《拓殖大學語學研究》132 號，2015 年 3 月。

8. 伊曼紐爾・沃勒斯坦：《東北亞和世界體系──處於體系性大危機之世界的地緣政治分析》，《文化縱橫》，2009 年第 2 期。

9. 安東尼‧史密斯：《文化、共同體和領土——關於種族與民族主義的政治學》，塗文娟譯，《馬克思主義與現實》，2009 年 04 期。

10. 戚其章：《丘逢甲乙未保臺事蹟考》，《學術研究》，1984 年 04 期。

11. 戚其章：《丘逢甲離臺內渡考》，《學術研究》，2000 年 10 期。

12. 戚其章：《丘逢甲與乙未抗日保臺運動》，《社會科學研究》，1996 年 04 期。

13. 李宇明：《清末文字改革家的方言觀》，《方言》，2002 年第 3 期。

14. 李宇明：《清末文字改革家論語言統一》，《語言教學與研究》，2003 年第 2 期。

15. 崔明海：《語言觀念的變遷：北京語音如何成為近代國語標準音》，載《北京社會科學》，2008 年 02 期。

16. 崔明海：《制定「國音」嘗試：1913 年的讀音統一會》，《歷史檔案》，2012 年第 4 期。

17. 彭春凌：《章太炎在臺灣與明治日本思想的初遇——兼論戊戌後康有為、章太炎政治主張之異同》，《近代史研究》，2013 年 05 期。

18. 彭春凌：《以「一返方言」抵抗「漢字統一」與「萬國新語」——章太炎關於語言文字問題的論爭（1906～1911）》，《近代史研究》，2008 年 02 期。

19. 王東傑：《「聲入心通」：清末切音字運動和「國語統一」思潮的糾結》，《近代史研究》，2010 年第 5 期。

20. 王東傑：《一國兩文：清季切音字運動中「國民」與「國粹」的緊張（下）》，《學術月刊》，2010 年 9 月。

21. 王東傑：《解放漢語：白話文引發的語文論爭與漢字拼音化運動論證策略的調整》，《四川大學學報》，2013 年第 4 期。

22. 王東傑：《「打折」的統一：中國國語運動中的「不統一主義」》，《社會科學研究》，2017 年 02 期。

23. 廖漢臣：《新舊文學之爭——臺灣文壇一筆流水賬》，《臺北文物》三卷二期、三期，1954 年 8 月、12 月。

24. 翦成文：《清末白話文運動資料》，《近代史資料》，1963 年第 2 期。

25. 夏曉紅：《五四白話文學的歷史淵源》，《中國現代文學研究叢刊》，1985 年第 3 期。

26. 黃子平、陳平原、錢理群：《論「二十世紀中國文學」》，《文學評論》，1985 年 05 期。

27. 何標：《對釐清臺灣新文學運動一些問題的思考》，《文藝理論與批評》，1996 年 03 期。

28. 鍾兆云：《辜鴻銘毀譽參半的臺島講學》，《百年潮》，2002 年 04 期。

29. 盛邦和：《中日國粹主義試論》，《日本學刊》，2003 年 04 期。

30. 宋軍令：《略論商務印書館對近代中國教科書出版的貢獻》，《樂山師範學院學報》第 18 卷第 8 期，2003 年 12 月。

31. 李楊：《「沒有晚清，何來『五四』」的兩種讀法》，《中國現代文學研究叢刊》，2006 年 01 期。

32. 張羽：《20 世紀 30 年代海峽兩岸的新感覺書寫》，《臺灣研究集刊》，2006 年 01 期。

33. 陳平：《語言民族主義：歐洲與中國》，《外語教學與研究》，2008 年 01 期。

34. 陳一容：《古城貞吉與〈時務報〉「東文報譯」論略》，《歷史研究》，2010 年 01 期。

35. 畢苑：《一部百年前中日合編的教科書》，《讀書》，2010 年 12 期。

36. 鄒振環：《樊炳清與上海東文學社刊刻的〈東洋史要〉》，《東方翻譯》，2010 年 06 期。

37. 蔡翔：《事關未來的正義：革命中國及其相關的文學表述》，《上海文化》，2010 年 01 期。

38. 李珊：《江亢虎北美傳播中國文化述論》，《史林》，2011 年 02 期。

39. 吳小鷗：《中國第一套「國語」教科書——1907 年黃展雲、林萬里、王永炘編纂〈國語教科書〉》，《福建師範大學學報》，2012 年第 5 期。

40. 陸胤：《從「同文」到「國文」——戊戌前後張之洞系統對日本經驗的迎拒》，《史林》，2012 年 06 期。

41. 徐秀慧：《1930 年代臺灣「文學大眾化」論述及其創作實踐》，《福建論壇》（人文社會科學版），2014 年 04 期。

42. 商偉：《言文分離與現代民族國家：「白話文」的歷史誤會及其意義》，《讀書》，2016 年 11 期。

43. 秦玉清：《中國最早的新式課本〈最新國文教科書〉研究》，《教育史研究》，2017 年 03 期。

44. 林少陽：《近代中國誤讀的「明治」與缺席的「江戶」——漢字圈兩場言文一致運動之關聯》，邱湘閩譯，《人文論叢》，2017 年 01 期。

45. 賀桂梅：《「文明」論與 21 世紀中國》，《文藝理論與批評》，2017 年 05 期。

46. 王欽：《福澤諭吉的亞洲觀——〈文明論概略〉再考》，《文化縱橫》，2017 年 05 期。

47. 黃東蘭：《東洋史中的「東洋」概念——以中日兩國東洋史教科書為素

材》,《福建論壇》,2018 年第 3 期。

48. 黃東蘭:《作為隱喻的空間——日本史學研究中的「東洋」「東亞」與「東部歐亞」概念》,《學術月刊》,2019 年 02 期。

49. 遊士德:《公學校用漢文讀本教學詞彙研究》,高雄師範大學臺灣文化及語言研究所博士論文,2006 年。

50. 王平:《清末民初的語言變革與現代文學雅俗觀的生成》,四川大學博士論文,2007 年。

51. 李佩瑄:《從〈漢文讀本〉看日治時期公學校漢文教育的近代化》,臺灣師範大學臺灣文化及語言文學研究所碩士論文,2011 年。

後　記

　　在論文進行得最艱難的時候，我又一次打開了侯孝賢的《悲情城市》，比從前更深刻地意識到它呈現出的語言與聲音是那麼駁雜：女主角吳寬美的旁白是臺語，跟即將被遣返的日僑靜子說著日語；寬美的哥哥、「二二八」以後投身左翼運動的吳寬榮接待從祖國大陸來的記者，和他們一起用普通話唱著東北流亡學生的愛國歌曲；林家的大哥在與上海來的投機商人談判時，需要陪同的翻譯將臺語譯成粵語、再由粵語譯成上海話。當然，顯得最意味深長的是男主角林文清的「失語」，他在幼時因意外致聾漸漸也失去了說話的能力，因而在「二二八」的混亂中，面臨被暴徒用臺、日雙語逼問的危機時刻幾乎竭盡全力地喊出「臺灣人」卻也差點被當成外省人毆打。至於他為什麼是一個「失語者」，並不僅僅是影片文本「內部」的精心設計，反倒來自於一個「外部」偶然，因為飾演林文清的香港演員梁朝偉普通話與臺語皆糟糕，所以導演乾脆讓他不再開口，於是上世紀 40 年代末臺灣社會的多語駁雜、與80 年代末華語電影的眾聲喧嘩，重疊而碰撞出了極富深意的敘事效果。我甚至在想，如果將來我有機會開設「臺灣文學」課，就安排學生觀看這部電影，那麼在這本書裏面很費勁也未必能講清的東西，也就一切盡在不言中了。

　　也許讓我落淚的還不是這些浮浮沉沉的巨變時代，更多是我也曾經站在跟攝影機同樣的角度，俯視過陰雲籠罩下的九份海岸線，那時我 24 歲，在臺中往返臺北的巴士上揮霍過大把時間，那些在臺大臺文所課堂上一起討論過「戰後初期臺灣文學」的小夥伴，半年後絕大部分出現在太陽花學運的現場，現在又幾乎都失去了聯繫。說起來從大三決定保研開始，我的本科畢業論文、碩士論文、博士論文都以臺灣為主題，也都是在我的導師計璧瑞教授的指導

下完成，不知不覺已經在她身邊聆聽受教了近十年，好像無論怎麼致謝也難以表達我對她的感情和敬意，如果不是她，我可能不會踏入這個領域，也很難說還會不會以教書育人為終生事業。這篇論文的構思也要感謝東京大學的林少陽教授，我不會忘記他在忘年會結束後的深夜說著還要回去繼續工作的樣子，告訴我選擇研究方向的動力不能只是「感興趣」更需要「有價值」——「來做言文一致怎麼樣？」在東京一年的訪學生活即將結束時，也是他第一個閱讀了這篇論文的前兩章並提出極為中肯的意見，給予我太多鼓勵和幫助。

感謝「火鍋組」的王柯月、葉青、楊宸、韓楊、楊子涵、祁玥、李軼男，這個在 2017 年 3 月 29 日一時興起而成立的鬆散組織，雖然沒能實現吃遍京城網紅火鍋店的宏願，但每一頓火鍋都寬慰了論文寫作的艱辛和求職的苦悶，每一天都在互相催更和彼此出主意的過程中維持著情緒穩定，隨著四名成員畢業、一名出國聯培、一名回家寫作，「火鍋組」即將作鳥獸散；但願我們都有光明的前途。

感謝我的先生江林峰和我的父母，他們總是毫不遲疑地支持我的選擇，尊重我的決定，這些在精神上和物質上的豐厚饋贈是我能夠讀到博士並按時畢業的重要原因，深知並不是所有人都能有這份幸運，對此我常懷感恩。

在北大的歲月即便除去出國訪學的日子也長達十年，入校時不過剛剛成年，離開時即將人到中年，這確實是我人生的高光時刻，而這樣的幻覺竟然維持了如此之久，我已經心滿意足。